Harry and Tangle

ハリーとしわくちゃ団

Harry and the Wrinklies

アラン・テンパリー 作
日当陽子 訳

評論社

HARRY AND THE WRINKLIES
by Alan Temperley

First published by Scholastic Ltd, 1997

Japanese translation rights arranged with
Scholastic Limited, London
through Tuttle-Mori Agency, Inc., Tokyo.

ハリーとしわくちゃ団

アラン・テンパリー 作
日当 陽子 訳

もくじ

1 ゲシュタポ・リル —— 7
2 二人のおばさんとメルセデス —— 17
3 タワー —— 33
4 森の中へ —— 42
5 湖 —— 57
6 ゴッグリーじいさん —— 66
7 盗《ぬす》み聞《ぎ》き —— 82
8 真夜中のクッキー —— 94
9 ノートンとサファイア —— 110
10 陽気な無法者たち —— 129
11 ラズベリーの荷車 —— 141
12 折れたキュウリ —— 153
13 鍵《かぎ》と泥棒《どろぼう》と新聞と —— 162
14 夏の日々 —— 168
15 バーレイモー小学校、最悪の初日 —— 176

16 サバイバル —— 189
17 手品 —— 204
18 コンサート —— 218
19 夜明けのリベンジ —— 238
20 フェロン・グランジ —— 249
21 グリムスラッシュ刑務所《けいむしょ》 —— 263
22 森の中の大きな建物 —— 278
23 雪の中の帰宅《きたく》 —— 291
24 ラグ・ホールのクリスマス —— 297
25 黒いトラック —— 306
26 吹雪《ふぶき》 —— 324
27 月夜の襲撃《しゅうげき》 —— 335
28 パジャマ姿《すがた》の悪党《あくとう》 —— 351
29 黒あざの戦士 —— 367
30 古い門 —— 380
31 路上での戦い —— 390
あとがき —— 412

〈おもな登場人物〉

ハリー……本名、ユージーン・オーガスタス・モンゴメリー・ハロルド・バートン。両親を事故《じこ》で亡《な》くし、大おばさんたちと住むためにラグ・ホールにやって来る。

ブリジットおばさん……ハリーの大おばさん。元オックスフォード大学の教授《きょうじゅ》。

フローリーおばちゃん……ハリーの大おばさん。元レーサー。

フィンガーズ……やせた小男。金庫やぶり。

ドット……元サーカスの団員《だんいん》。

ハギー……ロシア人とドイツ人のハーフ。元プロレスラー。

マックス……元俳優《はいゆう》。

エンジェル……贋作専門《がんさくせんもん》の画家。

ミスター・トーリー……手品師《てじなし》。

ナッティ……ラグ・ホールの庭師。なんでも屋。
ミセス・グッド……ラグ・ホールの家政婦《かせいふ》。
プリーストリー大佐《たいさ》……本名、パーシヴァル・ボナパルト・プリーストリー。
高等裁判所《さいばんしょ》の判事《はんじ》、軽犯罪《けいはんざい》裁判官、学校の理事長、大地主。
ゲシュタポ・リル……本名、ラヴィニア・ルクレティア・マクスクリュー。
ハリーの子守兼《けん》家政婦。

1　ゲシュタポ・リル

たいていの子どもにとっては、うれしいはずの夏休み。でも、ハリー・バートンにとっては一番いやなときだった。いや、二番目に、と言ったほうがいいかもしれない。なんといっても、ゆううつなのはクリスマスなのだ。

問題は両親だ。それから、ゲシュタポ・リル。

バートン家は金持ちだった。けたはずれの金持ちだったので、よその親のように家にいて、働いたり、子どものめんどうを見るなんてことはしない。オーガスタス閣下《かっか》とレディー・バートンはほとんど旅行して過《す》ごす。ロンドンにいるよりも、船旅をし、一流のホテルに泊《と》まることのほうが多かった。

ハリーは、いっしょに行かない。じゃまになるからだ。だから、両親がジャマイカあたりのヨット上で甲羅干《こうらぼ》しをしたり、クロスターズでスキーをしたり、上海《シャンハイ》あたりまで旅をしているときに、高級住宅街《じゅうたくがい》ハンプステッドの屋敷《やしき》にいるのだ。二人は罪《つみ》ほろぼしのために、絵葉書きや豪華《ごうか》なプレゼントを送ってくる。一週間に二つとどくこともあったし、一か月も連絡《れんらく》がないこともあった。

年に二回、両親はロンドンに現《あらわ》れる。二人は、ハリーを抱《だ》きしめ、あまやかし、劇場《げきじょう》や高級レストランに連れて行く。二週間、パーティーが続き、屋敷には、客と笑い声があふれる。そして、「ハリー、愛しているよ」とキスすると、両親はまた旅に出る。家はガランとして静まり返る。

留守中《るすちゅう》のハリーのめんどうを見てもらうために、ラヴィニア・マクスクリューが、乳母兼《うばけん》遊び相手兼家政婦《かせいふ》としてやとわれた。ラヴィニアは、すばらしい推薦状《すいせんじょう》を持ってきた──もっとも、自分で書いたのだから、あたりまえだ。話し上手で、おまけに美人だったので、両親はすっかりラヴィニアを信用してしまった。金髪《きんぱつ》を三《み》つ編《あ》みにして、頭の上に巻《ま》き上《あ》げていた。非《ひ》の打ちどころのない化粧《けしょう》。上品な服装《ふくそう》。長い爪《つめ》にマニキュア。身につけた高価《こうか》な宝石《ほうせき》。ラヴィニアは、高額《こうがく》な給料を要求し、両親はそれに同意した。

けれど、両親は、なぜミス・マクスクリューが家政婦の給与《きゅうよ》で、そんな高級なドレスや宝石を買うことができるのか、聞こうとしなかった。身につけるものは、年を追うごとに美しく、そして値段《ねだん》の高いものになっていった。なのに、両親は知らなかった。ハリーに使われるべきお金が、家政婦のふところに直行することを。家の中の高価な装飾品《そうしょくひん》や、戸棚《とだな》の中の小物が売りはらわれていることを。

家政婦がこわくて、ハリーは告げ口しなかった。だから、両親は、ミス・マクスクリューが、鉄の棒《ぼう》を使ってハリーをおどし、金の装飾がついた、スティンガーと呼《よ》ばれる乗馬用のムチを部屋にかくしていることも知らなかった。

うれしいことに、八歳《さい》になると、寄宿舎《きしゅくしゃ》に入ることになった。ハリーは幸せだった。寄宿舎では友だちができて、楽しく過ごした。勉強はそんなにたいへんではなかった。新学期の一日目は、最高に幸せな日だった。どうして、ほかの子たちはめそめそするのだろう？　ハリーには理解《りかい》できなかった。

けれど、〝それ〟は必ずやって来る。地平線の向こうから、ジワジワとおしよせてくる。〝それ〟は、休暇《きゅうか》というしろものだ。これがやって来ると、ハンプステッドの家にもどらなければならない。よく寮《りょう》で、ハリーは休暇の夢《ゆめ》を見て、友だちや寮母さんに起こされた。

「ハリー、だいじょうぶ？　うなされていたよ」

「うん、だいじょうぶ。悪い夢を見たんだ」

ハリーは、なんとか笑顔を作った。

記憶《きおく》にあるかぎり、ずっとハリーのめんどうを見てきたのは、ラヴィニア・マクスクリューだった。ハリーは、ラヴィニアのことをゲシュタポ（ナチの秘密警察《ひみつけいさつ》）・リルと呼んでいた。

夏休みは始まったばかりだった。昼近く、ハリーはやかましい鈴《すず》の音で部屋から呼び出された。階段《かいだん》を上ったり、ホールに出て叫《さけ》んだりする労力を省《はぶ》くために、ゲシュタポ・リルは昔からあるシステムを採用《さいよう》していた。使用人部屋にあった、板や鈴がぶら下がった小さな窓《まど》のついた箱を、ハリーの部屋にうつしたのだ。そして、用事があるときは、ボタンをおす。「これはゲームですの」と、やさしそうにハリーの肩《かた》に手をまわしながら、ゲシュタポ・リルは両親に笑ってみせた。ハリーは何も言わなかった。言ったら、何倍《ばい》も仕返しされることを知っていたからだ。そして、両親が出発するとすぐに、鈴の下に説明書きがはられた。

長い鈴の音と短い鈴の音の組み合わせの暗号表だ。

洗《あら》い物《もの》をする
床《ゆか》を磨《みが》く
家具のほこりをはらって、磨く
石炭を運ぶ
階段にそうじ機をかける
ミス・マクスクリューのためにお茶を入れる
窓を磨く

こうすれば、ゲシュタポ・リルは、いちいち口で命令しなくてすむ。しかし、仕事のあとをチェックすることは、忘《わす》れなかった。桟《さん》をハンカチでこすってみたり、銀製品《ぎんせいひん》を念入りに見たり、暖炉《だんろ》に石炭の粉《こな》がついていないかどうか調べた。

チリン、チリン、チリーン！

ハリーはため息をついた。暗号表を見る必要なんかなかった。「すぐ、来い」の合図だ。コンピューターの前から立ち上がると、いつものように、鈴に向かって肩をすくめ、鏡で服装をチェックした。ほかの子たちのように、ジーンズとT《ティー》シャツを着たかったが、白いシャツにネクタイをしめ、学校の制服《せいふく》の灰色《はいいろ》のズボンをはくように命令されていた。ハリーは、すばやく身なりを直し、短い金髪にくしを通すと、階段をかけおりた。

大きな窓のあるラウンジに、見知らぬ男が座《すわ》っていた。髪《かみ》の毛《け》に白いものが混《ま》じっている。縞《しま》のスーツを着、足元には、開いたブリーフケースが置いてある。弁護士《べんごし》みたいだな、とハリーは思った。

ゲシュタポ・リルは、窓のそばに立っている。いつものように完ぺきな装《よそお》いだ。緑色のシルクのドレスに膝《ひざ》までのブーツ。ベルトには、たくさんの鍵《かぎ》と銀のナックル（格闘《かくとう》のために指の関節にはめるもの）をぶら下げ、手には黒いタバコをさした長いヒスイのキセル。両耳にはエメラルドが輝《かがや》き、首には、金の台に乗った、サメの歯のペンダントがぶら下がっている。

「こちらは、ミスター・ルック。弁護士さんよ」

ゲシュタポ・リルはにっこりした。「あなたに知らせることがあって、いらしたの」

ハリーは、ミスター・ルックのほうを向いた。

「アー、エー……そのう……君は……エー……」

弁護士は、シェリー酒の入ったグラスを下に置き、書類をめくった。

「ユージーン・オーガスタス・モンゴメリー・ハロルド・バートンだね？」

ハリーは、はずかしさで顔が赤くなった。

「そうです」

「実は、そのう、坊《ぼっ》ちゃん、わたしは……ちょっと……話さなきゃ……こんな子どもにどう話したものか……エー……子ども……何歳かね？　ええと……」

「ご両親が亡《な》くなったのよ！」

ゲシュタポ・リルはあっさりと言った。「二人ともいっしょにね。お父さんもお母さんも。弁護士さんは、それを伝えにいらしたってわけ」

「エー……その通りで。エー……手っ取り早く言えば、そういうことで」

ミスター・ルックは、自分の気持ちをふるいたたせるようにシェリー酒をすすった。「くわしいことは、まだ……エー……わかっていないのです。しかし、わかっているかぎりでは、ご両親は……エー……」

ハリーには、そのあとが聞こえなかった。パパとママが死んじゃった！

変な気分だった。深い悲しみに襲《おそ》われるべきなのに、そうならなかった。思えば、両親のことはよく知らない。他人《たにん》と同じだ。たまに、パッと現れて、子犬を抱くようにハリーを抱き、プレゼントをくれ、パッと消えてしまう。

二人に起こったこと、事故《じこ》の詳細《しょうさい》を、ハリーは何年もあとまで知らなかった。

ハリーは、日光のふりそそぐ庭をながめながら考えた。これからどうなるんだろう？

「スーツケースは一つだけよ。弁護士が言ったでしょ。みんな売りはらわれるの。おもちゃも洋服も、家も家具も」

あの日から一週間後。ゲシュタポ・リルは、ハリーの部屋の窓際《まどぎわ》に立っている。この日は、白いレザーのスーツ姿《すがた》。長い象牙《ぞうげ》のキセルにさした黒いタバコをすっている。スティンガーはわきの下だ。

「スケートもコンピューターも持っていけないよ。考えてごらん。どうやって、コンピューターをスーツケースに入れるの？　ああ、あんたのごひいきチームのサイン入りサッカーボールもだめよ。売れるからね。さあ、手から離《はな》しなさい！　たたいてほしいの？　ここにおいで！　それとも……？　さあ、ほかのものといっしょに、そこに置きなさい」

ハリーは、大事なボールを投げつけると、ゲシュタポ・リルをにらんだ。

「そんな顔するんじゃない。あたしのせいじゃないでしょ。あんたの両親がむだ使いし過ぎたからじゃない。泣きたいのは、あたしのほう。あんたのために十年もむだに過ごしてさ。あんたのお父さんは、あたしのめんどうを見てくれるって約束《やくそく》したのよ。

『まかせなさい、ラヴィニア。君なら、しっかりハリーのめんどうを見てくれる。本当にいい人が見つかったものだ。ちゃんとお礼はするから』

こう言ったのに、なんてことよ。死んだら、破産《はさん》していたなんてね。借金だけ残して死んじまって。じゅうぶん給料をもらったなんて言わないでよ。料理、そうじ、せんたく、それに子守！　思い出すと、腹《はら》わたが煮《に》えくり返《かえ》る。こんなことしてなきゃ、もっといい仕事があったのに」

ゲシュタポ・リルの言葉が突《つ》き刺《さ》さった。ハリーは真っ青になった。

「あんたの両親は、何回ここに帰って来たっていうの？　いとしい坊《ぼう》やに、何回会いに来たの？　年に二回だけよ。あんたへの愛情《あいじょう》は、それだけだったたってこと。つまり、あたしの休暇はそれだけだったってこと。年に二回、ここにいる間はパーティーばかりして、皿をよごして、カーペットにはシャンペンをまき散らしてさ。スコットランドやニューマーケットからお上品なお友だちがいらっしゃるし、チェルシーからはスマートなお仲間がいらっしゃる。そして、すぐにご出発よ。あたしにメチャメチャによごれた家を残してね。おおげさじゃありませんよ、坊ちゃま、これっぽっちもね。あんたでなくて、あたしが片《かた》づけなきゃいけなかったのよ。まるで、ゴミためのようだったわ」

ハリーはがまんできなくなり、ゲシュタポ・リルに飛びかかった。

「まあ、かんしゃく持ちの坊ちゃま！　あたしにかかってくるなんて！　すぐに、気持ちを静めてさしあげますわ」

ゲシュタポ・リルは、わきにかかえたスティンガーを手にした。ハリーより力が強いし、十五センチも背《せ》が高い。ハリーの腕《うで》をつかむと、乗馬用の革《かわ》のムチが、足とお尻《しり》に飛んだ。

「さあ、どうだい！　お薬の味は？　まだまだ、あたしに勝てないよ！」

お尻がズキズキする。くやしい！　ハリーは、ベッドのほうに逃《に》げた。ゲシュタポ・リルは、スティンガーを、ベルトのナックルと鍵束《かぎたば》の横にさした。

「あたしは、義務《ぎむ》は果たしたわよ。もうおしまい。あんたを、年寄《としよ》りの大おばさんたちのところに送ったら——なんて場所だったかしら、ラグ・ホールだ——それでおしまいよ。スーツケースは、おどり場に置いてあるわ。さっさと荷物をつめちゃいなさい」

ハリーはドアの向こうに目をやった。

「ああ、あの新しいのじゃないわ。あっちの古いのが、一文なしのみなしごにはお似合《にあ》いよ。底に、よそいきや、おもちゃを入れちゃだめよ。あとでチェックするからね。ポケットもね。列車に乗るまで、あたしに責任《せきにん》があるの。あとは、ヨボヨボの田舎《いなか》の親戚《しんせき》にめんどう見てもらうのね。あたしに見せた以上に、感謝《かんしゃ》の気持ちを示《しめ》すのよ」

ゲシュタポ・リルは、白いワニ皮のブーツのファスナーを直した。

「でも、これでラヴィニア・マクスクリュー様と縁《えん》が切れると思っちゃいけないよ。とんでもない！あんたのすてきな大おば様たち。あたしのカンではお金持ちね。ラグ・ホール。広いお屋敷みたいな名前じゃない。あたしは、お金をもらう権利《けんり》があるの。時期が来たら、もらいに行くわ。絶対《ぜったい》にね」

ゲシュタポ・リルは、新しいタバコを象牙のキセルにさし、重い金のライターで火をつけた。ママのライターだ。

「無一文がどんなもんで、すべて他人様の情《なさ》けにすがるって、どんなことか、よく覚えときなさい。ベッドも靴《くつ》ひももパンのひと切れさえね。おりこうにするのよ。あんたに残されたのは、この年取った大おばさんたちだけなんだから。そうでなきゃ、孤児院《こじいん》行きよ。さあ、荷造《にづく》りして」

ハリーは、煙《けむり》を吐《は》きながらドアのほうに行く、ゲシュタポ・リルを見つめた。

2　二人のおばさんとメルセデス

「あれじゃないよね？」

　ハリーは、願った。「あれであるはずがない。どうぞ、ちがいますように！」

　ここは、田舎《いなか》の駅だ。ハリーは、プラットホームの端《はし》に立っていた。金髪《きんぱつ》の少年は、よれよれのアノラックを着、ツンツルテンのズボンをはいている。横には、みすぼらしいスーツケース。これがハリーの持っている物すべてだ。

　客車のドアが閉《し》まった。車掌《しゃしょう》が旗をふった。じょじょにスピードをあげながら、列車は行ってしまった。

　ここでおりた乗客たちが、改札口《かいさつぐち》に向かう。すぐにプラットホームにはだれもいなくなった。ずっと向こうに、目立つかっこうのおばあさんが二人立っている。

　一人は、背《せ》が高くてやせている。ラクダにそっくりだ。大きな麦わら帽子《ぼうし》をかぶっていると、ランプみたいだ。もう一人は、背が低くて、太っている。まるで、にぎやかにかざりたてたお菓子《かし》だ。バタークリームの上にピンクのメレンゲをのせたよう。

ハリーは、希望を捨《す》てずに、あたりを見回した。だれもいない。どうも、恐《おそ》れていた通りらしい。メレンゲは小さなハンカチをふると、ちょことちょことこっちに向かって走りだした。

「こんなのないよ。これが、現実《げんじつ》なわけない」

ハリーは、ひとり言をつぶやくと、逃《に》げようか、と一瞬《いっしゅん》思った。

ヒラヒラの服を着たおばあさんは、ドタバタと近づいて来る。

「オー！　オー！」

と叫《さけ》びながら、ハンカチを顔におし当てる。六十歳《さい》か七十歳だろうか。髪《かみ》をバターのようなハデな黄色に染《そ》め、顔のまわりで、巻《ま》き毛《げ》がはずんでいる。大きな青い目、下手な化粧《けしょう》、口には真っ赤な口紅《くちべに》ときたもんだ。手と足の爪《つめ》も、同じように真っ赤だ。

「ハリー！」

走るとちゅうで、小さなピンク色の帽子が、片側《かたがわ》にずり落ちた。洋服がみだれて、うすい生地が、雲のようにただよっている。

「よく来たわね！」

おばあさんは、ハリーの両手をにぎり、ぎゅっと抱《だ》きしめた。

「ハリー・バートン！　まあ、まあ、あたしが大おばさんのフローリーよ！」

ハリーの頰《ほお》に情熱的《じょうねつてき》なキスをした。あたりには、高価《こうか》な香水《こうすい》の香《かお》りがたちこめた。

もう一人の大おばさんが到着《とうちゃく》したときも、ハリーはこのショッキングな歓迎《かんげい》から立ち直れないでいた。

こっちの大おばさんは、すべてにおいてフローリー大おばさんとはちがっているようだった。背が高くて、金串《かなぐし》のようにやせているだけでなく、茶色っぽい白髪をショートカットにし、丸い老眼鏡《ろうがんきょう》ののった鼻は、タカのくちばしのように曲がっている。眼鏡《めがね》の向こうの目は、青くてするどく、頭がよさそうだった。化粧気のない、日焼けした面長《おもなが》な顔や、うすいユーモラスな唇《くちびる》からも知性《ちせい》が感じられる。ぴったりした灰色《はいいろ》の上着、長めのスカート、白いブラウス。それに、残忍《ざんにん》そうな男の顔のカメオのネックレスをつけている。

大おばさんはハリーと握手《あくしゅ》した。

「わたしが、大おばさんのブリジットだよ」

ヴィクトリア朝の家庭教師《かていきょうし》か、きびしい校長先生という雰囲気《ふんいき》だ。「おばさんと呼《よ》んでおくれ。ブリジットおばさんでもいいよ。大おばさんなんて呼ぶことない。まるで、ものすごい年寄《としよ》りみたいじゃないか。そりゃあんたから見れば、うんと年寄りかもしれないけれど、わたしはそんなつもりないからね」

「あたしは、フローリーおばちゃんって呼んでね。フーム！」

フローリーおばちゃんは、またハリーを抱きしめ、反対の頬にもキスマークをつけた。

「まあ、フローリー、その子を放しておやりよ」

ブリジットおばさんが元気よく言った。「原始時代から生きているような、しわくちゃばあさんに会って、ハリーが逃げないほうが不思議ってもんさ。あんたに、そんなふうにしょっちゅう抱きしめられなくったって、わたしたちを見ただけで、気を失いそうだと思うよ」

ハリーは真っ赤になって顔をそむけた。フローリーおばちゃんは、陽気に笑った。顔をもどすと、ブリジットおばさんの首のカメオが目に入った。

ブリジットおばさんは、ハリーの視線《しせん》に気がついた。

「ああ、この男がだれだか知っているかい？」

それは、凶暴《きょうぼう》で血に飢《う》えた悪党《あくとう》の肖像《しょうぞう》だった。もじゃもじゃのひげ、片方の頬には深い切《き》り傷《きず》があり、こめかみまでスカーフを何枚《まい》もくしゃくしゃに巻き、よれよれの帽子をかぶっている。

ハリーは首をふった。

「これはね、甥《おい》っ子《こ》ちゃん、海賊《かいぞく》のヘンリー・モーガン船長さ。すてきだろ？」おばさんは、日に焼けた長い指で、カメオにさわった。「カリブ海で暴《あば》れまわった有名な海賊の親分さ。略奪者《りゃくだつしゃ》、本当の悪党だよ。わたしのヒーローだ。あとで、ゆっくり話してあげるからね」

ブリジットおばさんは、ハリーのスーツケースに目を落とした。「荷物はこれだけかい？」

「そうです」

「自分で持てるだろう？　わたしみたいな、年寄りの枯《か》れ木《き》や、この、まぬけなピンクのババロアに、持ってもらおうなんて思わないだろ？」

「まあ、ブリジット、そんなこと言わないでちょうだい。あなた、馬みたいに強いくせに」フローリーおばちゃんは、ハリーの手から、古ぼけたスーツケースをもぎ取った。「えんりょしないで、あたしにお貸《か》しなさい」

中には、まるで羽しかつまっていないように軽々と持ち上げ、フローリーおばちゃんは、先を行くブリジットおばさんのあとを追った。

この風変わりなおばさんたちは、ただ者じゃなさそうだ。頬についたキスマークをハンカチでごしごしとこすると、ハリーは二人を追いかけた。


もうお昼近かった。駅を出て駐車場《ちゅうしゃじょう》に行く。夏の日差しを受けて、車のボンネットは熱くなり、まわりの葉っぱは、くたっとなっている。塀《へい》の向こうに、小さな町が見える。緑の丘《おか》のあちこちに家畜《かちく》がいる。すぐに、どれがおばさんたちの車かわかった。古い車だ。それもメルセデス。にぶい青みがかった緑色。日に焼けて色がうすくなり、よごれている。車体には傷がつき、片方のフェンダー

（車輪の上の部分）にはへこみがある。ナンバープレートを見ると、十七年ぐらいたっていそうだ。

フローリーおばちゃんは、トランクにスーツケースを放りこむと、運転席におさまった。

「となりにいらっしゃい」

すり切れた革《かわ》のシートをポンポンとたたいた。「ブリジットは、後ろよ」

車のキーを回した。ウーン、ウフッ、ゴホッ、カクン。エンジンが音を立て、車はゆれたり、傾《かたむ》いたりし、やっとふつうの音に変わった。

車は駐車場を出て、町はずれにやって来た。

「ちょっと飛行場によっていこうか」

突然《とつぜん》、ブリジットおばさんが言った。

「そりゃいい考えね」

フローリーおばちゃんが、ハリーのほうを向いて、にっこりした。「どう？」

「うん、行きたい」

ハリーは、うなずいた。「どんな飛行機があるの？　大きいの？」

「ああ、飛行機はないのよ」

フローリーおばちゃんが言った。

「飛行機を止めるとこじゃないんだ」

と、ブリジットおばさん。

「でも……飛行機を止めない飛行場って、なんなの？」

「行ってのお楽しみさ」

二人のおばあさんは、何かたくらんでいるように笑った。

車は、葉っぱの積もった道路をガタガタと走っていく。原っぱ、森、川を通《とお》り抜《ぬ》ける。

突然、見通しの悪い角《かど》から、大きな車が突進《とっしん》してきた。目もくらむようなロールスロイスだ。キンポウゲのような黄色で、時速百キロ近く出している。トゥートゥル、トゥートゥル！　小石をけ散らす車輪！　ツイードを着た太った男がチラッと見えた。ショウガ色の髪の毛。ショウガ色の口ひげ。赤ら顔。太い葉巻をくわえている。怒《おこ》ったように、こっちに向かってこぶしをふり上げている。

フローリーおばちゃんは、すんでのところで、車をよけた。メルセデスは、あばれ馬のように横の草むらに突進する。ハリーは天井《てんじょう》に頭をぶつけた。

ロールスロイスは、道のど真ん中を、うなり声を上げて突進していく。トゥートゥル、トゥートゥル、トゥートゥルティー！　あざけるように、遠くから警笛《けいてき》が響《ひび》いてきた。

メルセデスは石にぶつかり、ハリエニシダのしげみにつっこみ、サンザシの生垣《いけがき》にぶつかってやっと止まった。窓《まど》がサンザシの枝《えだ》に取り囲まれている。

ハリーの心臓《しんぞう》は、ドキドキしている。

「あの男ったら！」

フローリーおばちゃんは、髪の毛をなでつけ、小さな鏡を取り出して化粧をチェックした。「もう一つのフェンダーも、へこんじゃったじゃないの。いつか取り返しのつかないことになるわよ！」

「もう、すでに何度も危《あぶ》ない目にあってるじゃないか」

危険《きけん》な目にあったことなんかなんのそので、ブリジットおばさんは、チョコレートを見つけて一つ口に放りこむと、箱を前に回した。「親愛なるプリーストリー大佐《たいさ》のために、何かしてさしあげなくちゃいけないかもしれないね。予定を早めて」おばさんは口をキュッと結んだ。「このまま、このあたりに住んで、わたしたちを監視《かんし》したり、大きな顔をさせておくわけにいかないよ。あんな運転の仕方もね。いつか事故《じこ》が起きちまう！　今日は、あんたがハンドルをにぎっていてよかったよ。ほかの人だったら、ぶつかっちまうところだった」

「会議をしなくちゃ」

フローリーおばちゃんが言った。

「そうだね。でも、一、二週間待とう。その前にやらなきゃならないことがある。パ・デヴォン・《この子の》ル・ギャルソン《前でなく》。あとで話をしよう」

キキキキーッ！　メルセデスはサンザシのしげみからバックして、道にもどった。しかし、何かおかしい。ガッタン、ガッタン。車が変な音をたてた。フローリーおばちゃんの、太った手の中でハンドルが回った。

「あらあら！　パンクしているわ。まったくなんてやつでしょう！」

みんな、車からおりた。タイヤにはトゲが、ハリネズミのように突《つ》き刺《さ》さっている。

「アーア。すぐ、交換《こうかん》するわ」

フローリーおばちゃんは、ドタドタと車の後ろに行き、トランクからスペアタイヤを取り出した。

「手伝う？」

ハリーがきくと、ブリジットおばさんが言った。

「いや、フローリーにまかせておきなさい。こういうことは得意《とくい》なんだよ」

すぐに、車は、ジャッキで持ち上げられ、タイヤ交換が始まった。

「ねえ、プリーストリー大佐ってだれ？」

フローリーおばちゃんが、顔を上げた。

「もし、二、三日ひまがあって、それに、あたしがレディーじゃなかったら、あいつがどんな男かたっぷり教えてあげるんだけれど」

フローリーおばちゃんは、スパナをせっせと回している。

生垣ぞいに野生のラズベリーをさがしていたブリジットおばさんが言った。

「プリーストリー大佐は、本名を、パーシヴァル・ボナパルト・プリーストリー大佐というんだ。殊《しゅ》勲賞《くんしょう》をもらったという話だよ。やっこさんが、大佐だとか、殊勲賞をもらったとかは疑《うたが》わしいところだけどね。ラグ・ホールの近くの、フェロン・グランジという大きな屋敷《やしき》の持ち主さ。ビーストリー《けだもの》・プリーストリーとかパーシーのブタ野郎《やろう》とか、まぬけのプリーストリーなんて、ばかにして呼ぶ者もいるよ。仕事は高等裁判所《さいばんしょ》の判事《はんじ》、軽犯罪《けいはんざい》裁判官。それに、いろいろな委員会の議長でもある。大物さ。だが、ハリーも目にしたように、ちっとも善良《ぜんりょう》な人間じゃない。悪人さ！」

ブリジットおばさんは、ラズベリーをパラパラと、ハリーのてのひらに落とした。

「権力志向《けんりょくしこう》でね。お殿様《とのさま》のつもりなのさ。狩猟《しゅりょう》パーティー、カクテル・パーティー、大宴会《だいえんかい》ときたもんだ！　屋敷に大勢《おおぜい》重要な客を招待《しょうたい》するんだよ。政治家《せいじか》、大金持ち、有名な俳優《はいゆう》なんかをね。ゴシップ欄《らん》に記事がのる」

ブリジットおばさんは、するどい目をハリーに向けた。「しかし、判事の給料で、フェロン・グランジが買えるわけがない。どうやって、あの生活を維持《いじ》するのか？　はっきり言うと、どこから金が来るのか、ってことだ」

ブリジットおばさんは、ラズベリーつみにもどった。

「無礼者なのよ。がまんできないわ。それに、ものすごくいばり散らすし」

フローリーおばちゃんが言った。

「その通り」

と、ブリジットおばさん。

「どうして、おばさんたちを見張《みは》っているの？」

「アア、百万ドルの質問《しつもん》だね」

ブリジットおばさんは、ラズベリーを口いっぱいにほおばった。「まったくね。ハリーにとっては、なぞだよね」

「ハリー。いい子だから、あたしがナットをしめる間、後ろのタイヤのトゲを抜いてちょうだい。あっちは、そんなに深く刺さっていないと思うから」

ハリーがトゲを抜き終わったころ、フローリーおばちゃんは、ジャッキを下げ始めた。じきに、メルセデスは道にもどった。

「おばちゃんは運転がうまいね。それから、タイヤの交換も」

大きな青い目が微笑《ほほえ》んだ。何も言わずに、親しげにハリーの背中をたたいた。


二キロも行くと、車は、ガタガタと草ぼうぼうの道に入って行った。バンパーの向こうには何も見えない。小枝でできた洗車機《せんしゃき》の中にいるようだ。

やがて、広々とした場所に出た。使われていない格納庫《かくのうこ》やコントロール・タワーがそびえ立ち、滑走路《かっそうろ》のわきには草が生《お》いしげっている。長い滑走路は、地平線の向こうまで続いている。

「第二次世界大戦のときのものだよ。二十年前から使われていない」

ブリジットおばさんが、老眼鏡越《ご》しにのぞいた。

「外に出てみてもいい？」

ハリーは、ドアのハンドルに手をのばした。

「今日は時間がないの。ラグ・ホールでお昼を食べるのに間に合わなくなっちゃうわ」

「でも……どうしてここに来たの？　おもしろいけど……でも」

「今にわかるよ」

「シートベルトをしめて」

「うん」

「さあ、出発よ」

フローリーおばちゃんは、エンジンを止めた。カチッ――カチッ――カチッ！　ダッシュボードの下の三つのスイッチをおすと、座《すわ》り直《なお》し、ヒラヒラする袖《そで》をまくった。「準備《じゅんび》はいい？」キーを回した。スムーズで力強いうなり声を上げて、エンジンがかかった。アクセルをふむ。ブルン、ブルーン！　まるでちがう車のようだ。

ハリーは、背中をのばして座った。

「帽子をおさえて、女の子――それから、男の子も！」

フローリーおばちゃんが、陽気に叫んだ。「行くわよ!」

車は動きだした。飛行場の周りにある、使われていない誘導路《ゆうどうろ》を、スピードをあげながら走る。体がイスにおしつけられる。時速八十キロ、九十、百。ますますスピードをあげていく。フローリーおばちゃんは、レーサーのように、ギアを変えていく。百十、百二十。しげみや、黄色くなりかけた葉っぱが、飛ぶように過《す》ぎていく。

「すごいや!」

ハリーは目を輝《かがや》かせた。

百三十、百四十、百五十。

青い目と巻き毛の、お人形のようなフローリーおばちゃんは、横を見てにっこりした。

「だいじょうぶ?」

「もちろん!」

ハリーは大声で返事した。

「いい子ね。さあ、行くわよ。しっかりつかまっているのよ!」

またまた、体がイスにおしつけられる。またスピードをあげたんだ。目がまわりそうだ。百八十、百九十、二百……。

コンクリートがぼやけてきた。ずっと向こうの道端《みちばた》にウサギがいる。あっという間に、ずっと後ろに見える。

ハリーはこわくなってきた。重心を失わないだろうか。

フローリーおばちゃんが、窓を開けた。ドッと風が入ってきた。

「このほうがいいよ！　ああ、気分がスッとする！」

ブリジットおばさんが叫んだ。全然、校長先生みたいじゃない。

フローリーおばちゃんのスカーフが車の外ではためき、黄色の巻き毛がさか立つ。時速二百二十キロで安定させた。時々、二百四十キロまでいく。

「おもしろいでしょ、ハリー」

こう言って、アクセルから足を離《はな》した。

「楽しかったよ、フローリー」

時速百四十キロまでスピードが落ちると、ブリジットおばさんが言った。

「今日は暑いものね」

と、フローリーおばちゃん。「ナッティが、ちょうど新しいターボエンジンに変えてくれたから、この車、生き返ったのよ。ピストンの調子が上がるまで、あまりスピードをあげたくなかったの」

おばちゃんは、スピードを落とした。「この二週間で、ナッティはいろいろやってくれたわ。エンジン以外も性能《せいのう》のいい新品に代えてくれたから、これで、時速十五キロや二十キロはよけいに出せるようになったってわけ」

三人は、飛行場を上きげんで三周した。やがて車は、扉《とびら》のない格納庫の前に止まった。

「ハリー、楽しかったかしら？」

「すごかったよ！　でも、駅を出るときは、今にもこわれそうだったでしょ。それなのに、今はフェラーリみたいだ。どうして？　エンジンに何をしたの？」

「エンジンは一つじゃないのよ。二つなの」

「なんのために？」

キツネにつままれたみたいだった。

「そうね……時には、速く走りたいでしょ」

「フローリー！」

ブリジットおばさんが、とがめるように言ったが、ハリーは、無視することにした。

「それはわかるけど、どうしてエンジンが二ついるの？」

「えーと、そのほうがおもしろいでしょ」

フローリーおばちゃんは、ダッシュボードの下に手をのばした。カチッ——カチッ——カチッ！

「質問はおしまい……」

古いエンジンが、ガタガタ、ブルブルと息を吹《ふ》き返《かえ》した。

「さあ、もう一つチョコレートを食べたら、ラグ・ホールに帰ろう」

ブリジットおばさんが言った。

「食前酒の、おいしいシェリーに間に合うわ。それとも、ジントニックのほうがいいかしら？」

フローリーおばちゃんは、ほがらかに笑った。

「ぼく、シェリーもジンも飲みません」

「あら、そうなの？　ウォツカとオレンジジュースを混《ま》ぜたのにたくさん氷を入れたのは？　おばちゃん特製《とくせい》のカクテルを試してみなくちゃ。おいしいわよ」

「ぼく、お酒は飲みません」

「あたりまえだろ。ばかなこと聞くんじゃないよ、フローリー。ハリーは、グッディが作った、フルーツ・スカッシュを飲むのさ。それでいいだろ、ハリー？　それから昼食だよ」

「それがいいです」

ハリーは、後部座席を向いて言うと、幸せそうにヘーゼルナッツのチョコレートを食べた。この日の午前中だけで、ハンプステッドで過ごした十一年間よりたくさんの経験《けいけん》をした。

3　タワー

ラグ・ホールはがっしりとした建物だった。赤い屋根に、黄色い砂岩《さがん》の壁《かべ》。建物の端《はし》には古そうな四角いタワーがついている。ハリーの部屋は、地面から九メートル離《はな》れたこのタワーの上だ。

「気に入るといいのだけれど」

家政婦《かせいふ》のミセス・グッドが言った。「ここは風通しがよくて気持ちいいわよ。ながめもいいし。男の子の部屋には最適《さいてき》だと、わたしたち思ったの。若《わか》いから階段《かいだん》は気にならないでしょ」

「うん。すてきなところだね！」

「ここでさびしくない？　壁は厚《あつ》いし、母屋《おもや》につながるドアはないの――つまり、今のところは、ってことだけど。でも、ここか屋根裏《やねうら》の部屋しかないのよ。こっちのほうがましだと思うわ。インターホンもついているし。本当に一人でさびしくない？」

「ぼく、もう小さな子どもじゃないからだいじょうぶ」

ハリーはうそをついた。「それに、一人には慣《な》れてるし。タングルもいるしね」と言って、雑種犬《ざっしゅけん》のフワフワの毛に顔をうずめた。タングルは、ハリーがメルセデスからおりた瞬間《しゅんかん》から、ずっといっしょだ。ブリジットおばさんが「ハリーの犬にしていいよ」と言ってくれた。

「泥棒《どろぼう》が入ってきても、タングルが追いはらってくれるわ。ぜったいにだいじょうぶ」

ミセス・グッドはにっこりした。

「ぼく、犬を飼《か》ったことがないの」

犬がどんなにいいものか見せるように、タングルはハリーに飛びついて、口や目をペロペロとなめた。黒と茶色が混《ま》じった毛からのぞいている目は、ダイヤモンドのようだ。

「よせよ！　やめてくれ！」

ハリーは、タングルを床《ゆか》におさえこんだ。

「階段を上っていくと、天井《てんじょう》から屋根に出られるドアがあるわよ。あまり高くないけれど、教会の塔《とう》みたいでしょう。でも、屋根の上で、危《あぶ》ないことをしないって約束《やくそく》してちょうだい」

「神にかけてちかいます」

ハリーは指につばをつけて、心臓《しんぞう》のあたりで十字を切った。

「じょうだんじゃないのよ。悪さをしちゃだめよ。大けがするわ」

ハリーはタングルを放した。

「わかった。約束するよ」

ミセス・グッドはにっこりした。

「みんな、ハリーのことを待っていたのよ。子どもが来てくれて、うれしいわ」

「でも、タワーで悪いことをしちゃいけない」

「その通り」

ミセス・グッドは声をあげて笑った。「さあ、お昼まであと二十分よ。おばさん方は、また、町に行ったの。キッチンで食べましょう。準備《じゅんび》ができたらおりていらっしゃい」

ミセス・グッドが、螺旋《らせん》階段をおりていく音が聞こえる。

開けた窓《まど》から、夏の音が聞こえてくる。ハリーは広い部屋を見回した。気に入った。自分の部屋。ゲシュタポ・リルのいない、自分だけの部屋だ。天井に光の帯《おび》ができている。でこぼこの壁には、サッカーの優勝《ゆうしょう》チームや、バイクに乗った少年のポスターがはってある。大きな洋服ダンスに大きな引き出しのついたタンス、本などを置ける棚《たな》がある。窓のそばには古いテーブルとイス。別《べつ》の窓際《まどぎわ》には、寝心地《ねごこち》よさそうなベッド。ディズニーのベッドカバーがかかっている。タングルがその上に気持ちよさそうに丸まって、舌《した》で前足をなめている。

ハリーも横にならび、広い窓枠《まどわく》にもたれかかった。サーッとツバメが飛んだ。窓を大きく開けた。下には芝生《しばふ》や花壇《かだん》が見える。横のほうには、母屋の赤い屋根や煙突《えんとつ》がある。芝生の向こうには、緑が波打つ森。木の間に、大理石の大きい建物が見える。囲いの中に、白い馬が一頭いる。遠くには湖も見える。行ってみたいな！　アシの生えた湖の岸には小さな桟橋《さんばし》があって、ボートがつながれている。

「すごいぞ！」

ベッドから飛びおり、スーツケースを開け、中をかき回し始めた。入っているのは、持ってくるのをゆるされた古い衣類だけだ。タングルもベッドから飛びおりて、いっしょにかき回し始めた。それから、何か期待するように待っている。

ハリーは、灰色《はいいろ》のズボンを放り投げ、色のあせた赤いT《ティー》シャツと、学校の友だちにもらった、よれよれのジーンズを身に着けた。ジーンズのファスナーはこわれているし、お尻《しり》のポケットはやぶれている。それから、歩くたびに親指が見える運動靴《うんどうぐつ》をはいた。そして、短い金髪《きんぱつ》に、サッとくしを通すと、見わたすかぎりの領地《りょうち》を治める王様のような気分で、タングルを呼《よ》び、部屋から飛び出した。

昼食のあと、ハリーは、ラグ・ホールの庭師兼《けん》なんでも屋のナッティ・スラックと、細長い石造《いしづく》りの小屋にいた。新しく割《わ》った薪《まき》の松脂《まつやに》のあまい香《かお》りがただよっている。ドアの向こうに、菜園と、トマトがたわわに実った温室が見える。

青いオーバーオールを着たナッティはひょろっと背《せ》が高い。はげ頭で猫背《ねこぜ》、面長《おもなが》でユーモラスな顔をしている。この小屋はナッティの作業場だ。ナッティは、ひっくり返した箱に腰《こし》かけ、話をしながら、慣れた手つきで草刈《くさかり》ガマをといでいる。

「まだ幽霊話《ゆうれいばなし》を聞いてなかったかね。ここらじゃあ、だれでも知っとるぞ。ゴッグリーじいさんって呼ばれてんだぁ。言いふらしたら、だめだぞ。おばさん方から、聞かなかったかね？」

「どんな幽霊なの？」

ハリーは、こわい話が好きだった。

「はあ、しゃべっていいもんだか、どうだか。おっそろしいって話だぞ。おそろしいけだものだと。あのドアぐれえ大きくて、ドラゴンだったり、毛むくじゃらの男だったり。姿《すがた》を変えられるそうだ。見た人らが、みーんな、ちがうことをゆうんだぁ。一つだけ同じだ。長い爪《つめ》と長い牙《きば》。それから、おっきな目がギラギラしてるんだと。その幽霊を見た人は、きもったまが冷えちまうんだと」

「一つじゃなくて、四つじゃないか」

膝《ひざ》をかかえて身ぶるいした。「どこを歩くの？　ゴッグリーじいさんを見たことある？」

「そこがおかしいとこだ。幽霊はタワーに出ると思うだろ？　おまえさんの部屋があるとこだ。あそこが一番古いからなぁ。だども、あそこには出ねえのさ。あそこは一番安全だ。そんだから、ハリーの部屋にしたんだ。てえげえ、外に出るのさ。真っ暗な藪《やぶ》の中とかに、だ。ほんで、砂利道《じゃりみち》を横切って、お屋敷《やしき》の窓をのぞくんだ。そんで、なげえ爪でだれかをつかむ」

「見たことあるの、ミスター・スラック？」

「ミスター・スラック、だれのこった？　あっしは、友だちの間では、ナッティで通ってるんだ。おまえさんとあっしは、友だちになるんだろ？　ナッティって呼んでけろ」

ナッティは、砥石《といし》を横にどけて、古ぼけたタバコ入れを取り出した。節《ふし》くれだった指で巻《ま》きタバコの紙を広げると、金色のタバコをちぎってのせた。

「あっしが見たかって？　いんや、ねえな。やっこさんが出る時刻《じこく》には、外にはいねえからな」

ナッティは、しわしわのタバコをくわえ、古いライターで火をつけた。

「だども、見たやからの話を聞いたから、こうやっておまえさんに話しているんだ。あっしは運がいい」

ハリーはタングルの背中をかいてやった。

「もし、今夜、窓の外を見たら、見えると思う？」

「いいんや、見えねえ。見ることはねえかもしれねえ。あっしの話を信じねえかい？　だども、ある晩《ばん》――思いもよんねえ時に――ボン！　出会うんだぞ！　でっけえ、ギラギラ光る目ん玉。爪がのびてきて！　血も凍《こお》るとは、このこった！」

「じゃあ、ナッティがぼくだったら、夜中に外を歩かない？」

「その通り」

ナッティは、モジャモジャの眉《まゆ》の下から、ギラッと目を光らせた。「ゴッグリーじいさんと鉢合《はちあ》わせしたくなかったらな！　あっしだったら、そんなことしねえな」

「ミセス・グッドは、そんな話をしなかったよ」

「そうか？　あん人は幽霊話がきらいだからな。それに、最初の晩から、おまえさんをこわがらせたくなかったんだろ。初めて、タワーに泊《と》まるんだしな」

ハリーは、さっき食べたばかりのお昼を思い出した。

「ミセス・グッドは、料理が上手だね」

「ああ、一流の腕《うで》だ」

「ナッティはミセス・グッドが好き？」

「どうゆう意味だ？」

ナッティの顔が赤らんだ。

「そんな気がしたから」

「ああ、そのう、まあ、きらいではねえがな」

ナッティは、大きな手で鼻をこすった。「おまえさんには関係ねえこった」

「ごめんなさい、詮索《せんさく》する気はなかったの」

ハリーはもじもじした。「でも、ミセス・グッドもナッティのことが好きだって言ったよ」

「そうか？」

「ミスター・スラックに会っていらっしゃい、あんなに、親切で器用な人はいないわ、って」

「本当か？」

ナッティは耳まで真っ赤になった。照《て》れかくしに、足元に置いた袋《ふくろ》の中をかき回した。

ハリーは、はずかしがり屋の大人に慣れていない。話題を変えたほうがよさそうだ。

「長いことここに住んでいるの、ナッティ？」

ナッティは、まだかき回している。

「うんだ。もう、七年になるかね。前は、ニューキャッスルの修理工場で働いていだんだ」

ナッティは顔を上げた。頭のてっぺんまで赤い。鼻をいきおいよくかんだ。「フローリーおばちゃんが車の修理に来て、大満足なさってな。あっしは、エンジンにかけちゃ、ちょっとしたもんだでな」

「ナッティが、あの古いメルセデスを直したの？」

「そうだ。午前中、飛行場で走ってみたかね？」

「うん、すごかった！」

ハリーは、体を前に乗り出した。「二つのエンジンのこと教えて」

「教えることたあ、できるがな。なんたって、あっしがつけたんだがら。だども、言いふらしちゃなんねえぞ。理解《りかい》できねえ人間がいるからな。秘密《ひみつ》にしとかにゃな」

ハリーは、訳《わけ》をききたかった。「ねえ、エンジンを見せてくれる？」

「ああ、わかった。夕食のあとだ。ガレージで待ってる」

ナッティはにっこりした。「おそくなんねえうちにな。ゴッグリーじいさんのことを忘《わす》れんな」

ナッティは、年代物の時計を、オーバーオールから取り出した。「時間だ。ミセス・グッドが三時に来てくれ、って言ってたからな。もうじき三時だ」

小屋を出ると、Tシャツの上から、太陽が体をこがした。ハリーは、目を細めて遠くを見た。

ナッティは、草刈ガマを上手に肩《かた》にかついだ。

「チョーキーとソクラテスのために、草刈をせにゃならんでな。あとで会わせてやるからな」

ナッティはあごをしゃくった。「あっちへ行って、森を歩くと、湖に出るぞ。泳げるだろ？」

ハリーはうなずいた。

「上手かね？」

「メダルをもらったよ」

「ホー。そいつぁ、すげえな！　気いつけてな。しょっぱなから、おぼれねえように。おまえさんのために、栈橋の板を直しといたでな。はしごもつけといたからな。いい飛びこみ台になった」

タバコを口から取ると、ナッティは温室のほうに歩いて行った。

ハリーとタングルは、別のほうに向かう。森の中の湖に行くつもりだ。

4　森の中へ

森はすばらしかった。木がうっそうと生《お》いしげり、まるでロビン・フッドの森みたいだ。百メートルも行くと、もう家は見えない。二百メートルも行くと、道がわからなくなった。棒《ぼう》をにぎりしめながら、下草をかきわけて歩いた。ジーンズにトゲが刺《さ》さり、体中に種《たね》がついた。枝《えだ》から枝へと、鳥が飛びかい、葉の間から日がさしてくる。ハリーは、森が気に入った。

タングルにとって、森は天国だった。

しばらくすると、開けた場所に出た。ハリーは、冬の強い風でねじ曲がった、大きな木に登った。下まで三メートルもあるだろうか。太い幹《みき》にまたがり、どこまでも続くシダの向こうを見る。イチイの木がたくさん生えている。暗いイチイの森を見ると、幽霊話《ゆうれいばなし》を思い出した。ここにいるのかな？　昼間、ゴッグリーじいさんは、この暗い森に住んでいるのかな？　そして、夜になると、森を抜《ぬ》け出《だ》して、芝生《しばふ》を越《こ》えて、ラグ・ホールにやって来る？　そんなの、うそだよ。

手を頭の後ろにまわしてあお向けに寝《ね》ころび、まわりの枝を見回す。太陽がまぶしい。ハリーは目を閉《と》じた。

「ゴッグリーがやって来る……」

耳ざわりな声で調子はずれな歌を歌い始めた。

「ギョロリ目玉に、長い爪《つめ》

牙《きば》がにゅうっと突《つ》き出《で》てる

真《ま》っ暗闇《くらやみ》の森の中、

ドッスン、ドッスンやって来る」

ハリーは、体を起こした。座《すわ》っている幹がプカプカしている。木の皮が、はがれそうだ。膝《ひざ》の間の皮をつまんで、引《ひ》っ張《ぱ》った。腕《うで》ぐらいの長さの木の皮がめくれあがった――そして、折れた。そこから、アリの群《む》れが出てきた。ハリーは飛びのいた。何百匹《ぴき》というアリが、T《ティー》シャツやジーンズによじ登ってくる。悪いことに、ファスナーがこわれて、開いている。そこから入りこんできた。叫《さけ》び声《ごえ》をあげて立ち上がり、幹の上でバランスを取りながら、必死でアリをたたき落とす。ベルトをぐいっと引っ張った。手さぐりでベルトをはずし、ジーンズを足首までおろした。何匹殺したのかわからないが、とにかくアリをたたき落とした。運動靴《うんどうぐつ》をはいたまま、ジーンズをぬごうとしたが、きつくてダメだ。ハリーはよろめいて幹から落ちそうになった。なんとか、アリのいないところに移動《いどう》した。アリがパンツの中にまで入ったかもしれない。ゴムひもを引っ張って、パンツの中をチェックした。

「ヒッヒッヒッヒー！」

ハリーは凍《こお》りついた。髪《かみ》の毛《け》がさか立った。どこから聞こえてくるのだろう？

「ホッホッホッホー！」

上を見た。太陽がギラギラ照《て》りつけている。目の上に手をかざした。

上のほうの枝で、小さなおばあさんが、足をバタバタさせながら、こっちを見て笑っている。

「全部おっぱらったかい？　パンツの中に、一匹も残っていないかい？」

おばあさんは、かん高い声で言った。

ハリーは真っ赤になり、かがんでジーンズと格闘《かくとう》した。枝がなかったら、落っこちているところだ。やっとジーンズを上げ、ベルトをしめた。まだ、アリがいるかもしれない。くるぶしのあたりを、バンバンとたたいた。それから、枝につかまって上を見た。

「別《べつ》にはずかしがるこたあないさ」

セキセイインコのようなかん高い声が聞こえる。「あたしゃ、甥《おい》っ子《こ》が七人いるからね。パンツ姿《すがた》の子どもを見たのは、あんたが初めてじゃないさ」

ものすごく目立つかっこうだ。キラキラした赤いタイツをはき、緑色のチュニックを着ている。本物のシャーウッドの森から出てきたようだ。でも、この人はロビン・フッドの恋人《こいびと》のマリオンでも、仲間のウィル・スカーレットでもない。白髪《しらが》がモジャモジャで、七十歳《さい》か八十歳ぐらいだもの。

「待っといで。今、おりてくから」

まるでサルのように、おばあさんは枝に飛び乗ると、タタタッと幹にうつり、足をカエルのように広げて、幹をすべりおりてくる。一瞬《いっしゅん》、おばあさんは、シダのしげみにかくれた。シダがワサワサとゆれる。突然《とつぜん》、びっくり箱みたいにピョンと飛び出し、ハリーのとなりに立った。

「こんにちは。ハリー・バートンだろ？　あんたが来るって聞いてたよ」

鳥のように陽気で、リスのようにすきがない。

エネルギーがあり過《す》ぎて、じっとしていられないというふうに、おばあさんはとんぼ返りをした。

「あたしゃドット。ドッティ《変人》じゃないよ！」

自分の言ったじょうだんに自分で笑っている。「鳥人間さ」

アリが一匹、足にかみついた。ハリーは、足をピシャッとたたいた。

「変人だって！　ただの変人じゃない、めちゃくちゃわけのわからない変人だ」

ハリーは思った。

「木登りは好きかい？」

「うん」

「この森は、木登りにはもってこいさ。いっしょにおいで。上のほうが楽しいよ」

ドットは、こわいもの知らずに飛びおり、細い枝の上を歩いていく。

「木は、グランドキャニオンやエンパイアステートビルディングとはちがうからね。全く別物だよ。一番いいのは、樫《かし》とブナと大きなイチイの混《ま》じった森さ。こういう森なら最高だよ」

ドットは、頭の上の枝に飛びついた。懸垂《けんすい》をして、クルンと回り、枝に座った。太陽の光がまだらに当たっている。いたずら好きの妖精《ようせい》のようだ。ドットは地面に飛びおり、夏のにおいのするシダの中を進んでいく。

「おばさんたちから、あたしの話を聞いてないかい？」

ハリーは首をふった。

「あたしゃ、すごく有名だったんだよ。パリのサーカスにいたんだ。そのころはクイーニーと呼《よ》ばれていたんだよ。たくさん軽業《かるわざ》を見せたよ。エッフェル塔《とう》のクモ女の話を聞いたことがあるかい？ナイアガラの天使は？」

「聞いたことないと思います」

ハリーは礼儀《れいぎ》正しく言った。

「そうかい？　あたしの名前は新聞をにぎわしたもんだよ」

ドットはがっかりしたようだ。「クイーン・コングは？　ノートルダムの壁《かべ》のぼり尼《あま》さんは？」

「聞いたことがあるような……」

ハリーはうそをついた。「うん、確《たし》かに聞いたことがある。壁のぼり尼さんの話は聞いたことあるよ」

「本当かい？　どこで？」

小鬼《こおに》のような顔がぱっと輝《かがや》いた。

「学校の雑誌《ざっし》で読んだんだ。大きく出ていた。壁のぼり尼さんの衣装《いしょう》はどうだとか。パリのノートルダム寺院《じいん》のてっぺんまで登ったんだよね。カジモドみたいに。大勢《おおぜい》の人が見に来たんでしょ」

「そうだよ、そうだよ」

ドットはうれしそうに言った。「世間はまだ覚えているんだね」

開けた場所に出ると、ドットはとんぼ返りをたくさんして見せた。とても速く回転したので、赤と緑が混ざって見える。ハリーは目が回ってきた。

「あそこの木を見てごらん」

ドットはとんぼ返りをやめた。ハリーは、ドットが指さすほうを見た。

「あそこに、ゴッグリーじいさんがかくれている」

ドットは目を大きく見開いた。「ゴッグリーじいさんの話は聞いたかい？　恐《おそ》ろしい幽霊《ゆうれい》さ」

ドットは、ぼくが話を聞いたのを知ってるんだ。あのばかげた歌を、木の上で聞いていたんだから。

「本物の怪物《かいぶつ》だよ」

ドットはハリーの返事を待たなかった。「じいさんの墓《はか》がこのへんにあるはずだ。今は石しか残ってないけどね。昔は、人殺しがあった小屋があったんだよ」

サーカスにいたドットは、ナッティより、おどろおどろしく話してきかせた。ハリーはこわくなったが、でも、まだ信じていなかった。

「その、ゴッグリーじいさんは危険《きけん》なの？」

ハリーは、話を信じているようなふりをして聞いた。

「昼間はだいじょうぶさ。日の出ている間は、出てこないよ。けれど、夜になると……」

「夜には何が起こるの？」

「墓から出てやって来る。土でおおわれた骸骨《がいこつ》だよ。窓《まど》をのぞいたり、しげみにかくれたりして、ばかな人間が暗闇に出てくるのを待つ。人間が出てきたら、骨《ほね》だらけの手でつかまえ……」

「それから？」

「ああ、恐ろしい！　子どもには聞かせられないよ」

「でも、ぼく聞きたい」

「『ハムレット』の中で幽霊が言うセリフのようなもんさ。

汝《なんじ》につげることがある。一番軽い言葉を使っても

汝の魂《たましい》を苦しめ、若《わか》き血を凍らせる

汝のまなこは、星のように飛び出し
結んだ髪もほどけてさか立つ
怒《いか》れるヤマアラシの毛のように」

ドットは、目を見開き、腕を広げて、叫んだ。すごい演技力《えんぎりょく》だ！

「でも、ぼくの髪、結べるほど長くないよ。角刈《かくが》りだもん。いつでも髪は立ってるよ」

ドットは笑った。

「要するに、夜中に外に行くと危《あぶ》ないから、出ちゃだめだって言ってるの？」

「その通り！　だから、ベッドの中にいるんだよ。タワーなら高いところにあるから安全だ」

ドットはハリーの腕に手をかけた。

ナッティもドットも、何かかくそうとしているみたいだ。なんだろう？

近くに巨大《きょだい》な木が生えている。

「これに登るんだよ。すごくかんたんさ。いいイギリスの樫は、枝がたくさん出ているから登りやすいし、枝が水平に生えてるから座るのにちょうどいいんだ」

ハリーは木を見上げた。どの木よりも高い。しげった葉のまわりにハエが群《む》がっている。毛むくじゃらの緑の芋虫《いもむし》が、ハリーの頭にぶつかって、Tシャツの首からもぐりこんできた。

「さあ、あたしについといで」

木の上は緑の葉っぱと青い空だけの別世界だ。下で、ネズミくらいの大きさのタングルが、こちらを見上げている。下までものすごく距離《きょり》がある。もし、落ちたら、と思うと……こわくなってきた。

「ロープをつけたいかい？」

ドットは腰《こし》に白いひもの束《たば》をつけている。

「だいじょうぶ」

ハリーは、次の枝に手をのばした。低い木のてっぺんが、下のほうに見える。大きなキャベツの畑のようだ。森はいろいろな方向に広がっている。こんなに高いところに登ったのは初めてだ。

「見て。巣《す》があるよ」

「巣なんか、いっぱいあるさ」

「でも、中に卵《たまご》がある」

ハリーは、そろそろと移動《いどう》して、枝と苔《こけ》でできた巣をのぞきこんだ。大きな卵が五つあった。青みがかった緑色をしていて、黒い点がまだらについている。ハリーは一つ持ち上げた。冷たくなっている。

「ミヤマガラスの卵だよ。割《わ》らないように気をつけて。あたしゃ、一度割っちまったことがあるんだ――うっ！　くさい！」

じきに二人は、てっぺんについた。座り心地のいい場所を選び、風にゆられながら、ハリーは森の向こうに目をこらした。片側《かたがわ》には青い丘《おか》が連なり、別のほうには輝く海が、ぼんやりと見える。

「すごい！　最高だ！」

大きなカモメが飛んでいく。二人を見つけて、警告《けいこく》の鳴き声をたてた。ハリーは笑った。

「シーッ！」

ドットはハリーの腕をつかまえて、下を指さした。ずっと下の開けたところに男がいる。茶色のツイードのスーツを着ている。どうも人に見られたくないようだ。身をかがめて、左右を見ている。片手には本格的《ほんかくてき》な双眼鏡《そうがんきょう》を持ち、首には望遠レンズつきのカメラをぶら下げている。あの男だ！

「ビーストリー・プリーストリーだ！」

ドットが怒《おこ》ったように言った。

「今朝、あの人に会ったよ」

ハリーもささやき声で言った。「大きな黄色いロールスロイスに乗ってた。ぼくたちの車にぶつかりそうになったんだ。何をしてるんだろう？　バードウォッチング？」

「バードウォッチングだって？　あいつには、フクロウとダチョウの区別もつかないよ。バードウォッチングなんかじゃない。やつはラグ・ホールを見張《みは》ってるのさ。まったくいやな野郎《やろう》だよ！」

ドットは、下に向かって顔をしかめて見せた。

「どうして？」

「理由は――ブリジットおばさんにおききな」

ドットは、もっとはっきり見えるように、少し下の枝に移動した。「ここでやつを見かけたのは三回目だ」

体をかがめたまま、プリーストリー大佐《たいさ》は、実がなっているナナカマドの木から紫色《むらさきいろ》のジギタリスのしげみに移動して、うずくまった。太っている体を動かしたので、顔が赤くテカテカしている。太陽の光を浴《あ》びて、ショウガ色の髪の毛が輝いた。

「いい考えがある」

ドットが手まねきをした。「行くよ。急いで。気をつけるんだよ」

葉っぱをゆらさないように注意しながら、二人は巣のあるところまでおりた。

「投げるのは得意《とくい》かい？」

ハリーはうなずいた。

「けっこう、うまいよ」

「わかった。おまえさんが三つで、あたしが二つだ」

ドットは、枝につかまり、くさった卵をかまえた。「目標《もくひょう》が、はっきり見えるところに移動するまで待つんだ。やっこさんに当てるんだよ」

大人《おとな》にくさった卵をぶっつけると聞いて、ハリーはうれしくなって巣に手を突っこんだ。

プリーストリー大佐が、苔むした石が積み重なっているところに移動した。

「よしよし——用意はいいかい？　一、二、三！」

ドットは、腕を後ろに引いてから、一番目の卵を投げた。完ぺきなカーブを描《えが》いて飛んでいく。バシャ！　大佐の靴に命中した。

大佐は驚《おどろ》いてあたりを見回した。

今度はハリーの番だ。失敗。枝がゆれた！

プリーストリー大佐は、上を見て、双眼鏡を手にした。木の葉の後ろに、二人いる。

「プリーストリーのくそったれ！　こそこそかぎまわりやがって。フェロン・グランジで何してるか知ってるぞ！　キツネ狩《が》りや夏の舞踏会《ぶとうかい》のかげでね。あたしらを、だまそうったって、そうはいかないよ。性根《しょうね》までくさりきっている。この卵みたいにね！」

ドットは、前のめりになって小さなこぶしをふり回し、また卵を投げた。うまい！　ヒューン、ビシャッ！　肩《かた》に当たった。

「ヤーイ！」

ハリーは大喜びだ。

プリーストリー大佐もどなり返した。

「おまえだな、ドッティ・スカイラーク！　うう、くさい！　今に見てろ！　プリーストリー様にたてつくと、どういうことになるのか教えてやる。いっしょにいるのはだれだ？」

プリーストリー大佐は手をかざした。「ガキだな。おまえはだれだ？」

「ぶっつけておやり」

ドットがささやいた。ハリーは、腕を後ろに引いた。

「おりて来い！　腰抜けめ！　ハリーは、とっととおりてこないと……」

卵が、ビューンと飛んだ。ドットよりいいコントロールだ。二人のいる木まで、ビシャッという音が聞こえてきた。くさった卵が、大佐の額《ひたい》に命中したのだ。くさい黄身が、髪の毛、耳、眼鏡《めがね》、口ひげ、カメラと、体中に広がった！

「アァアァ！　グゥウゥ！　エェエェ！」

怒りにもだえながら、大佐は大きなハンカチを取り出して、ふき始めた。

「つかまえてやる！　おまえがだれだろうと、きっとつかまえてやるからな！」

顔が怒りで真っ赤になり、目玉がゴルフボールのように飛び出した。

このとき、ウサギを追いかけて、どこかに行っていたタングルが、藪《やぶ》の中から姿を現《あらわ》した。ひと目見て、プリーストリー大佐が悪者だと感づいたタングルは、歯をむきだしてうなり始め、飛び出して、大佐の足首にかみついた。

「そうだ！　行け、タングル！　かみついちゃえ！　ズボンをかみちぎれ！」

この声に元気づけられ、タングルはますますはげしく攻撃《こうげき》した。

「やめろ！　放せ！　アァァァア！　足が！　こんちくしょう！　オー！」

プリーストリー大佐は、つんのめった。

「いい子だ！　そうだ！　追いはらえ！」

ハリーは、最後の卵を投げた。ドットは、枝をゆすって、木の実と枯《か》れ枝《えだ》を落とす。ミサイルは大佐の頭に落ちた。タングルが、背後《はいご》から攻撃している。ズボンの尻《しり》にかみつき、追い立てている。大佐の大敗北だ。前のめりになりながら、プリーストリー大佐は不名誉《ふめいよ》な後退《こうたい》を余儀《よぎ》なくされた。

「どうだ、プリーストリー！　くたばっちまえ！　あたしたちの土地から出て行け！」

かん高い、オウムのような声が森中に響《ひび》いた。「この次は、こんなもんじゃすまないからね！」

高い木の上から大佐の後ろ姿を見送った二人は、枝につかまって勝利のダンスをおどった。

「アー、おもしろかった！」

ドットは、うれしそうにため息をもらし、大笑いした。「みんなに話すのが待ちきれないねえ。ハリー・バートン、あんたは見こみ通りの子だったよ。ラグ・ホールで人気者になるよ」

じきに、タングルがもどってきた。うれしそうに尻尾《しっぽ》をふっている。そして、大佐の代わりに、また、ウサギを追いかけ始めた。

ドットとハリーは、また木のてっぺんにもどった。

すぐそこに湖が見える。青や銀色に輝き、木々が映《うつ》っている。アヒルが水音を立てて飛びこみ、シカが水を飲んでいる。こんなに暑い夏の午後は、水の中がいい。

「おりたら、泳ぎに行くといいよ」

「うん、そのつもり」

ハリーは、まるで飛んでいるかのように、そよ風の中で両手を広げた。

5 湖

ハリーは、桟橋《さんばし》に立った。水は深い。二メートルぐらいあるだろう。水底には細い水草が生えている。サラダ菜みたいな色だ。小魚の群《む》れに、日の光があたり、キラキラしている。

日焼けしていない、都会の少年の肩《かた》にあたる太陽は熱い。T《ティー》シャツとジーンズは、アリをふるい落としてから、板の上に置いた。だれかが見たら、青いパンツを、水着だと思ってくれるといいのだけど。

ハリーは、あたりを見回した。湖を木が取り囲んでいる。岸辺には草が生え、黄色い苔《こけ》におおわれた岩がある。小さなボートが、岸に上がっている。

桟橋の端《はし》に爪先《つまさき》をのせ、深呼吸《しんこきゅう》して——ザブーン！

最高だ！　水はしょっぱくないし、塩素《えんそ》のにおいもしない。水道の水のように新鮮《しんせん》だ。

ハリーは、泳ぎがうまかった。ナッティに言ったメダルは、千五百メートルでもらったものだ。も

う一つのメダルは、救命コースでもらった金メダルだ。あお向けになってうかぶと、顔に日の光が当たって暖《あたた》かい。体を曲げてもぐった。水底を泳ぐと、口からぶくぶくと泡《あわ》が出る。オットセイのように体をくねらせながら、ハリーはあたりを見回した。栈橋の柱には水草が生えているし、向こうは青くけぶっている。また魚の群れが光の中に現《あらわ》れた。ハリーは、水底をけって、ザバッとうかび上がった。

水を二、三回かくと、はしごにとどいた。栈橋にあがる。熱くなった板に水がしたたり落ちる。足《あし》跡《あと》がたくさんついた。それから、ドタッと倒《たお》れて、水に身を乗り出すと、丸まって――ドボーン！水しぶきが上がり、日の光をあびてキラキラ輝《かがや》く。湖が波立つ。顔を出すと、平泳ぎで岸から遠ざかる。

十分ぐらい水の中で遊ぶと、栈橋の上に大の字に寝《ね》ころんだ。板が熱くて、背中《せなか》が痛《いた》い。水が流れ落ちると、くすぐったい。

太陽がまぶし過《す》ぎて、目の裏《うら》にいろいろな色が見える。ぎゅっと目を閉《と》じた。うすい黄色が濃《こ》くなり、オレンジ色、赤、紫《むらさき》に変わっていく。ほんの一瞬《いっしゅん》太陽のほうを向き、目を閉じると、色が混《ま》じりあい、溶《と》けて形を変えた。

湖畔《こはん》は静かだった。ハリーは、いつでも車の音がするロンドンがなつかしくなった。ここで聞こえる音といったら、鳥のさえずり声と虫の羽音、それに岸で、枝《えだ》を裂《さ》いているタングルのうなり声だけだ。

さんさんと照《て》りつける太陽の下でうつぶせになった。古い板は、黒くてささくれだっているが、新しい板は、すべすべしていて、黄色がかった白だ。暑さで松脂《まつやに》が溶けだしている。ハリーは、爪《つめ》で松脂をころがし、つぶして、指についた、強いにおいをかぐ。捨《す》てようと思ったが、手からベタベタが取れない。

板のすきまから、湖をのぞいてみた。真下の水草の陰《かげ》に、縞《しま》のある魚がいる。水面でハエがおぼれている。魚の皿のような目が、ハエを見つけた。魚が向きを変えた。突然《とつぜん》、水が渦巻《うずま》き、水音が上がった。さざなみが収《おさ》まると、ハエはいなくなっていた。

ハリーは、またあお向けになり、目を閉じた。暑さが眠気《ねむけ》をもよおさせる。あやつり人形のようにグニャッとなって、ゴッグリーじいさんのことを考えていた。じいさんは魚のようにかくれていて、獲物《えもの》を見つけると飛び出してくるのかな？　獲物をむさぼり食うのかな？

まどろみながら、ハリーは、後ろのほうから何か音が聞こえるのに気がついた。板がきしみ、顔に影《かげ》がかかった。太陽が雲にかくれたのかもしれないと思いながら、目をうっすらと開けてみた。

二人の人間が、ハリーを見おろしている！　まるで、そびえ立つようだ！　ハリーは、叫《さけ》び声《ごえ》を上げて、飛び起きた。

「こわくないです」

背の高いほうが言った。女だ。「だいじょうぶ。おどかしてしまったようですね。足音が聞こえたと思いました」

ハリーは目を丸くした。

「ああ、こんなふうに人が現れたらショックだべ」

男が言った。「目を開けてみで、おめえさんみでえな大女が立ってでら、そらたまげるべえ」

男はハリーのほうを向いた。「おっそろしいことは、ねえぜ、坊《ぼっ》ちゃん。これはハギーで、オラあフィンガーズじいちゃんだ。おめえさんが来たって聞いだもんだがら、あいさつしに来たんだ」

ハリーは、立ち上がった。フィンガーズはハギーと対照的《たいしょうてき》に、チビで、ヒョロヒョロだ。シワだらけの顔から、六十代だと思われる。髪《かみ》の毛《け》は茶色で、額《ひたい》にグニャッとかかっている。口の上のわずかな口ひげも、クテッとしている。あごらしいものがない。ひどいなで肩で、うすい胸《むね》に向かって続いている。着ているのはぶかぶかの安っぽい茶色のスーツ。

「泳いでいたのがね？　オラだちも、泳ぐがね？」

フィンガーズは、連れのほうを向いた。「どうだ、ハギー？　ちょっくら泳ぐが？」

そして、こらえきれないように笑った。「やめどぐべ。湖の水がなぐなる」

何本か指がない。ハリーは、フィンガーズの指を見つめた。好奇心《こうきしん》のほうが、礼儀《れいぎ》正しさに勝った。

「それどうしたの？」

「なんのこった？」

「手だよ」

ハリーは指さした。「指、どうしちゃったの？」

「オラの指が？」

フィンガーズは、まるで今、指がないのに気がついたみたいに、手を開いた。「うんだ、アー」

突然質問《しつもん》されて、返答にこまっている様子だ。「まあ、事故《じこ》みでえなもんだべ」

「一回だけだと言うのですか？」

大女が言った。「五十回も事故にあっていますね」

「ヤー。ちっとばっかし注意不足だったごとが、二回が三回あったべ。仕事でな」

フィンガーズは、たれ下がったポケットに手をつっこんだ。「そんだで、オラあ、フィン《指》ガーズって呼《よ》ばれでんだ。フィンガーズ・ピーターマン。よろすぐな」

ハリーは、フィンガーズから、となりに立っているおばあさんに目をうつした。

「名前の話が出だがら、なしてハギーど呼ばれでるが、教えっぺ」

フィンガーズはハリーを見た。「ハギーはロシア人だ」

「ロシアとドイツのハーフです。まったく暑いですねえ！　わたしは、すずしいほうが調子が出るのです」

ハギーは、手すりによりかかって、子羊肉《こひつじにく》のかたまりのような手で、顔をあおいだ。

初めの印象よりさらに小さかったフィンガーズと正反対に、ハギーは、思ったより大きかった。これまで会った、どの女の人よりも大きい。種類のちがう犬がならんで立っているようだ。毛がモジャモジャのヨークシャーテリアと、とてつもなく大きいブルドッグがいるみたいだ。ハギーは、美しいとはお世辞《せじ》にも言えない。あいきょうのある、しかし威圧感《いあつかん》のある、巨大《きょだい》な顔。墓石《はかいし》をならべたような歯。モジャモジャの茶色の髪の毛からは、ハンドルのように耳が突《つ》き出《だ》している。巨大なジャケットは、タイヤのチューブや、パーティー用の風船がつめこまれているみたいに盛《も》り上《あ》がっている。ぴちぴちのツイードのスカートから、筋肉《きんにく》モリモリの足が突き出し、三十センチもある靴《くつ》をはいている。

「ハリー、あなたはすごくラッキーですね」

ハギーは、喉《のど》からしぼり出すような声で言った。「若《わか》くて、やせています！　この暑い中で、すずしそうに見えます！」

「水の中はすずしいよ。ナッティがはしごをつけてくれたんだ」

「暑がったら、ハギーも泳いだらどんだ？」

「ハリーは、パンツで泳いでもいいのです。でも、わたしが下着で泳いだら魚がびっくりします。湖の中の魚が、腹《はら》を上にしてうかぶでしょう。ショック死ですね」

ハギーが笑うと、ゼリーのように体がふるえた。

ハリーとフィンガーズも笑った。

「ハギーの言うごどを信じでなんねえ。これまでの人生のほどんどを、下着で過ごしてきたようなもんだ。片方《かたほう》にだけ、ひもがついた水着みでえなもんを着てな。たいして変わんねえべ」

「この男の言うことは気にしないでください。もう、ずっと昔のことです」

「んだ。有名な女レスラーだったんだ」

フィンガーズは、自慢《じまん》げに言った。

「ハギー・ベア《クマのハギー》どか、ストラングラー《首しめ屋》とか、ボーンクラッシャー《骨くだき》、と呼ばれでたべ」

「フィンガーズ、やめてください。あなたの仕事はなんだったのか、ハリーに教えますよ。昔の話をするには、暑すぎるでしょう」

ハリーは目を見張《みは》った。

「本当なの？　女レスラーだったの？　テレビに出てくるような？」

「いいえ」

ハギーはしかめつらをした。「あんなものではありません。あれは茶番です。本物のレスラーです。チャンピオンです」

「ぼくに教えてくれる？　ここに住むんだから」

ハギーは笑いながらうなずいた。

「いいですよ。でも、今日ではありません。すずしくなったら、木の下でね」

「ありがとう！」

ハリーは、すごくうれしかった。

「本気ですか？」

ハリーは首をたてにふった。

「じゃあ、ここに来てください」

ハギーは、ふいに桟橋の真ん中に移動《いどう》した。「見せたいものがあります。ちょっと手を貸《か》して……」

ハリーは、にこにこしながら、言われたとおりにした。でも、用心して、足をふんばった。

ハギーも笑顔を返した。

「いいですか、だれにも……こんなことを……」

あっという間だった。心臓《しんぞう》が止まるかと思った。ハギーはちっとも動いたように見えなかったのに、ハリーは、手足をばたつかせて、湖に向かって飛んでいた。ドッボーン！　桟橋から何メートルも離《はな》れた湖に落っこちた。数分後、びしょ濡《ぬ》れで、にっと笑いながら、ハリーは階段《かいだん》を上った。

「……させてはいけません」

とハギーは話を終え、ハリーの濡れた背中をたたいた。「体が、冷たくて気持ちいいですね」

「もう一度やって！」

「もうダメです。暑すぎます。たぶん、あとで……」

ザブーン！　ハリーは、また別《べつ》の方向に飛んでいた。ハギーは笑いながら、フィンガーズのほうを向いた。

「水が気持ちよさそうです。冷たい！　わたしも入ります。フィンガーズは？」

「よがんべ。ハギーが行ぐなら、オラもだ」

「わたしは、こちらに行きます。あなたは、あちらに」

タングルが立ち上がって、尻尾《しっぽ》をふっている。ハギーは、タングルの濡れた背中をたたいた。

「おまえも泳ぎますか？」

巨大な、元レスラーは、柳《やなぎ》のしげみで下着になった。岩の後ろに半分だけかくれて、フィンガーズは、スーツをぬぎ、ぶかぶかのパンツ姿《すがた》で現れた。そこから出ている足は、まるで皮をむいた小枝だ。

数分後、夏空の下で、四つの頭が湖にういて、水しぶきを上げていた。

6 ゴッグリーじいさん

「それで、その家政婦《かせいふ》のことをゲシュタポ・リルって呼《よ》んでいたんだね。まったくハリーときたら」

ブリジットおばさんは、まだ笑いころげている。

「ひどい女ね。でも、もうだいじょうぶよ。そんな女のことは忘《わす》れておしまいなさい」

フローリーおばちゃんは、プクンとふくれた指をふった。「おやすみ。ハリーが来てくれてうれしいわ。何か必要なものがあったら、インターホンで教えてね」

夜、十時。ハリーはベッドに横になった。ドナルド・ダックのランプがついている。

「ベッド中、砂《すな》だらけにしたくなかったら、タングルを自分の箱に寝《ね》かせるんだよ」

と、ブリジットおばさん。

そんなこと、かまうもんか！　下を見ると、タングルが、おばさんたちが出て行くのを待っている。

「おやすみなさい、おばちゃんたち」

「おやすみ、ハリー。いい夢《ゆめ》を見るのよ」

「ぐっすり眠《ねむ》りなさい」

ブリジットおばさんが、螺旋階段《らせんかいだん》に行くドアを開けた。二人のおばさんは、階段をおりていった。階段の明かりが消え、タワーのドアが閉《し》まった。

ハリーは、一人っきりになった。頭の後ろに手を組んで、曲がった梁《はり》を見上げる。

ベッドがゆれた。タングルが飛びのってきたのだ。クンクンにおいをかいで、寝場所を作ろうと歩き回り、かけ布団《ぶとん》を引《ひ》っ張《ぱ》った。

「寝ちゃだめだよ。すぐに外に行くんだから。ゴッグリーじいさんのことを知りたいんだ。おばさんたちは、何かかくしてるぞ」

タングルは、動くのをやめてハリーをじっと見た。それから、また布団を引っ張り始めた。

万が一眠ってしまったときの用心に、ベッドのわきにある古い目ざまし時計をセットし、また横になった。

横の窓《まど》の桟《さん》には、本が重ねてある。ハードカバーの古い本もあるし、新しいペーパーバックもある。一冊《さつ》取り上げた。『雪の宝物《たからもの》』という冒険物《ぼうけんもの》だ。読書は好きだけれど、今夜は集中できない。半ページも読まないうちに、布団の上に本を放り出した。

向こう側の壁《かべ》には、緑色のインターホンがついている。そうだ！　これで、母屋《おもや》の会話を盗《ぬす》み聞《ぎ》きできるかもしれない。ハリーは、ベッドから抜《ぬ》け出《だ》して、インターホンまでかけていった。はだしなので、ビニールの敷物《しきもの》がヒヤリとする。ハンプステッドから持ってきたほかの服と同様に、青い縞柄《しまがら》のパジャマも、ツンツルテンだ。

インターホンには、電話のように、受話器がついている。そっとそれを持ち上げる。ちょっと電子音が入るが、ほかには何も聞こえない。本体のほうを調べてみた。呼び出し用のボタンしかついていない。さわっちゃだめだぞ！　もう一度受話器を耳に当ててみる。やっぱり何も聞こえない。受話器をもどそうとしたとき、突然《とつぜん》、ガチャガチャと音がした。

「もしもし！」

オウムのような変な声が響《ひび》きわたった。

ハリーはびっくりして、受話器を落としてしまった。壁にぶつかり、受話器はぐるぐる回った。

「ハリーなの？　だいじょうぶ？　何かほしいものがあるの？」

ふるえる手で、ハリーは受話器を取り上げた。

「ブリジットおばさん？」

「フローリーおばちゃんよ。何か用だった？」

「ううん」

何か言わなくちゃ。「どうやって使うのか、試《ため》してみてただけ」

ほかの人たちのささやき声が聞こえる。

「ちゃんと聞こえるわよ。この機械ひどいわね。ハリーの声、かぜをひいたカラスみたいよ。さあ、もうベッドにお入りなさい。いい夢を見るのよ」

「おやすみなさい、フローリーおばちゃん」

しばらく、受話器を耳に当てていたが、向こうもそのままにしている。ハリーは、そっと受話器をもどした。

「あー、びっくりした。まるで、ぼくがスパイしているのを知ってたみたいだ」

タングルに言うと、タングルは、ひげのような眉毛《まゆげ》を上げた。

時計を見た。あと三十分待とう。

ベッドにもどると、『雪の宝物』を取り上げた。胸《むね》のあたりまで布団をかけて、本を読み始めた。本に夢中《むちゅう》になっていたので、タワーのドアが開く音や、螺旋階段を上ってくる足音が聞こえなかった。突然、コツコツという足音が耳に入った。だれかが、石の階段を上ってくる。ハリーはびっくりして、うろたえた。ゴッグリーじいさんが、つかまえに来たんだろうか！　おばさんたちかも。ぼくが、夜中に抜け出して、スパイしようとしているのを知って、カンカンなんだ！　それとも……。足音は、ドアの外まで来た。もう考える時間がない。おおあわてで、本を布団の上に落として目を閉《と》じた。

だれかが部屋に入ってきた。急な階段を上ったので、息を切らしている。足音をしのばせて近づいてくる。ハリーは寝たふりをしながら寝返りを打ち、うす目を開けてみた。

ブリジットおばさんが、ベッドの横に立っている。夕方から着ている金と赤のカフタン（中近東の民族衣装《いしょう》）姿《すがた》だ。長い指で本を取り上げ、しばらくページをめくっていたが、本棚《ほんだな》に置くと、やさしくタングルに話しかけた。

「ここで何をしているんだい、この腕白坊主《わんぱくぼうず》？　あの箱がおまえのねぐらだよ！」

おばさんは、布団をハリーの肩《かた》までかけなおした。かがんで、ハリーの額《ひたい》にキスするとき、泉《いずみ》のような香水《こうすい》の香《かお》りがした。

パチッ！　部屋が真っ暗になった。おばさんは、そろそろとドアに向かう。階段から明かりがもれる。ブリジットおばさんは、おりていった。明かりが消え、タワーのドアが閉まった。

また一人ぼっちになった。

おばさんが出て行ってから、二分間待った。それから、カーテンのすきまから外をのぞいてみた。魔法《まほう》のような夜だった。雲の割《わ》れ目《め》から満月が出、芝生《しばふ》が銀色に輝《かがや》いている。木の枝《えだ》が、さまざまな影《かげ》を作っている。幽霊《ゆうれい》一人どころか、ローマの大軍団《だいぐんだん》だってかくれられそうだ。

窓を開けると、夜風がカーテンを吹《ふ》き入れた。ハリーがカーテンをおしもどす。風は温かい。動物、スイカズラ、遠くの干草畑《ほしくさばたけ》やあまい土のにおいがする。どこかで、牛が鳴き、犬がほえている。車がスピードをあげて通り過《す》ぎる。

　さあ、出発しよう。そっと窓を閉めた。電気をつけるわけにいかないので、月の光が入るように、カーテンを開けておいた。あっという間にパジャマをぬぎ、ジーンズをはき、黒いセーターを着、運《うん》動靴《どうぐつ》をはいた。懐中電灯《かいちゅうでんとう》もないし、武器《ぶき》もない。どこかでこん棒《ぼう》になる枝を見つけよう。パッとベッドに飛び乗って、カーテンを閉めると、スーツケースと枕《まくら》を、布団の下におしこんだ。こうやっておけば、眠っているように見える。そして、タングルを連れて、そろそろとドアに向かった。

　ジリジリジリジリリー！　階段まで行ったとき、目ざまし時計のものすごい音が響きわたった。心臓《しんぞう》が飛び出すかと思った。ハリーは部屋に飛びこんだ。敷物につまずき、ベッドに倒《たお》れこみ、時計をつかんだ。手さぐりでスイッチを探《さが》す！　ベルが鳴りやんだ。

　耳を澄《す》ました。何も音がしない。しばらく待つ。だいじょうぶ、だれも来ない。心臓のドキドキはおさまった。

　二度目は、はってドアに向かった。ドアが少し開いている。おどり場にある、小さなバスルームから、石けんのにおいがただよってくる。

　螺旋階段のずっと下にある小窓から月明かりが入ってくる。それ以外は真《ま》っ暗闇《くらやみ》だ。階段は四十七段ある。片手《かたて》で手すりをつかみ、片手で反対側のゴツゴツした壁をさぐりながら、階段をおりる。

「いち」

ハリーは、小声で数えた。「にい、さん、しい、ごお、ろく……」

「離《はな》れるんじゃないよ！」

ハリーは、タングルの首輪にひもをつけた。「引っ張っちゃだめだよ。聞いてる？　ゴッグリーじいさんに出くわしたら、かみつくんだ！　おばさんたちを見たら、シー、だよ」

タングルは、おとなしく立ってはいるが、ハリーを無視《むし》して、暗闇を見回している。

ハリーとタングルは、タワー近くの木の下に立った。月明かりに照らされ、ラグ・ホールがそびえ立っている。芝生の向こうには玄関《げんかん》がある。ハリーは目を見開き、耳を澄ました。OK《オーケー》だ。

「おいで。急いで！」

タングルのひもを引っ張る。夜露《よつゆ》に濡《ぬ》れた芝生をかけ抜け、屋敷の影にかくれた。

角刈《かくが》りの頭が、月明かりにうかんだ。あたりを見回す。砂利《じゃり》を敷《し》いた前庭の向こうは、広い花壇《かだん》に囲まれた大きな玄関だ。一部屋だけ明かりがついている。三十メートルほど先にある、客間のフランス窓（両開きになっている、床《ゆか》まである窓）からもれた光が、小石を照《て》らす。

深呼吸《しんこきゅう》して、タングルのひもをしっかりつかむと、ハリーは、月明かりの中にふみ出した。砂利道が音をたてる。花壇に足をふみ入れると、運動靴がズブズブとはいり、花をふみつぶしてしまった。

砂利道にもどった。

夜の庭では、コウモリが蛾《が》をつかまえている。何か口にくわえたネコがやぶの陰《かげ》にもぐりこんだ。屋根から飛び立ったフクロウが、音もなく飛んでいく。

フランス窓の外にある階段までやって来た。厚《あつ》いカーテンがかかっている。カーテンのすきまからのぞいてみた。優雅《ゆうが》な壁紙ぐらいしか見えない。

窓に耳をおしつけてみた。話し声が聞こえる。女の声だ。反対側の耳を手でおさえた。ブリジットおばさんの声みたいだ。目を閉じて、耳に集中した。でも、何を言っているのかわからない。別《べつ》の声が聞こえた。今度は、男の声だ。それから、ブリジットおばさんが、こう言ったような気がした。

「そう、フローリーが運転するんだ……」

それしか聞き取れなかった。それも、はっきり聞こえたわけじゃない。

ハリーは、ガラスについた耳の跡《あと》をこすり、タングルを見おろした。

「さあ、どうしようか?」

タングルは、立ち上がって、今来たほうをふり返った。

「どうしたんだ?」

ゾクッとした。何も見えない。いや、見えた! 黒い影が芝生を横切っている。ハリネズミだ!

ホッと息をつくと、ハリーは、にっこりして、タングルの体をなでてやった。

それも、つかの間だった。向こうの木立の間で、光るものがある！　心臓が止まりそうになった。光は消えた。また光った！　突然、燃《も》えあがったように見えた。そして、消えてしまった。

あれはなんだったんだろう？　あそこにいたのはだれだろう？　一つだけ確《たし》かなことがある。かくれなくちゃ！　それとも、ゴッグリーじいさんが、タワーの後ろの木の陰で待っているのだろうか？　でも、タングルは警戒《けいかい》していないようだ。だれかに見られているようで、ハリーは砂利をかけ抜けて、壁の横の暗がりに飛びこんだ。

心臓がドキドキする。息を殺して耳を澄ます。庭の向こうからガサガサ、ヒューヒューという音が聞こえる。フクロウが鳴き、あたりを見ている。林のほうから、低いうめくような音が聞こえた。

「幽霊なんかいないさ！」

ハリーは自分に言い聞かせた。

また、ザーという音が聞こえ、光が見えた。森に稲妻《いなずま》がかくれているみたいだ。

ハリーは身ぶるいした。みんなが言うように、ベッドにいればよかった。でも、あの光を見、あのうめき声を聞いてしまった今、もっと知りたくなった。できるだけ陰にいるようにしながら、芝生を迂回《うかい》し、タワーの後ろから森に足をふみ入れた。草が冷たい夜露に濡れている。運動靴はびしょびしょだったが、気づきもしなかった。

タングルをつないだまま、森を歩くのは難《むずか》しいだろう。ハリーは、ひもをほどいてやった。

「いい子にするんだよ」

真剣《しんけん》な声で言った。「離れないで。わかったね！　うろうろしないで。ほえちゃだめだよ！」

ハリーは、用心深く進んだ。枝が顔にぶつかる。氷のような夜露が、頭や肩《かた》にふり注《そそ》ぐ。落ちている枝に足をぶつけた。腕《うで》ぐらいの長さの、白い枝を拾い上げ、先に進む。

枯《か》れ枝《えだ》が足元でパキパキ音を立てる。驚《おどろ》いた鳥たちが、さわがしく鳴きながら、枝から飛び立つ。

タングルはウサギを見つけ、追いかけた。ウサギは暴《あば》れ馬《うま》みたいに、藪《やぶ》をかけ抜ける。

ハリーは凍《こお》りついた。しかし、森の向こうにいるものは、気づかなかったようだ。この世のものと思えないようなうめき声は、大きくなってくる。ドスンドスンという音が聞こえる。燃えあがるような、瞬《またた》く光は、ますます明るくなってきた。

開けた場所に出ると、足を止めた。風が気持ちいい。月明かりの下で、頭上の黒い枝がゆれ、ガサガサ音を立てる。まわりで影がゆれている。

一分が過ぎた。また一分。お腹《なか》が大きな音を立てた。ハリーは、顔をしかめて、ベルトをしめなおした。それから、また、待った。まわりの木のように、じっと動かない。

パキッ。広場の向《む》こう端《はし》から、小枝が折れるような小さな音が聞こえた。

ビクッとして、そっちに顔を向けた。

「アァァオォォォ!」

低いうなり声だ。ぶきみな光が広がり始めた。地面から、巨大《きょだい》な足が持ち上がった。

「なんだろう?」

ハリーは、ブルブルふるえた。

「アァァァオォォォ!」

声は、ますます大きくなって、ハリーを取り囲んだ。

同時に、何かが光った。地面から四メートルほどのところだ。ハリーは、恐《おそ》ろしい、幽霊のようなものを見つめていた。腰《こし》から下には、修道僧《しゅうどうそう》のような長い衣装をつけている。胴体《どうたい》と頭は獣《けもの》だ。ギラギラ光る目。恐ろしい牙《きば》。長い爪《つめ》。今にも、広場を横切って、ハリーをつかまえに来そうだ。その生き物が動いた。変にゆがんだ。消えた!

その姿が見えていたのは、ものの一秒《びょう》というところだろうか。でも、ハリーにはじゅうぶんだった。悲鳴をあげて逃《に》げだした。逃げるとちゅう、枝やトゲで、顔を引っかいた。何かに足首をつかまれて、ころんだ。ハリーは、足をふりほどき、またかけだした。

後ろから、追いかけてくる音が聞こえる。ドシン、ドシンという足音。藪をふみ分ける音。ゴッグリーじいさんの叫《さけ》び声《ごえ》が、森中に響きわたる。

「アァァァオォォォ!」

タワーの中は安全だった。

ハリーは、螺旋階段の一番下に腰かけ、手の甲《こう》についたすり傷《きず》の血をなめた。頬《ほお》や足もすり傷だらけだ。足首がズキズキする。まあ、すぐに治《なお》るさ。

落ち着くと、ハリーは考え始めた。

足元にはタングルがいる。いっしょに逃げてきたタングルも、体をなめていた。靴が濡れているので、入り口は足跡だらけだ。ドアのかんぬきをしっかり閉め、階段の明かりをつけた。

なんかあやしいぞ。すごくあやしい。あやしい点は一つだけじゃない。まず、みんながぼくに警告した。これからして、あやしい。幽霊なんかいるわけない。ぼくがどれほどこわがろうが、悲鳴をあげて逃げ帰ってこようが、幽霊なんかいるわけない。それから、光は規則的《きそくてき》だった。三分に一回ぐらいだ。光といっしょにうめき声も聞こえた。光とうめき声が別だったことはなかった。始まる前に、パチッという音がした。あれはスイッチを入れる音だ。つまずいたのは、もつれたケーブルに足を引っかけたんだ。あれはイバラやノバラのツルじゃなかった。足を引っ張るときにさわったから確かだ。表面がすべすべしていた。最後に、ゴッグリーじいさんは、ぼくにどんな悪さをしたんだ。何もしなかった！　幽霊がしたことといったら、姿を見せて、うなり、変に体をくねらせただけだ。

また、小さな玉のような血が出てきた。ハリーは、血をなめて、タングルをなでた。タングルは幽霊をこわがらなかった。犬は、超自然現象《ちょうしぜんげんしょう》にものすごく反応《はんのう》するんじゃないだろうか？

よし、調べてみよう！　四十七段の階段をかけ上り、ベッドのわきの時計をつかんだ。それから、かけおり、古いドアのかんぬきをはずし、階段の明かりを消した。少年と犬は、月明かりの庭に飛び出した。

片手は自由にしておかなきゃ。ハリーは、棒を外の壁に立てかけた。最悪の場合、二つベルのついた目ざまし時計が、強力な武器になるだろう。手で時計の重さを量ってみた。幽霊だろうが人間だろうが、これでたたいたら、頭がクラクラするだろう。

風が顔にあたった。大急ぎでハリーは森の暗がりにかけこんだ。

木立の間をしのび足で進む。足を止める。また、進む。光った！　それから幽霊のうめき声。しばらく待つ。また光った。足音が聞こえる。うめき声が止まった。

夜光塗料《とりょう》のぬってある、時計の針《はり》を読んだ。十一時十四分三十秒。ハリーは木にもたれて座《すわ》った。

「タングル、おいで」

毛むくじゃらな友だちに片腕を回し、秒針《びょうしん》を見つめる。

また明るくなった。うめき声が聞こえる。光が消えた。時計を見る。十一時十八分三十秒。

また、待つ。気味が悪い。暗闇の中で、気のくるった男かトラがさまよっていてもおかしくない。

また、光った。十一時二十二分三十秒。

正確《せいかく》に四分間隔《かんかく》だ。

ハリーは立ち上がった。

月明かりがあっても、森の中ではかんたんに道にまよう。しばらく、森の中をうろうろした。道がわからない。そのとき、思ってもみなかった方向から光が見えた。そっちの方向に行くと、さっきゴッグリーじいさんを見た場所に出た。

パチン。にぶい音がした。タングルが耳を立てた。地面に近いところに、光がうかび上がった。血も凍るようなうめき声がする。光は明るくなって、燃えあがった。悪魔のようなゴッグリーじいさんの姿がうかび上がり、うめき声はますます大きくなる。心臓の鼓動《こどう》のような音と、枝が折れるような音も混《ま》じっている。

静かになった。ショーはおしまいだ。

ハリーは、夜露のおりたシダの上に足をふみ出した。ジーンズが濡れている。セーターも胸まで濡れている。

幽霊が出たところに、黒い四角い影が見える。調べてみよう。

「イタッ！」

むこうずねが、なにかするどいものにぶつかった。中は空《から》のようだ。けとばしてみた。箱だ。しゃがんで調べた。板と布《ぬの》とワイヤーのようだ。旧式《きゅうしき》のスピーカーだ！　ハリーは、立ち上がって、黒い四角い影に近づいた。布だ。黒いキャンバス地がロープで木の幹《みき》に結びつけられている。船の帆《ほ》のように、風を受けてふくらんでいる。月明かりで、ぼんやりと絵のようなものが見えた。ハリーは指でなぞってみた。ゴッグリーじいさんのかっこうをしている。

足元で、パチンとスイッチが入る音がした。絵の下に光が当たった。蛍光塗料《けいこうとりょう》みたいだ。スピーカーからうめき声が聞こえてきた。すぐそばで気味の悪い音を出すものだから、タングルが上を向いて、ほえ始めた。

「アァアァオォォォ！」

「ワォォォー！」

「アァアァオォォォ！」

「ワォォォー！　ワォォォー！」

「タングル、静かにしろ！」

キャンバス地全体に光があたった。僧の衣装の上のほうが、毛深い獣だ。恐ろしい目がギロリとにらみ、爪や牙が、獲物《えもの》を切り裂《きさ》こうとしている。蛍光塗料のマンガだが、夜中にこんな場所で、それも、うめき声や、響きわたる足音といっしょに聞かされると、恐ろしい。

光が消え、スピーカーは静かになった。さあ、帰ろう。

「ねえ、タングル」

ハリーはかがんで、タングルの濡れた前足を持った。「すごいトリックだよね！　かんたんにはできないよ。どうして、こんなことしたのかな？」

念のために後ろをふり向いた。「どうして、ぼくをタワーから出したくなかったのかな？　何をかくそうとしているんだろう？　おまえ、知ってる？」

タングルは答えない。ハリーは、角刈りの頭と鼻をこすった。

「ぼくにもわからない。だから、調べてみよう」

濡れたジーンズが足にからみつく。ハリーはジーンズを引っ張ってのばし、冷えた爪先をふった。気持ち悪いが、気にならない。ハリーは、月を見上げた。

「すごいな！　真夜中に森を歩いているなんて、本物の冒険だ！」

7 盗み聞き

ラグ・ホールの、もう一方のはずれには、タワーとバランスを取るように、白い温室があった。

ハリーは、一人で温室のドアの前に立った。タングルはタワーに閉《と》じこめてきた。屋敷《やしき》にしのびこむつもりだから、タングルを連れていると、見つかってしまう。

ガラスに鼻をくっつけて中をのぞいた。鉢植《はちう》えのヤシや、大きな葉の植物が、いたるところにある。まだ熟《う》れていないブドウの房《ふさ》のついたツルが、柱や屋根をはっている。ヴィクトリア朝風のデザインと、見たことのない植物と、月の光が混《ま》じり合って、夢《ゆめ》のような光景を作りだしている。だれもいないようだ。ドアノブを回してみた。ギーッという金属《きんぞく》の錆《さ》びた音がして、ドアが開いた。いいぞ！

敷居《しきい》をまたごうとした。おっと！　この濡《ぬ》れた運動靴《うんどうぐつ》で歩き回ったら、足跡《あしあと》がついてしまう。運動靴をぬぎ、ソックスもぬいで、靴の中にたくしこみ、草むらにかくす。露《つゆ》が冷たい。足をジーンズにこすりつけてふいた。それから、温室にしのびこみ、後ろ手でドアを閉《し》めた。

暖《あたた》かくて、いいにおいがする。上からぶら下がった葉が月に照らされている。模様《もよう》のついたタイルの上には、籐製《とうせい》のイスとテーブルが置いてある。座《すわ》り心地《ごこち》よさそうだ。

「イタッ！」

とがった砂利《じゃり》をふんでしまった。ちょっと足をなでて、温室と母屋《おもや》をつなぐドアに向かった。鍵《かぎ》がかかっていない。一分後、ハリーは暗い廊下《ろうか》にいた。長靴とステッキが壁《かべ》に立てかけてあり、雨ガッパが壁にかけてある。床《ゆか》にはビニールがはってある。抜《ぬ》き足差《あしさ》し足《あし》でせんたく室、キッチン、朝食用の食堂を通り過《す》ぎた。ワックスや、アイロンや、夕食に食べた厚《あつ》いベーコン・サンドイッチのにおいがする。遠くから話し声が聞こえる。

玄関《げんかん》ホールに着いた。モザイクの床が冷たい。彫刻《ちょうこく》をほどこした手すりのついた階段《かいだん》が、曲線を描《えが》いて二階の寝室《しんしつ》に続く。豪華《ごうか》な絵が何枚《まい》もかかっている。いかつい顔をしたご先祖様《せんぞさま》たちの肖像《しょうぞう》画《が》ではない。風景画や静物画、外国の風景を描いた絵だ。丸天井《まるてんじょう》から、おどり場に、月の光が差しこんでいる。

黒いセーターとやぶけたジーンズ姿《すがた》のハリーは、この屋敷の子というよりは泥棒《どろぼう》みたいだ。抜き足差し足で、おばさんたちが集まっている客間に向かった。鍵穴《かぎあな》をのぞく。

客間は、この屋敷の中で、一番いい部屋だ。暗い庭や玄関ホールを歩いたあとだから、明かりがまぶしい。模様のついた、クリーム色のじゅうたん、クリーム色と金色のシェードのかかったランプが見える。磨《みが》きあげられたテーブルには、コーヒーポットとグラスがのっている。おしゃれな年寄《としよ》りたちが、気持ちよさそうなひじかけイスに座っている。ブリジットおばさんが、リンクリーズと呼《よ》んでいたっけ。フローリーおばちゃん、ハギーとフィンガーズ。夕食のときに会ったマックスという男の人もいる。部屋の真ん中にいるのは、ブリジットおばさんだ。豪華なアラビア風のカフタンを着て、威厳《いげん》がある。長イスのひじかけに半分腰《こし》かけている。老眼鏡《ろうがんきょう》にランプの光が反射《はんしゃ》する。大きな紙を持って、何かしゃべっている。

ハリーは、ドアに耳をおしつけた。

「……前にも言ったように、フローリーが横道に車を止めるんだ。マーケット通りのことだよ。小さな文房具屋《ぶんぼうぐや》の向かいだ。ナッティは、フェンダーを交換《こうかん》して、メルセデスを赤くぬる。忘《わす》れないでおくれ。マンチェスターのナンバープレートを使う。そうすればまちがえようがない」

「ちょっと訂正《ていせい》させてちょうだい」

フローリーおばちゃんが、口をはさんだ。「マンチェスターのナンバープレートはだめよ。いつも、みんな忘れるわ。ナッティが覚えやすいのを作ってくれたの。TBJ123《ティービージェイ》よ。あたしたちの仕事の十番目の銀行がTBJだからそれからとったの。あとは123」

「ああ、それはいい考えだね。みんな、ここんとこを訂正して。TBJ123だよ」

みんな、膝《ひざ》にのせた紙の上に鉛筆《えんぴつ》を走らせた。

「うんだ。こりゃいい。今度はだいじょうぶだ。いっつも、ごっちゃごっちゃになったがらな」

フィンガーズが言った。

「今度は――」

ハギーが笑った。「今度は、警察《けいさつ》の車に乗ろうとしないでくださいよ」

「ヤー、ヤー！　まだその話がね。オラあ、わがんなぐなったべ。宝石屋《ほうせきや》が、ものすごい勢《いきお》いで追っかげできたもんで」

「そうでしたね。でも、あなたは、うまく逃《に》げました」

「ヤー。フローリーのおがげだべ。すげえ、おにごっこだったべ」

「もう、あんなこと起こらないでほしいね」

ブリジットおばさんが、ピシャリと言った。「話を元にもどすよ。さっき言ったように、フローリーが、マーケット通りで待つ。ガス通りから、わたしたちが出てきたら――」

「取りこわし予定の、一番古いテラスハウスのところだよ」

かん高い声でドットが言った。

「そう。ボロボロの建物だ。わたしたちの姿を見ても、次の通りのパブから出てきたと思うだろう」

「『雄牛《おうし》と羽』という名前のパブだね」

「『子羊《こひつじ》と小槌《こづち》』だよ」

ブリジットおばさんが訂正した。

「似《に》たようなもんさ」

「まあね。とにかく、あまり注意を引かないようにするんだよ。ちょっぴり笑い声をたてて、ばか話をするんだ」

「盗《ぬす》んだ物を持って車に乗り、グリーンハーバー通りとヘイフォード通りを通るのね。見通しのいい通りだわ。高速道路に近いし」

フローリーおばちゃんが言った。

「よし」

ブリジットおばさんが言った。「これでだいじょうぶだろう。何か質問《しつもん》は？　ないかい？　じゃあ、念のためにもう一回おさらいだ。自分のメモをチェックして」

なんてこった。ハリーはドアから離《はな》れた。このために、夜、ぼくをタワーに閉じこめておきたかったのか。泥棒の巣窟《そうくつ》だったんだ！　これからいっしょに住む、この世で唯一《ゆいいつ》の親戚《しんせき》が、悪者だったなんて！　信じられない。みんなあんなに親切だったのに。ブリジットおばさんが泥棒の首領《しゅりょう》なんだ。みんな年寄りじゃないか！　でも、真実なんだ。今、聞いたんだから。フィンガーズ、速い車、ゴッグリーじいさん、海賊《かいぞく》のカメオ、これで何もかもわかった。そして、プリーストリー大佐《たいさ》は判事《はんじ》だ！

ハリーは、口を手でおおった。判事にくさった卵《たまご》をぶつけちゃった！　ゲシュタポ・リルの次は泥棒の根城《ねじろ》なんて！　フライパンから出たら、火の中に飛びこんじゃった！　どうしたらいいんだ？

ハリーは、またドアに耳をおしあてた。

「……こんなにおそくまで悪いね」

ブリジットおばさんが話している。「けれど、ハリーが今日着いて、なんやかんやで時間がなくなってね」

「いい子だね！　勇気がある！　アルプス登山に連れて行きたいよ」

ドットが言った。

「本当にいい子です！　自分の孫のようにかわいいです。そのゲシュタポ・リルの首をしめてやりたいです。こらしめてやります！」

と、ハギー。

「すんばらしい子だ。ヤー」

フィンガーズが言った。

「みんなありがとう！　かわいいでしょう！　みんなが好きになってくれて、うれしいわ」

フローリーおばちゃんが泣《な》きだした。

「さあ、フローリー、しっかりしなさい！　もう真夜中だけど、まだやることがあるんだよ」

ブリジットおばさんが、ピシャッと言った。

「わかったわ、ブリジット」

フローリーおばちゃんは、マスカラをこすった。「その通りよ。ごめんなさいね。でも、ハリーが、両親のことやなんかで、どんなにたいへんな思いをしたかと思うと――」

おばちゃんは、また泣きふしてしまった。

「まったく！　先に進めるからね、気が静まったら、参加しなさい。どこまで話したかね？」

「始めるとこだよ」

だれかが言った。

「その前に」

ドットのセキセイインコのような声が聞こえた。「いつ決行するんだい？　前に聞いたと思うけど、忘れちまったよ」

「忘れっぽいな」

別《べつ》の声が聞こえた。フィンガーズの声だ。「ブリジットが何度も言ったべ。次の土曜日、九時。しっかりしな、ドット」

「いや、ちがうよ！」

ブリジットおばさんは、ため息をついた。「次の土曜日は、ハリーのために、夕食会をするんだ。六時から。仕事は、その次の金曜日だ。ここを八時に出る」

「オー、ヤー！　もうしわけねえ、ブリジット。だば、九時はなんだったべ？」

「『捜査官《そうさかん》』だよ。今夜、テレビで見た」

だれかが、お腹《なか》をかかえて笑っている。

「これで、牢屋《ろうや》に逆《ぎゃく》もどりしないのが不思議なくらいだよ」

ブリジットおばさんが言った。「さあ、もう一度いくよ。これで最後だからね。よーく覚えとくれ。ハギー、起きなさい！　そうだよ。この仕事には五人だけ必要だ。ドット、ハギー、フィンガーズ、フローリー、そしてわたしだ。マックスとエンジェルは休みだ。あんたたちも計画を立てていただろうが、それはいつか機会を見つけて聞くよ。

この五人は八時に車でオークボローに向かう。九時ごろ到着《とうちゃく》予定だ。フローリーは、『子羊と小槌』の向かいに、わたしたちをおろし、立体駐車場《ちゅうしゃじょう》に車を止めて、十一時にむかえに来る」

「十一時になったら、マーケット通りで、みんなを待つのね」

と、フローリーおばちゃん。

「そうだよ」

ブリジットおばさんが続けた。「さあ、今度は、フローリーがいなくなってからの話だ。フィンガーズは先にガス通りに行く。残りの者は、パブの外でおしゃべりしている。フィンガーズ、あまり明るくないから、気をつけるんだよ。まちがいなく57番地のドアを開けるんだ。あんたの紙に印がついているだろ。きっちり一分でやるんだよ」

「一分もいらねえべ。爆薬《ばくやく》は、オラの指をふっとばしたように、鍵をふっとばすべ」

「とにかく、一分後、わたしたちは、『子羊と小槌』に行かないことにしたふりをして、ガス通りをぶらつき始める。57番地についたら、中に入ってドアを閉める。ここが一番危険《きけん》なところだ。そのへんにだれかいたり、窓《まど》からのぞいてる者がいたりしたら、57番地を通り過ぎて、文房具屋の角《かど》を曲がったところで様子を見るんだ。十五分後に、再度挑戦《さいどちょうせん》だ」

「中に入ったら、いっときは安全だ。仕事が終わったら、みんな家に帰るからね。裏庭《うらにわ》をのぞけるところに住んでいる人間はいない」

「だれもいないのですね。わたしたちは安全です」

「そうだよ、ハギー！　わたしたちは、庭をまっすぐ横切って、銀行の裏の壁に突《つ》き進《すす》む。庭は、イラクサや雑草《ざっそう》が生《お》いしげっているから、気をつけるんだよ」

「どうして、イラクサや雑草が生えているって知ってるの？」

「二軒《けん》となりの、喫茶店《きっさてん》のトイレからのぞいたんだ」

ブリジットおばさんは、話をやめて、コーヒーをすすった。「銀行に入るためには、二階の窓から入らなけりゃならないが、たぶん警報装置《けいほうそうち》がついているだろう」

「問題ねえべ」

と、フィンガーズ。

「たよりにしてるよ！　さて、ドット、おまえさんを先に入れなきゃならない。一番近い排水管《はいすいかん》まで十メートルあるんだ。そこから、しのびこむんだよ。はしごは持っていけないよ。目立つからね。あんたが、ヒマラヤ登山で使った、あのナイロン製《せい》の縄《なわ》ばしごを持っていく」

「去年のクリスマスに、ダイヤモンド商を襲《おそ》ったときに使ったやつだね」

ハリーは、息を呑《の》んだ。何か音がしたので、身がまえた。だれもいない。もう一度鍵穴をのぞくと、前と同じ光景だ。

「ああ、そうだ！　フィンガーズ、言うまでもないことだが、ワイヤーとトリニトロトルエン（爆薬の一種）を忘れるんじゃないよ。それとも、今回はニトログリセリンかい？」

「ゼリグナイトだべ。ニトロはもう使わねえべ。あの、ボロ倉庫の仕事以来、使わね。金庫は開いたども、建物までくずれたべ。建物の下敷《したじ》きになって、死にそうな目にあった。息が止まりそうだったべ。あえぎながら話をしたっけ！」

笑い声が起こった。

「ニトロには気いつけねばな。この手では、ちゃんと持てねえべ。この前は足の指が半分近くなくなったべ」

「じゃあ、ゼリグナイトだね。でも気をつけておくれよ、フィンガーズ。わたしたちみんな、あんたの大爆発が好きだけど、あんたのことが心配なんだよ。これ以上指がなくなったら、金庫の鍵を開けるどころか、マーマレードのふたも開けられなくなるからね」

「まかしてくだせえ。オラあ世界一だべ」

「ああ、知ってるよ。あんたはすごいよ。でも、ちょっと時間が足りなくなるだろ？」

ハリーは、客間に気を取られていたので、月明かりに照《て》らされたおどり場に、人影《ひとかげ》がうかんだのに気づかなかった。その人影はハリーがドアに耳をくっつけているのを見つけた。少しの間、影はハリーを見ていた。それから、こっそりと階段をおりて、ハリーの背後《はいご》にしのびよった。

「初めは、となりのブティックからおし入ろうと思っていたんだ。けど、壁が厚すぎてね。窓からでなきゃだめなんだ。ドットの次はフィンガーズだ。屋根のといは変えたばかりだから、フィンガーズの体重をささえられると思うよ。だから、ドットが縄《なわ》ばしごとフックを持って排水管を登れば――」

「やあ、ハリーじゃねえか」

だれかがハリーの肩《かた》に手を置いた。

電気ショックでも受けたように、ハリーは飛び上がった。

「聞いてたのか？」

ナッティだった。ハリーは凍《こお》りついた。それから、ダッと逃げだした。ナッティの大きな手が、セーターの後ろをつかんだ。

「逃げんな」

じたばたあばれるハリーは、ドアに引きずっていかれた。ハリーの足がドアに当たった。

「放して！　放してったら！」

ウナギのように体をくねらせて、ハリーはセーターから抜け、床にお尻《しり》をついた。目にも止まらぬ速さで、ナッティがジーンズをつかんだ。

ハリーはふり向いて、ナッティの胸《むね》や肩をたたきまくった。

「おお、なかなかやるじゃねえか！」

ナッティは、ハリーをはがいじめにした。

足をばたつかせると、また、はだしの足がドアにぶつかった。ドン！　バン！　ドスン！

突然《とつぜん》、客間のドアが開き、中から明かりがもれ出した。

「いったいなんのさわぎだい？」

後ろから光が当たっているので、ブリジットおばさんの顔が影になっている。

ナッティは、じたばたするハリーを客間に運びこみ、カーペットの上にドスンとおろした。

「ハリーは手ごわい！」

顔にはすり傷《きず》ができ、濡れたよれよれのジーンズをはいただけのハリーは、あっけにとられてこっちを見ている、年寄りの泥棒集団を見回した。

8　真夜中のクッキー

消毒してもらい、毛布《もうふ》にくるまれて、ハリーは長イスに座《すわ》っている。手には、湯気のたったココアを持ち、横にはクッキーののった皿がある。タングルがタワーから連れてこられ、フランス窓《まど》の横でいびきをかいている。ハリーが着ていた服は全部、ソックスや運動靴《うんどうぐつ》も、キッチンでかわかしている。

「いつかは気がつくと思っていたけど、こんなに早くとは予想《よそう》していなかったよ。着いた晩《ばん》に見つかるなんてねえ。ここに来て、まだ十二時間しかたっていないのに」

ブリジットおばさんが言った。

ハリーはカップを両手で持って、ひと口すすった。

「だけど、恐《おそ》ろしくなかったの？」

フローリーおばちゃんが陽気にきいた。ピンクのシフォンの部屋着に、ハデな化粧《けしょう》をしている。

「恐ろしい幽霊《ゆうれい》が外をうろついているって、お話よ。あれを聞いて、ドアに鍵《かぎ》をかけて、夜通し明か

りをつけておきたい、って思わなかった？」

「ううん」

「子どもの頃《ころ》のあたしだったら、こわくてしょうがなかったと思うわ」

「オラもだべ。ガキの頃な、『地獄《じごく》から来た化け物』って映画《えいが》を見だごとあるが、それがら六か月、日が暮《く》れだら、外さ行げながったべ。おっそろしくて、おっそろしくて」

フィンガーズが言った。

「わたしもそうです」

と、ハギー。「ペトロパブロフスクでは、みんな幽霊を信じています。暗くなってから外に出る人はいません。でも、ハリーはちがいますね。でも、どうして、真夜中に外に出たのですか？」

「だから、言っただろ！」

ブリジットおばさんは怒《おこ》っている。「ハリーは、わたしたちとはちがうんだ。現代《げんだい》っ子なのさ。大人《おとな》に質問《しつもん》するし、テレビも見る。科学も学校で習う。コンピューターだって使える！　こんな庭をうろつきまわる化け物を作りだして、どうすると思ったんだい？　ベッドにもぐりこんでいるとでも思ったのかい？　ちがう。よけい、知りたくなったのさ。調べに行ったんだよ。わたしは何度も言ったじゃないか！　だれも、わたしの言うことに耳を貸《か》さなかった。ハリーが夕食を食べている間に、エンジェルを手伝って、木にあんな仕かけをつけて。本当にもう！」

チョコレート・クッキーを食べながら、ハリーは、エンジェルと呼《よ》ばれる男のほうを見た。背《せ》が低くて太っている。モジャモジャの髪《かみ》の毛《け》に、モジャモジャの白髪《しらが》のあごひげだ。分厚《ぶあつ》い眼鏡《めがね》をかけているので、目がものすごく大きく見える。手には絵の具がつき、爪《つめ》の中が黒くなっている。ぶかぶかのツイードのスーツ。オレンジ色のネクタイは曲がっている。見られているのに気づくと、エンジェルは、歯をむき出して、ニタッと笑った。

「エンジェルには会ったことがなかったね」

ブリジットおばさんが言った。「みんなすごい特技《とくぎ》を持っているが、特にエンジェルは天才だよ」

おばさんは誇《ほこ》らしげに、にっこりした。「本名はアンガス・マックレゴール。スカイ島の出身だ」

「でも、あたしたち、マイク・ミケランジェロって呼ぶんだよ」

「または、マクゴッホ」

「じょうだんでこう呼んでいるんだよ」

ブリジットおばさんが説明した。「彼《かれ》は芸術家《げいじゅつか》さ」

「みんな、静かにしろ!」

エンジェルがかん高い声で叫《さけ》んだ。「オレの幽霊はどうだったかのう? 幽霊は、見たかのお?」

「うん」

「どう、思ったかのお?」

「すごいよ。こわかった！」

エンジェルは肩《かた》をすくめ、部屋を見回した。

「どうだ、まああだろ？　二時間で作ったにしてはのお」

「エンジェルの絵が、階段《かいだん》にかかっているよ。それから、ここの壁《かべ》にも」

ブリジットおばさんが、おだやかに言った。

ハリーは、すばらしい油絵を見て回った。花瓶《かびん》に入ったヒマワリの絵、スイレンの池にかかった小さな橋の絵。どこかで見たことがあるような気がする。

「すばらしいだろ」

おばさんが言った。

「それなのに、こいつらは、オレに暗闇《くらやみ》で光る化け物の絵を描《か》かせたがのお。遊園地のお化け屋敷《やしき》にかかっているような絵をのお」

エンジェルはへそを曲げたように言った。「この有名なオレ様にのお」

エンジェルは、ハリーの横にあるクッキーに目をやった。顔がぱっと明るくなった。「そのカスタードクリームのやつ、もらってもいいかのお？　カスタードクリームは、オレの大好物でのお。レモン・パフも好きだどものお」

「どうぞ」

ハリーは、皿をわたした。

「おおきに」

エンジェルは、黒い爪の手で、全部クッキーをつかむと、膝《ひざ》にのせた。しかし、これは無作法だと思ったのだろう。割《わ》れたクッキーを皿にもどして、皿をハリーに返した。

ハリーは驚《おどろ》いた。

「よくばりなさんな、エンジェル！」

ブリジットおばさんが笑った。「だいじょうぶだよ、ハリー。まだあるからね」

「あたしが持ってくるよ！」

ドットが勢《いきお》いよく言った。ピョンと立ち上がると、スカートを下着にたくしこんで、二回とんぼ返りをした。それから、クッキーの皿を足にのせ、さか立ちで歩き、出て行った。

「なんてタフなんだい！」

と、ブリジットおばさん。「さあ、ハリー、クッキーを食べて、それを飲み終わったら、ベッドだよ。聞きたいことはたくさんあるだろう。泥棒《どろぼう》のねぐらに飛びこんだと思っているんだろう。だけど、もうおそいから、今から説明するわけにいかないよ。必ず、明日、説明する。だから、目覚ましを三時に合わせて、夜中に逃《に》げだしちゃいけないよ」

おばさんは、ハリーにうなずいてみせた。「あんたのことは、よくわかったよ。勇気があるし、頭がいい。わたしが上に行ったとき、寝《ね》たふりをしたね！　すべて計画的だったんだ。だから、約束《やくそく》しておくれ。ぜったいに逃げないって。朝、グッディが起こしに行ったとき、ベッドにいるって」

ハリーはもごもご言った。

「約束するね！」

「約束するよ」

「ねぇ、ドットを待っている間、あたしたちのことを話してあげない？　ちょっとは、この好奇心《こうきしん》を満たしてあげなくちゃ」

フローリーおばちゃんは、カクテルを、もう一杯《ぱい》作った。

「いいですね」

「早いほうが、よがべ。オラのごと、悪党《あくとう》の『切《き》り裂《さ》きジャック』みでえな目で見でるべ」

フィンガーズが言った。

「さあ、だれから始めようかね」

ブリジットおばさんは、部屋を見回した。「エンジェルのことは、少しはわかったね。何をして、生計を立てていると思う？」

「悪いこと！」

ハリーは、無遠慮《ぶえんりょ》に言った。

「ああ、ハリー」

ブリジットおばさんは、ハリーの頭にキスした。「あんたが来てくれてうれしいよ。とても新鮮《しんせん》だね！　そう、彼は悪者だよ。それに、あまいものには目がない。でも、どんな悪者だと思う？」

ハリーはモジモジした。

「偽造《ぎぞう》する人？」

「大当たり！」

ブリジットおばさんは、ヒマワリやスイレンの絵を指差した。「あんたが、ゴッホやモネの絵を見ているのに気がついていたよ。あれは、セザンヌ。ホールにはレンブラントやターナーやピカソがあるよ。みんなすばらしい出来だ。全部エンジェルの作品で、本物と区別《くべつ》がつかないよ」

ハリーは、壁の絵をしげしげと見た。

「でも、専門家《せんもんか》が見ればわかるんじゃないの？　つまり、古さとかから」

「こりゃ、いい質問だのお」

エンジェルは、クッキーの粉《こな》をまき散らしながら、立ち上がった。「だども、オレは、専門家より専門家だがのお。オレあ、古い絵の具や亜麻仁油《あまにゆ》や、ニスを使うんだがのお。それを、ナッティが作った、小型のオーブンで焼くんだがのお。だれにもちがいがわからねえがのお」

「エンジェルの作品は、世界中の画廊《がろう》にかざってあるよ」

ブリジットおばさんが言った。「有名な画家の作品だと信じてだれも疑《うたが》わないよ。高額《こうがく》で売買される」

「もし、わかったら？」

「カンカンになるだろうね！」

「だが、わかるわけがねえがのお」

エンジェルは自慢《じまん》げにひげをかいた。「オレは世界一、贋作《がんさく》の名人だでのお」

エンジェルは、よだれをたらしそうな目でドアを見た。「クッキーを持って来るのに、なしてこんな時間がかかるのかのお」

その言葉を待ちかまえていたかのように、客間のドアがバタンと開き、大きなトレイが現《あらわ》れた。ココアの入ったマグカップ、お茶の大きなポット、皿にはケーキやクッキーが山盛《やまも》りになっている。トレイの陰《かげ》にかくれて、よたよたと歩いてくるのは、小さなドットだ。

「アー！　おいしそうです！　真夜中の宴会《えんかい》ですね！」

ハギーがトレイをドットから受け取った。「だめです、エンジェル！　お皿、もどしてください！いいですか。クッキー二つと、ケーキをひと切れだけです。そう、さあ座って。座って！　そうです。残りは、みんなの分ですよ」

ハリーは、ココアと厚切りのフルーツケーキを取った。

「さあて、次はだれかしら？　ドットの番？」

フローリーおばちゃんが、カップを手にしながら、大きな部屋を見回した。

「ハリーは、あたしのことは知ってるよ。もう、いっしょに木登りしたから。ね、ハリー」

「ああ、サーカスにいたってことね。でも、ヨーロッパ一の泥棒だったってこと、ハリーは知っているの？」

「アメリカでもだよ！　アメリカ！　裁判《さいばん》のときに何度も言われた。特に、自由の女神での仕事のあとはね。あんなこと、聞いたことがない、って言ってたよ。切《き》り抜《ぬ》きを見せてあげたじゃないか」

「ああ、そうだったわね、ごめんなさい。アメリカでもね。とにかく、わかったわね、ハリー」

フローリーおばちゃんは、見回した。「次はだれ？　フィンガーズ？」

「たぶん、盗《ぬす》み聞《ぎ》きしてる時に、聞いだべ。オラあ、金庫やぶりだと、知ってるべ？」

フィンガーズは、しょぼくれた口ひげについたココアをなめた。

「金庫の鍵を開けるの？」

ハリーがきいた。

「うんだ。金庫、事務所、銀行の金庫室、郵便局《ゆうびんきょく》、カジノ、賭博場《とばくじょう》、ってとこだべ。鍵がかかってるとこだら、開けるのは、全部オラの仕事だ」

「エンジェルやドットみたいに、ここにいる者は、みなその道で一番なんだよ」

ブリジットおばさんは、部屋を見回した。

「そうなのよ、ハリー。つまり、あなたは、とても優秀《ゆうしゅう》な人間の集団の中にいるってわけよ」

フローリーおばちゃんが言った。

ハリーは、小柄《こがら》な金庫やぶりを見た。

「どうやってやるの？」

「長年の修行《しゅぎょう》だべ。さわってみて、それから、いい道具と、爆弾《ばくだん》を使うんだべ」

「あまり言わないほうがいいです」

ハギーが、辛《しん》らつに言った。

「わかったべ。ちょっくら、事故《じこ》はあったべ」

「ちょっくら、事故があった！」

ハギーが笑った。「フィンガーズがどう呼ばれているか、知っていますか？　爆発屋！　水素《すいそ》爆弾！　あの爆発ときたら！　金庫を爆発したとき、第三次世界大戦が始まったような音がします！」

「勝手に言いなせえ。だども、だれがハロウィーンの衣装《いしょう》を着て、イングランド銀行の仕事をしたんだ？　だれかさんの娘《むすめ》をバレーのガラコンサートに連れていくとき、女王のティアラを借りてやったのはだれだ？　警備《けいび》の厳重《げんじゅう》なロンドン警察《けいさつ》から、お巡《まわ》りの給料をいただいたのはだれだ？　あの、腹黒《はらぐろ》い、プリーストリー判事《はんじ》が十年の刑《けい》を言いわたした仲間を、ダートムーアの刑務所《けいむしょ》から逃がしたのはだれだ？　みんな、フィンガーズ・ピーターマン様だべ」

フィンガーズは、ハリーのほうを向いた。「ハギーにレスリングを習うんだべ？　ちょっくらひまな時に、オラも教えてえ事があるべえ」

泥棒が金庫の開け方を教えてくれる？　ハリーは、あとずさった。

「だいじょうぶよ、ハリー」

フローリーおばちゃんがにっこりした。「鍵の開け方を、ちょっと知っていたからって、悪いことないわ。泥棒に入る必要はないのよ」

ハリーは、話を聞きながら、ケーキを食べ、足の指の間から、砂《すな》を落とした。

「フローリーおばちゃんは何をするの？」

「わからない？」

ハリーは、眉《まゆ》をよせた。

「逃亡《とうぼう》の時に車を運転するの？」

「そうよ」

おばちゃんは、陽気に答えた。「今朝、ちょっと走ったでしょ」

「フローリー・フォックスの話は聞いたことがないかい？」

マックスが言った。なめらかで、教養《きょうよう》を感じさせる声をしている。「ブランズ・ハッチでフォーミユラ1《ワン》に優勝した、最初の女性《じょせい》だよ」

「たった一人の女性よ」

フローリーおばちゃんがおだやかに言った。おばちゃんは、タバコを金と赤のエナメルのケースの上で、トントンした。「モナコとル・マンもね」

「それから、彼女《かのじょ》はバイクに転向し、マン島国際《こくさい》オートバイ・レースに優勝したんだよ」

「あたし、バイクのほうが好きだわ。風に吹《ふ》かれる、コーナーで傾《かたむ》く、直線コースでスピードをあげる。バイクで二百四十キロ出すと最高よ！」

おばちゃんは、タバコに火をつけ、青い煙《けむり》をくゆらせた。「お医者様がバイクはあきらめなさい、っておっしゃったの。どうしても納得《なっとく》できないわ。楽しみをだいなしにされちゃった！　だから、今は車だけなの。でもまだ、納屋《なや》の中に、古いノートンの〈コマンド〉があるわ。すてきなバイクよ。最近流行のハーレイやホンダよりずっといいわ。かっこいいわよ！　ナッティにたのんだら、見せてくれるわ」

「油をさして、手入れしてあっから、いつでも使えるがね」

背の高い、なんでも屋のナッティが言った。

「ほんと？　こんなに使っていないのに？　オー、ナッティ、なんて親切なの！」

おばちゃんは、投げキスをした。「レースはだめだけど、いつかハリーを乗せてあげるわね」

おばちゃんは、大きなイスにゆったりと座って、チョコレートに手をのばした。

「じゃあ、マックスの番だね」

ブリジットおばさんが、背中をのばして座り直した。「千の顔を持つ男だよ」

ハリーは、向かいを見た。マックスは、かっこいい。スリムですごくハンサムだ。カラスの羽のように、つやのある、真っ黒な髪の毛を、後ろになでつけている。にっこりすると、歯がまぶしい。一本だけ、金をかぶせてある。上唇《うわくちびる》には、細い口ひげをたくわえていて、見るからに詐欺師《さぎし》だ。高級な細縞《ほそじま》の青いスーツをまとい、金の腕時計《うでどけい》をし、大きな金の指輪を何個《こ》もはめている。

「非《ひ》の打ち所のない役者だよ。千の顔を持つ男さ。今日はこんななりだが、明日は――坊《ぼう》さん、パイロット、会社の重役、はたまた、ツイードのスーツを着てほっつき歩く、年寄《としよ》りの教授《きょうじゅ》か」

「もしわたしの記憶《きおく》が正しければ、ミス・バートン、次は警察官をお望みですよね？」

マックスは言った。声も表情《ひょうじょう》も全く変わってしまった。ハリーは驚いた。

「ヒースローの仕事はそうだが、その話はあとでだよ」

ブリジットおばさんが言った。

「舞台《ぶたい》で大成功《だいせいこう》を収《おさ》められたのにのお」

厚い眼鏡をかけたエンジェルの目が、巨大《きょだい》に見える。「すげえ役者だ！　オレが絵の学校にいた頃、オールドヴィック劇場《げきじょう》に出ていたがのお。うまかったがのお。ハムレットやオセロを演《えん》じていたがのお。それを、オレは絵に描いたがのお。世界的に有名なイギリスの俳優《はいゆう》、ローレンス・オリビエ卿《きょう》といっしょだったがのお、マックス？」

「その通り」

マックスは足を組んで、優雅《ゆうが》な膝の上に落ちた、タバコの灰《はい》をはらった。「劇場に出ていた頃、ある晩はローレンスがオセロを演じて、わたしがイアーゴーを演じ、翌日《よくじつ》は役を取りかえた」

「一番有望な俳優だと言われてたがのお。ぷつっと役者をあきらめてしまってのお」

エンジェルは、ひげの間にはさまった、クッキーのかけらをかき出した。「もったいなかったがのお。本当にのお！」

「劇場にあきたのですよ」

美しい声が返ってきた。「わたしが、キャリアをあきらめた、と言いましたがね。そうじゃなくて、かぎられた空間から、現実の世界に、舞台を移《うつ》したと言ったほうがいいでしょう」

「あなたが言うと、すばらしいことに聞こえます、マックス。でも、はっきり言ったら、詐欺師になったってことじゃないですか」

ハギーが言うと、マックスは、気にとめない風に、笑顔をうかべた。

「その通りです、親愛なるハギー」

ハギーの声そっくりだ。「あなたが、そう呼びたいのなら、詐欺師でけっこうです。わたしは、『路上の芸術家』と呼ばれたいです。でも、お好きなようにお呼びください」

マックスは、ものうげに肩をすくめた。「ただの言葉のあやですから」

ハギーが笑った。

「あなたはどうですか？　かわいくて恐ろしいロシアの茶色いクマさん」

マックスは地声にもどった。「わたしが詐欺師なら、あなたはどうですか？　かつてのレディー・レスラー、今は――」

「最強のレディー・レスラーと言ってください」

ハギーが横柄《おうへい》に言った。「今日の午後、湖で、フィンガーズがハリーに話してきかせました」

「わかりました」

とマックス。「最強のレディー・レスラー」

「レスリングの世界で、わたしを知らない者はいませんでした」

ハギーが言った。

「その通り。美しきボーンクラッシャー《骨くだき》、魅惑的《みわくてき》なストラングラー《首しめ屋》、マ・シェリー・ノワゼット《美しきクルミ割り》、マ・ベート《野獣》・ユーメイン《人間》。ほら、プロの時の名前を全部知っているでしょ。でも、フィンガーズは、われらが若《わか》き友人に、あなたがどうやってシカゴ・ギャング団《だん》の、マシンガンを持った用心棒《ようじんぼう》になったのか、話しましたか？」

「ハギーは、マシンガンなんぞ、持たながったべ！」

フィンガーズが怒ったように言った。

「どちらにしても、彼女は、シカゴ・ギャング団の用心棒でした。それは、否定《ひてい》できないでしょう。それに、ブラック・モーリー・ギャング団やライムハウス・ギャング団でも働いた。スクリーム・マッド・サム団にいたこともある」

ハギーは、スリムな、口ひげをたくわえたマックスを見おろすように、立ち上がった。顔には、微笑《ほほえ》みをうかべているが、筋肉《きんにく》が不気味に盛り上がっている。

「昔の話です。最近は問題ないですね？　あなたを助けたのはだれですか？　いつ、だれかにけがをさせましたか？」

ハギーは、長イスを指差した。「この子にきいてみてください。わたしはレスリングを教えましたが、やさしくあつかいました。ハリーは、楽しみました」

みんなの目が、ハギーの指したほうを向いた。大きな長イスの上で、ハリーはまだクッキーをにぎっている手を、だらりと毛布の上にたらしていた。頭が、傾いている。眠《ねむ》ってしまったのだ。

9　ノートンとサファイア

すごい！　銀のトリミングの入った、ミッドナイトブルーの車体だ。ノートンの〈コマンド〉！　750cc《シーシー》！

ハリーは、フローリーおばちゃんの、かざりビョウがついた革《かわ》ジャンに、後ろから抱《だ》きつきながら、肩越《かたご》しにのぞいた。ゴーグルをつけ、黒いヘルメットをかぶっている。ヘルメットの両側には、翼《つばさ》の模様《もよう》がついている。風が顔にビュンビュンあたる。生垣《いけがき》がどんどん通り過《す》ぎる。パワフルなエンジンが、うなり声を上げる。

「しっかりつかまって！」

フローリーおばちゃんが、叫《さけ》んだ。

バイクはグーンと傾《かたむ》き、角《かど》を曲がった。おばちゃんは、車体をまっすぐにし、ギアを変えた。

ルウウウウー！

バイクは道路をかけ抜《ぬ》ける。

「あそこよ！」

おばちゃんは、風の音やエンジンに負けないように、声を張《は》りあげた。

大きな白い屋敷《やしき》がある。樹木《じゅもく》に囲まれて、山腹《さんぷく》に建っている。

「フェロン・グランジ！　プリーストリー大佐《たいさ》の住まいよ！」

すばらしいブナ並木《なみき》が続いている。草地には、白くて、大きなツノの牛がいる。

ハリーは、フローリーおばちゃんの、耳のほうに体を寄《よ》せた。

「すごく広いところだね！」

「そうでしょ！　くさったお金で買ったのよ！」

前方にS《エス》字カーブが続いている。

「いい？　さあ、しっかりつかまって！」

左、右、左、右。スリルたっぷりだ！

「すごい！　最高！」

ゴーグルの後ろで、ハリーの目が輝《かがや》いた。

ハエが頬《ほお》にぶつかった。まるで、弾丸《だんがん》みたいだ。足元から、道路の抵抗《ていこう》やエンジンの振動《しんどう》が伝わってくる。

二人は一時間ほどドライブした。森、丘《おか》、農場をかけ抜け、十一時にラグ・ホールに帰った。前庭の砂利《じゃり》がバチバチ音をたてる。フローリーおばちゃんが、バイクを止めた。最後に、ブルンブルンと大きな音をたてて、エンジンのスイッチを切ると、おばちゃんは、足をまわして、バイクから飛びおりた。

「楽しかったわ！」

おばちゃんは、幸せそうにヘルメットをぬぐと、黄色い巻《ま》き毛《げ》をふりおろした。こんなに暑いのに、おばちゃんはしっかりと化粧《けしょう》している。

「ハリーは楽しかった？」

ハリーは、耳の下の留《と》め金《がね》がはずせないでいた。熱した金属《きんぞく》とオイルのにおいがただよってくる。

「午後にもまた行ける？」

「もちろんよ。今度は、フェアヘブンに行きましょう。海のにおいをかぎにね。グッディにお弁当《べんとう》を作ってもらって、崖《がけ》の上で食べましょう」

おばちゃんは、ハリーのヘルメットをぬがせてくれた。「ところで、アイスクリームはどう？　この上着をぬいで、特製《とくせい》のアイスクリームを作ってくるわね。ラズベリー、アイスクリーム、フレークをトリプルにして、ローストアーモンドのトッピングよ。どう？」

「うん、うん！」

「お庭で食べましょう」

おばちゃんは、身をひるがえして、屋敷の中に入っていった。

ハリーは、上着を地面に放ると、〈コマンド〉の操縦席《そうじゅうせき》を観察した。それから、ヘルメットをふり回しながら芝生《しばふ》を横切って、大きなクリの木の下にある、テーブルのイスにドスンと座《すわ》った。タングルがやってきた。暑くて、舌《した》を出してあえいでいる。十分後、フローリーおばちゃんが、出てきた。花柄《はながら》の水着に、麦わら帽子《ぼうし》をかぶっている。手にしたグラスは、ふちの上までいっぱいだ。

「おいしい！」

ハリーはクリームのついたアーモンドをかじった。そして、柄《え》の長いスプーンで、ラズベリーをすくおうとした。

「おばちゃんの大好物なのよ。コアントローを入れるともっとおいしいんだけど。ハリーは、お酒はダメでしょ。グッディーは、こういうことには、とてもうるさいの」

おばちゃんは、ピカピカのバイクに目を向けた。「ナッティは、ずっと油をさして、手入れをしてくれていたのね。ありがたいわ」

二人は、楽しそうに、バイクやレースの話をした。アイスクリームは、どんどんなくなっていく。

「ゆうべの話の続きなんだけど」

ハリーの頰にアイスクリームがついている。「ラグ・ホールにいる人はみな悪者なの？　おばちゃんが、逃亡用《とうぼうよう》の車を運転するんでしょ。それに、フィンガーズ、ドット、ハギー」

ハリーは、指で数え始めた。「それから、マックスと、ええとエンジェル……」

「ミスター・トーリーがいるわ。それでおしまいよ。でも、今は、ここにいないの。ちょっと、お休みしているのよ」

ハリーは、即座《そくざ》に理由がわかって、ぎょっとした。

「ってことは、今――」

「そうなの。十八か月の刑《けい》なのよ。ウォームウッド・スクラップブズの刑務所《けいむしょ》にいるわ。おばかさんなんだから！　手品師《てじなし》なの。舞台《ぶたい》で手品を見せる人よ。知っているでしょ。カードのトリックを見せたり、馬を消してしまったり。女の人を空中に浮《う》かせたり。観客の前で、お客さんのズボンつりをはずしちゃったりするやつ。もし、そんなことができるのなら、街でお財布《さいふ》をスルなんて、お茶の子さいさいよ」

おばちゃんは、ため息をついた。「しばらくおとなしくしていたんだけど。せいぜい、チョコレートをスルぐらいだったの。魔《ま》がさしちゃったのね。まだ、できるかどうか、ためしてみたかったんですって。それで、つかまっちゃったの。新築《しんちく》したビルのオープニングに来ていた、王族からスッちゃったのよ。ミスター・トーリーに、王族だってわかるわけないじゃない？　ちょっと変わった、スマートな紳士《しんし》が自分に向かって歩いてくるので考えたわけ。いいもの着てるな、金を持っていそうだ、って。それで、つい昔のくせが出ちゃったってわけ。次の瞬間《しゅんかん》には、肩《かた》に手がかけられていたの。それで一巻《いっかん》の終わり。ミスター・トーリーは、大勢《おおぜい》の警察官《けいさつかん》に囲まれてね。プリンスだれそれのお財布が、ポケットで見つかったの。あなたにはちょっと難《むずか》しいかもしれないわね。胸《むな》くそわるいことに、王族って、お金を持って歩かないものなの。だから、お財布の中は空《から》っぽだった」

おばちゃんは、チョコレートフレークとアイスクリームを混《ま》ぜ、口に入れた。「もうすぐ刑期を終えて、あと三か月ぐらいで出てくるわ。正確《せいかく》に言えば、三か月と四日よ。そうしたら、会えるわ」

おばちゃんは、やさしく微笑《ほほえ》んだ。「帰ってきたら、うれしいわ。おばかさんなミスター・トーリー」

「みんな、名前が変だね。ハギー、フィンガーズ、エンジェル。ミスター・トーリーって本名?」

「ちがうわ。ステージ用の名前よ。〝オートライカス〟から取ったんだけど、物を消す人のことなの。神話に出てくる名前よ」

ハリーはあとで辞書で調べようと書きとめた。

「ほかの人の名前のいわれはわかる気がする。マックスをのぞいてね。マックスは声や姿《すがた》を変えるように名前も変えるの?」

「もちろんそうよ。たくさん名前を持っているわ。毎回――つまり、詐欺《さぎ》をするたびに、新しい名前をつけるの。ステージでは、ロスコ・バーベイジという名前だったわ。二人の有名な老俳優《ろうはいゆう》の名前を取ってね。マキシム・ビューガスとか、マキシミリアン・ドッペルギャンガーと称《しょう》することもあるわ。とっても気取った名前でしょ？　信じられないでしょうけれど、本名はフレッド・スミスというの。平凡《へいぼん》でしょ！」

　ハリーは、テーブルから落ちてきたラズベリーをキャッチした。

「ナッティ・スラックって？」

「ナッティは、正確に言うと、あたしたちの仲間じゃないの。ニューキャッスルから来たのよ。ナッティ・スラックって、その地方の名前だと思うわ。庭仕事をしたり、車の手入れをしたり、ここの雑用《ざつよう》をしてくれるの。ナッティがいなかったら、あたしたちどうしたらいいかわからないわ」

「ミセス・グッド人《よい》も一味じゃないの？」

「グッディ？　もちろんちがうわ。あの人以上にやさしい人はいないわ。本名なのよ。おかしいでしょう？　あたしたちみんなのめんどうを見てくれているの。彼女《かのじょ》がいなかったら、あたしたち、飢《う》え死《じ》にしているわ」

「ゲシュタポ・リルとは正反対だ。ぼくの世話をするために、高給をはらってもらっていたのに、意地悪だった。ゴッグリーじいさんが飛びかかったって、勝ち目がないよ。生きたまま食われちゃう」

　アイスクリームがなくなった。フローリーおばちゃんは、音を立ててスプーンでグラスの底を、かき取っている。ハリーは、めいっぱい舌をのばしてなめると、グラスをおしやった。

「アア、おいしかった」

フローリーおばちゃんが、時計を見た。

「お昼まで一時間あるわね。デッキチェアーを持ってきて、新聞を読むわ」

おばちゃんは、グラスを持って立ち上がった。「ハリー、あれを、見てごらんなさい」

芝生の向こう、花壇《かだん》や木立があるほうで、ナッティがしゃがんで、手を差し出している。赤いリスが二匹《ひき》、ナッティの手から何かをもらい、あとずさって、それを前足で開けた。よく慣《な》れている。

「ピーナッツよ。動物をなつかせるのが上手なの。何匹も、傷《きず》ついた動物を小屋に連れてきては、治《なお》るまでめんどう見てあげたの。キツネ、アナグマ、ワシ、いろいろね」

おばちゃんは、不思議そうに首をふった。「あれも才能《さいのう》ね」

おばちゃんが行ってしまうと、ハリーは芝生を横切った。そっと動いたつもりだったのに、リスに見つかってしまった。一匹が警戒《けいかい》したような声をあげ、二匹とも、木の陰《かげ》にかくれてしまった。

「ごめんね」

ハリーが言った。

「だいじょうぶだ。またエサをもらいに、もどってくる」

ナッティが立ち上がり、ふしくれだった指でピーナッツの殻《から》を割《わ》って、口に入れた。「おばちゃんと、バイクに乗ってきたかね。どうだった？」

結局、その日の午後、ハリーたちはフェアヘブンに行けなかった。森の上に、カリフラワーのような入道雲ができ、雨がふり始めたのだ。雷《かみなり》が鳴り、窓《まど》に雨がたたきつけた。

ハリーはキッチンに行った。

「おや、ハリー」

ミセス・グッドが、お菓子《かし》作りをしていた。バターや小麦粉《こむぎこ》やドライフルーツが出ている。

「ジュースでも牛乳《ぎゅうにゅう》でも、勝手に出して飲んでね。冷蔵庫《れいぞうこ》に入っているから」

ハリーは、アプリコット・クラッシュをグラスにそそぎ、立ったままミセス・グッドの仕事を見ていた。

「雨がふって残念だったわね。着いて間もないのに。でも、じきにやむでしょ」

ミセス・グッドはにっこりした。「あったかいスコーンでもいかが？」

「うん、食べたい」

「作るの、手伝いたい？」

「やり方、知らないよ」

ハリーは、はずかしくなった。「ゲシュタポ・リルは、ぼくをキッチンに入れてくれなかったんだ。洗《あら》い物《もの》をする時以外はね」

「まあ、なんてことでしょう！」

ミセス・グッドはショックを受けた。「その女には、がまんがならないわね。ここのキッチンはいつでも来ていいのよ」

こう言って、ハリーをお母さんのように抱きしめてくれた。ハリーはこれが大好きだった。

「あら、まあ！」

ミセス・グッドは笑った。「ハリーを粉《こな》だらけにしちゃったわね。じっとしているのよ」

ふきんで、ハリーについた粉をはらってくれた。「ちょっと残っちゃったけど、洗えばきれいになるわ」

二人は、テーブルに行った。

「手を見せて」

ハリーは、手を出してみせた。

「洗って！」

ミセス・グッドは、ハリーを流しにおしやった。「爪《つめ》の中もよく洗ってね。森の半分が、爪の中に入っているわ」

ジーンズで手をふきながら、ハリーがテーブルにもどると、ミセス・グッドが言った。

「そうだ、一人でスコーンを作ってみる？　みんなをびっくりさせましょう。わたしは夕食の準備《じゅんび》をするわ」

ハリーは、ミセス・グッドを見つめた。

「だいじょうぶ、教えてあげる。かんたんなのよ。はい」

ミセス・グッドは、ボールをわたした。

しばらくの間、ミセス・グッドは、ステーキ・パイを作るために、肉を切ったり、パイ生地を作ったり、ジャガイモやニンジンの皮をむいたりした。それからイチゴのヘタを取り、フィンガーズの誕《たん》生会《じょうかい》のために、ケーキを作り始めた。ハリーはスコーンを作った。材料を正確《せいかく》に量り、木のスプーンで混ぜた。生地はベタベタして、指にくっつく。

ミセス・グッドが笑った。

「小麦粉をひとつかみ足して。レーズンをつまみ食いしちゃダメよ！」

魔法《まほう》にかかったように、ベタベタの生地がまとまりはじめた。ハリーは、生地をのばして、古いビール用のグラスで、型を抜いた。それから、用心深く、油をひいた天皿に並《なら》べ、オーブンに入れた。

「岩のようにかたくなるかもしれないよ！」

「そんなことありません。おいしいはずよ」

菜園の上で、雷がゴロゴロ鳴っている。タングルがやって来て、ハリーが鼻先にぶら下げた肉をもぎ取った。タングルは、ドアのそばの敷物《しきもの》の上にねそべった。廊下《ろうか》や向こうのホールまで見わたせる、タングルのお気に入りの場所だ。

ハリーは、古い料理の本のページをめくった。

「ハリー、スコーンが焼けたかどうか、見てちょうだい」

オーブンを開けると、顔に熱風がかかる。レーズン入りのスコーンは、キツネ色にふくらんでいた。すごい！

「焼けたみたいだよ」

ミセス・グッドもやってきた。

「完ぺきなできばえだわね。出してちょうだい。はい、このふきんを使って。それから、オーブンの目もりを4に落としてちょうだい。こっちのケーキを入れるから」

五分後、ハリーとミセス・グッドは、テーブルの角にある腰《こし》かけに座って、大きなマグカップに入れた紅茶《こうちゃ》といっしょに、バターをぬった熱々《あつあつ》のスコーンをほおばっていた。

「すごくおいしい！」

ハリーは、スコーンを口いっぱいにほおばりながら、言った。

「あなたが作ったのよ。シェフになれるかもね。もう一つ、いかが？」

ミセス・グッドはにっこりした。

ハリーは、スコーンをのせてある金網《かなあみ》を観察してから、シルクハットが傾《かたむ》いたような形のを取った。

「ゆうべ、ぼくが客間にいたの、知ってる？」

「ええ」

ミセス・グッドは、目をきらめかせた。

「みんなのことを教えてもらったの。昔何をしていたかとか、全部。でも、ブリジットおばさんのことは、聞かなかった」

「眠《ねむ》っちゃって、ベッドに運んでもらったからね。それで、今、知りたいのね」

「うん」

ハリーは、ナイフについたバターをなめた。

「ブリジットおばさんは、黒幕《くろまく》、ブレーンなの。コンピューターみたいに、頭がいいのよ。すべての計画を細かく立てて、絶対《ぜったい》に忘《わす》れないの。昔、オックスフォード大学で教えていたのよ。知らなかった？」

ハリーは、首をふった。

「教授《きょうじゅ》だったと思うわ。とにかく、地位が高かったの」

ミセス・グッドは、こぼれたスコーンのかけらを拾うと、口に放りこんだ。「今、ブリッジのイギリス・チャンピオンよ。ものすごく、頭がいいの。顔を見ればわかるでしょ」

「でも、元教授が、どうやってみんなと知り合ったの？　つまり、ドットは泥棒《どろぼう》でしょ。フィンガーズは金庫やぶりで、マックスは詐欺師《さぎし》。フローリーおばちゃんから紹介《しょうかい》されたの？　おばちゃんは、逃亡用《とうぼうよう》の車を運転していたし——今でもそうだけど。おばちゃんを介して知り合いになったの？」

「ちがうわよ、ハリー。まったく逆《ぎゃく》。ブリジットおばさんが、型やぶりなの。おばさんは、警察《けいさつ》と知《ち》恵《え》比《くら》べをしたかったのよ。オックスフォードで、女だけのギャング団《だん》を作ったの。サファイア・レディー・アドベンチャーズ、って名前をつけてね。だから、ヨーロッパ一の女性《じょせい》ドライバーの妹は、便利だったの。サファイアは大成功《だいせいこう》したの。かっこよかったわ！　全部の新聞の一面に見出しが出てね。意地悪なコメントなんかなかったのよ。とっても人気があったの。みんなが、お腹《なか》をかかえて笑ったものよ。でも、とうとうつかまったの。結局、ロンドンにある女刑務所、ホローウェイに投獄《とうごく》されたの。悪いことをしたのは、確《たし》かなんだけど、国中の人ががっかりしたわ」

「いい名前だね。サファイア」

「名前の由来はね、メンバーが七人だったの。みんな、バックグラウンドがちがっていたわ。看護師《かんごし》、工場のそうじ人、小学校の先生、牧師《ぼくし》さんのおくさん……ほかは覚えていないわ。一つだけ、共通点があったの。とてもやさしい人たちだったってこと以外にね。みんな、ハリーみたいに、青い目をしていたの。それで、サファイアって名前をつけたのよ。サファイア——七人のサファイア」

　ハリーの目が、スコーンに行った。

「どうぞ」

ミセス・グッドは、スコーンをハリーのほうにおしやった。「若《わか》いんだから、たくさん入るでしょ。でも、これでおしまいよ。お夕食が食べられなくなっちゃうから」

「ブリジットおばさんと、フローリーおばちゃんは、二人とも、刑務所に入っていたの？」

ハリーは、バターをすくった。

「ゆうべ、おばさんたちのことを、悪者って呼《よ》んだんですって？　確かにそうだけど……悪いことをして、罰《ばつ》を受けたんだから」

「刑務所って、ひどいところだろうね」

「でも、ブリジットおばさんと、フローリーおばちゃんは、特別《とくべつ》な人たちなのよ。もう気がついているでしょう。フローリーおばちゃんは、刑務所の中で、車の運転と修理《しゅうり》を教えるクラスを開いたの。出獄《しゅつごく》してから、タクシーの運転手とか配達の仕事につけるようにね。ブリジットおばさんは、学校を始めたの。たいていの囚人《しゅうじん》は、学校に行ったことがなかったから。試験を受けさせ、刑期を終えたら、秘書《ひしょ》や事務の仕事に就《つ》けるようにって。その功績《こうせき》をたたえて、刑期を終えたら、勲章《くんしょう》をくれると言われたのよ」

おばさんたち、すごいな！

「ブリジットおばさんはねえ」

ミセス・グッドは笑った。「『マスターマインド』って知っている？」

「テレビの？　クイズ番組でしょう」

「そう。彼女の功績に免《めん》じて、BBC《ビービーシー》のクイズ番組に出ることをゆるされたの。囚人なんかに、勝ち目はない、ってだれもが思っていたの。ところが、ところが、おばさんは年間チャンピオンになっちゃったのよ！『マスターマインド』の。みんなが、握手《あくしゅ》したがったわ。護送人《ごそうにん》は大歓声《だいかんせい》をあげたの。何百万人という人たちがテレビを見ていたの。ワクワクしたわね。ブリジットを主賓《しゅひん》にした宴会《えんかい》も催《もよお》されたの。でも、また、手錠《てじょう》をかけられてね、護送車に乗せられて、刑務所に逆もどり」

ハリーは、ゾクゾクした。おばさんが、『マスターマインド』のチャンピオン！

「おばさん、どんなテーマを選んだの？」

「ファイナルに選んだのは、『大英帝国犯罪《はんざい》の最盛期《さいせいき》』だったわ。大胆不敵《だいたんふてき》にもね！」

ミセス・グッドは、また笑った。「その前は、『刑務所のリフォーム』『哲学《てつがく》の数学』なんてとこだったと思うわ。わたしには、意味がわからないけれどね」

ミセス・グッドは、指さした。「チャンピオンはすてきなクリスタルのボウルをもらうの。客間の戸棚《とだな》にかくしてあるわ。おばさんは、見せびらかすのがきらいなのよ」

ハリーは、スコーンを食べ終えた。テーブルにひじをつきながら、頭をかいた。

「刑務所には、どのくらい入っていたの？」

「あの判事《はんじ》は十五年の刑を言いわたしたの。信じられる？　十五年よ。それも、刑期を短縮《たんしゅく》しないようにという勧告《かんこく》がついたの。国中の人が悲しんだわ。控訴審《こうそしん》で、八年になったの。二人は模範囚《もはんしゅう》だったから、五年で出てきたわ」

「すごいちがいじゃない。十五年と五年じゃ！　じゃあ、あの、判事って、もしかしたら」

「カンがいいわね。プリーストリー大佐よ。ビーストリー・プリーストリー！」

ミセス・グッドは、人のいい顔をしかめた。「まったく、ひどいやつよ。いろいろなうわさがあるわ。とても不公平！　性根《しょうね》が曲がっているの。あの男のことは、絶対に信用しないわ。わたしは――ウッ」

善良《ぜんりょう》な家政婦《かせいふ》は、気を静めるために、お茶をごくりと飲んだ。

「みんな、大佐のこと、きらいみたいだね。ほかに何をしたの？」

「長くなるからね。おばさんたちにきいてちょうだい」

ミセス・グッドは、指先で、ほてった頬をなでた。「なんの話をしていたのかしら？　そうそう。おばさんたちは、刑務所に長いことといたのよ。それで、ブリジットおばさんは、ここの名前を思いついたの」

「ラグ・ホールのこと？」

「そう、ラグ・ホール。ラグの古い意味は、囚人《しゅうじん》という意味なの。宣告《せんこく》を受けて、女王陛下《へいか》の費用で生きた人のこと。それで、ここをラグ・ホールって名づけたの。全員、前科者だから」

「みんな？　みんな前科者なの？」

「わたしとナッティをのぞいてね」

ハリーは考えこんだ。

「前の名前はなんだったの？」

「この家？　古い地図を見たら、『隠《かく》れ家《が》』って、のっているわ。その名前に、おばさんは惹《ひ》かれたのよ。出獄したあと、ひっそりと住むには最適《さいてき》でしょう」

「サファイアのメンバーだった人たち？」

「何人かはね。でも、メンバーじゃなかった人もいるわ。フィンガーズやエンジェルは、女じゃないでしょ」

ハリーは、にっこりした。

「つまり、前科者の隠居所《いんきょじょ》ってこと？」

「ちょっとちがうわ。だれが、引退《いんたい》したって言った？　夕べ、盗《ぬす》み聞《ぎ》きしたんでしょ？　みんな、大仕事――どこかにかくされているお金をいただく――というアイディアに興味《きょうみ》を持ったの。床下《ゆかした》とか、森にうめられているとか、壁《かべ》にぬりこめられているとか、湖にしずんでいるとか、そういうお金にね。みんなで、ここを買ったの。ボロボロだったのよ。今からは想像《そうぞう》できないけれど。壁紙ははがれ、窓には板が打ちつけられ、煙突《えんとつ》にはカラスの巣《す》が。いたるところにツタがからまって、玄関前《げんかんまえ》まで、木が生えていたの。修理するのは大仕事だったのよ」

ハリーは、気持ちのいいキッチンを見回し、美しいホールや客間を思い出した。窓の外には、美しい花壇《かだん》があり、野菜畑には、夏の雨がふっている。「でも、ブリジットおばさんの、大仕事って何？」

「それは、わたしが説明しよう」

入り口から声がしたので、ハリーは飛び上がってしまった。

10 陽気な無法者たち

ブリジットおばさんが、入り口に立っていた。稲妻《いなずま》が光り、おばさんの老眼鏡《ろうがんきょう》に映《うつ》っている。

「ウーン！　スコーン！」

元オックスフォードの教授《きょうじゅ》、サファイアの頭領《とうりょう》、前科者、クイズチャンピオンは舌《した》なめずりした。

「一つもらってもいいかい、グッディ？」

返事も待たずに、粉《こな》だらけのテーブルにイスを引《ひ》っ張《ぱ》ってきて、ナイフとバターに手をのばした。

「おいしい！」

おばさんは、ひと口食べると、目を閉《と》じた。「スコーン、大好き」

「血統《けっとう》のようですね」

ミセス・グッドはそっけなく言って、ハリーのほうを見た。「じゃあ、もう一つだけね。でも、お腹《なか》がいっぱいで、お夕飯が入らない、って言っちゃだめですよ！」

ハリーがのびをして、ゲップをすると、ブリジットおばさんが、にっこりした。

「さて、ヤングマン。秘密《ひみつ》の核心《かくしん》に近づいているようだね。時間をむだにしなかったみたいだ」おばさんは、理知的な青い目でウィンクしたが、顔は真剣《しんけん》だ。「ハリーは、よく調べるし、想像力《そうぞうりょく》もある。おばさん、そこが好きだよ。でも、ここラグ・ホールで何をしているか話す前に、ジグソーパズルの最後の一枚《まい》をはめる前に、一つ、理解《りかい》してほしいことがあるんだよ。絶対《ぜったい》に秘密をもらさないこと！　吸血鬼《きゅうけつき》に会っても、拷問《ごうもん》にあっても、ひと言ももらさない、と約束《やくそく》しておくれ。それから、もっと危険《きけん》な相手――友だちにも言わないって！　ちょっとでももれたら、一巻《いっかん》の終わりだからね。おしまい！　絶体絶命《ぜったいぜつめい》！　万事休す！　ラグ・ホールの最後だ！」

老眼鏡越《ご》しに、おばさんの目がハリーを見つめた。「秘密が守れるってちかえるかい？」

「うん、そう思う」

「思うじゃだめだよ」

「うん、ちかうよ。ぼく、ずっと練習してきたからね――ゲシュタポ・リル相手に」

「そうだったね。忘《わす》れていたよ。そうしなけりゃ、生きてこられなかったのだから」

ブリジットおばさんは、ハリーの手を軽くたたいて、スコーンをもうひと口食べた。「本当においしいこと、グッディ！」

「一つ秘密を教えてさしあげます。これ、ハリーが作ったんです」

「なんだって！　信じられない！」

「ほんとだよ！」

ハリーは、うれしそうに、ニカッと笑った。

「小麦粉《こむぎこ》や牛乳《ぎゅうにゅう》を量るところからね」

ミセス・グッドが言った。

「わたしの甥《おい》の才能《さいのう》には、限界《げんかい》がないようだね。木登り、水泳、幽霊退治《ゆうれいたいじ》。なんてこった」

おばさんは、バターのついた手をなめた。「うわさをすれば、なんとやら。今朝、その女、おまえのお気に入りのベビーシッター兼家政婦《けんかせいふ》から手紙が来たよ」

「ゲシュタポ・リルから？」

「フム」

「なんて言ってきたの？」

「予想《よそう》通りのことさ。長いこと、どれだけ献身的《けんしんてき》におまえのめんどうを見てきたか。お父さんがどんな約束をしたか。そのため、自分のキャリアを犠牲《ぎせい》にしたこと。手紙によると、あの悲劇的《ひげきてき》な事故《じこ》で打ちのめされた、そうだよ。それで、今、何をしようとしているかというと――手っ取り早く言えば、金をくれってことだよ」

ブリジットおばさんは、肩《かた》をすくめた。

「なんてあばずれなんでしょう！」

ミセス・グッドは唇《くちびる》をキッと結んだ。「それで、いくらほしいって言っているんですか？」

「はっきりとは書いていなかったが、一万から一万五千ポンドってとこかね。二万とくるかも」

「二万ポンド！」

ハリーが大声を出した。「そんなの、あげるつもりじゃないよね！」

「もちろんさ。わたしがなんて返事をしたか、当ててごらん。ナッティが、今朝、ポストに投函《とうかん》してきたよ」

ブリジットおばさんが、微笑《ほほえ》んだ。

「なんて返事したの？」

「想像してごらん。あれを読んだら、もうミス・マクスクリューから、連絡《れんらく》はないと思うよ」

「そんなことないよ。おばさんは、ゲシュタポ・リルがどんな人間か知らないんだ」

「そしたら、その時考えるさ。ハリーは、何も心配しなくていいんだよ。もう、関係ないんだ。ハンプステッドじゃなくて、ラグ・ホールにいるんだから。グッディもタングルもいるし、みんなハリーの味方だからね。グッディ、そうだろ？」

「そうですとも！」

ミセス・グッドは、みんなのカップを重ねた。「もし、その女が、そのドアから入ってきたら、どんなことになるか、わたしは保証《ほしょう》しませんね。こっぴどい目にあわせてやりますよ」

「よく言った！　みんな、同じ気持ちだよ」

ブリジットおばさんは、ハリーのほうを向いた。「どこまで話したっけね？　そうそう、この小さな軍団《ぐんだん》についてだったね。サファイアについては、グッディに聞いたかい？」

「うん」

「そうかい。サファイアにはルールがあったんだよ。1、大胆《だいたん》で冒険《ぼうけん》を愛す。2、善良《ぜんりょう》な人に迷惑《めいわく》をかけない。そして、3、貧乏人《びんぼうにん》からは盗《ぬす》まない」

ハリーは、イスに足をからませ、手にあごをのせた。

「ホローウェイ刑務所《けいむしょ》にいた頃《ころ》、考える時間はたっぷりあった。何週間も、何か月も、何年も。国中に、使いきれないほどお金を持っている人や団体があるって思いついたんだ。金持ち、何十億《おく》ポンドというお金を持っている本当の金持ちがね。そして、国中に、いや世界中に、貧乏人がいる。善良な家族、子どもたち、年金生活者、チャリティー団体、落ちぶれた人たち、みんなお金に困《こま》っている。飢《う》えに苦しんでいる人もいるし、ホームレスも病気の人もいる。みんな、少しばかりの金にも困っているんだ。これは不公平じゃないか。ものすごく不公平だ！　何かしなくちゃ、って思ってね。

ある晩《ばん》、雷《かみなり》に打たれたように、この考えがうかんだんだ。まるで神のお告げのように。わたしたちみたいに、刑務所に入っている者には、それをする能力がある。自分のために盗みをするんじゃなくて、他人《たにん》のために盗みをすることができるってね！　金持ちから、ちょっとお金をいただいて、貧乏人にあげるんだ！

思わず、わたしは、ベッドから飛びおりたよ。朝の三時だった。独房《どくぼう》の窓《まど》の鉄格子《てつごうし》の向こうに、寝《ね》静《しず》まったロンドンの町が見えたんだ。あの光景を、絶対に忘れないよ」

大きな鳥のように、ブリジットおばさんは、イスのはじに座《すわ》った。

「もし、家を建てるとしたら、何が必要だい？　熟練工《じゅくれんこう》が必要だろ。レンガ職人《しょくにん》、配管工《はいかんこう》、建具屋《たてぐや》、といったね。この人たちは、チームで働くだろ。何をやるにしても同じだ。チームワークが必要なんだ。お金を盗むのだって同じだよ。チームワークさ！　熟練工のチームが必要なんだ！

ホローウェイには、泥棒《どろぼう》に必要な専門家《せんもんか》がそろっていたんだ。ありとあらゆる、悪事の巣《す》だったからね。でも、ただの専門家じゃなくて、最高のメンバーがほしかった。男のほうが技術《ぎじゅつ》が上かもしないが、ホローウェイにはいなかったからね。男は、ストレンジウェイズ刑務所やバーリニー刑務所や、ワームウッド・スクラッブズ刑務所に入れられたからね。それに、優秀《ゆうしゅう》な泥棒は、投獄《とうごく》されていないかもしれない。

とにかく、わたしは、慎重《しんちょう》に仲間を一本釣《づ》りし始めたのさ。大計画に興味《きょうみ》を示《しめ》した女たち。自分の仕事に誇《ほこ》りを持っている女たち。他人のために役に立ちたいと思っている女たちをね。年齢《ねんれい》も考えたよ。フローリーもわたしも、もう若《わか》くなかったからね。隠居所《いんきょじょ》をかくれ蓑《みの》に使おうと思ったんだよ。どんなスキルが必要か、わたしはリストを作った」

ブリジットおばさんは、指で数え始めた。

「まず、計画を立てる人間が必要だ。作戦計画を立てる人間がね。それは、わたしがやる。逃亡車《とうぼうしゃ》の運転手。もちろん、フローリーだ。あれの右に出る者はいないからね。金庫やぶり、つまり、鍵《かぎ》を開ける人間。フィンガーズ。しのびこむ人間。ドット。詐欺師《さぎし》。演技《えんぎ》のできる人間。マックス。書類や署名《しょめい》を偽造《ぎぞう》する人間。エンジェル以外考えられない。スリ。情報収集《じょうほうしゅうしゅう》したり、すりかえたりする人間。ミスター・トーリー。乱闘《らんとう》になったときに備《そな》えて、力のある人間。ハギー。

……これが、わたしたちのチームだよ。八人のスペシャリストさ。みんな、その道のトップだし、世の中を公平に、幸せにしたいと思っている。お楽しみがほしい、年寄《としよ》りの前科者たちだ」

ぼんやりと、ブリジットおばさんは、指をなめ、テーブルからスコーンのかけらを拾い上げた。

「たまに、ミスする人間もいるがね。ミスター・トーリーみたいに。まあ、人間だから仕方ないね」

「ここを知っている人間はいるの？　つまり、プリーストリー大佐《たいさ》をのぞいての話だけど。ラグ・ホールは、ひっそりと建っているでしょ。何キロも先まで、家がないじゃない」

「かぎられた人しか、知らないよ。郵便配達《ゆうびんはいたつ》とか、物売りとかね。できるだけ、外部の人間と接触《せっしょく》しないようにしている。みんな、ここが、隠居所だと思っているよ。車は年代物だし、年寄りがいて、年金手帳が配達されるからね。実際《じっさい》にわたしたちがだれで、何をしているのか知っている人間は、一人もいないよ。だれも、秘密を知らない」

「だれからも秘密はもれないよ」

ハリーは、人差し指につばをつけて、喉《のど》を切るしぐさをした。

「約束やぶったら、殺して、ずたずたに切って、パイを作っていいよ」

ブリジットおばさんは、愛情をこめて、ハリーの頭をおさえた。

「雨がやんだね」

雲に切れ間ができ、花壇《かだん》や野菜畑に日がさし、水滴《すいてき》がキラキラ輝《かがや》いている。

「ブリジットおばさん。オックスフォードでは、グループに名前があったでしょ。サファイア……」

「レディー・アドベンチャーズ。そうだよ？」

「ここのグループにも、名前があるの？」

「このラグ・ホールの仲間に？」

ブリジットおばさんは、流しで手を洗《あら》った。「ないよ。そんな話、出たことがないね」

「ロビン・フッドみたいだね。金持ちから盗んで、貧乏人に与《あた》える」

「その通り！」

ブリジットおばさんは、うれしそうだ。「でも、ロビン・フッドの仲間は、若者だよ。わたしたちは、ロビンのおじいちゃんやおばあちゃんぐらい、年寄りだからね」

「そんなことないよ」

「いやいや、事実だよ」

手をふくと、ブリジットおばさんは、鏡を見た。「年寄りの泥棒集団さ。化石や、ドードーといっしょに、博物館《はくぶつかん》に陳列《ちんれつ》されるくらいね。今はやりの言葉で、クランブリーズって言うのかね？クランブリーズ《よぼよぼ》・アンド・リンクリーズ《しわくちゃ》なんてどうだい？」

「でも、ここの人たち、そんなじゃないよ。全然、年寄りっぽくない」

「そう言ってくれてうれしいよ。ロビン・フッドとわたしたちの似《に》ているところが、わかるかい？」

「ロビン・フッドの仲間は兄弟みたいでしょ。ここも、そうだよ」

「そうだね」

「向こうは『ロビン・フッドと陽気な仲間たち』って名前だよ。陽気で冒険好きなんだ。いいことをしているし」

「わたしたちも、一生懸命《いっしょうけんめい》やってるよ。それから？」

「あっちはシャーウッドの森に住んでいる」

ハリーは、ちょっと考えてから言った。「森が隠《かく》れ家《が》だ。ラグ・ホールも森に囲まれている」

「すばらしい。それに、向こうも警察《けいさつ》に追われている。でも、もうやめよう」

おばさんは、窓から入ってきたチョウチョを逃《に》がしてやった。「名前のことを聞いたね。何かいい案はあるかい？」

「ザ・ニュー・ロビン・フッドなんてどう？」

「あまり、独創的《どくそうてき》じゃないね」

「森のギャング」

ハリーは、一生懸命に考えた。「緑の森の八人」

「まあ、ましだね。いいけど、ロビン・フッドのまねだ。全くちがった名前はどうだい？　たとえば」

ブリジットおばさんは、クスッと笑った。「ラグ・ホールのしわくちゃ団《だん》なんてどうだい？」

ハリーは、お腹《なか》を抱《かか》えて笑った。

「ばかばかしいですよ、ブリジット。しわくちゃ団なんて」

ミセス・グッドが舌打ちした。

「どうして？　ハリーは気に入ったよ。かっこいいと思わないかい？」

「思いません」

「ラグ・ホールって入れちゃいけないでしょ。正体がばれちゃう」

「じゃあ、ただのしわくちゃ団だ」

「フン！」

とミセス・グッド。

「ぴったりだ」

「ばかばかしいったら、ありません！」

「いや、いいよ」

ブリジットおばさんが笑った。「エンジェルにロゴをデザインしてもらおう。仕事のたびに、置いてくるんだ」

「なんてこと考えるんですか！　もうやめてください、ブリジット！」

「ぴったりじゃないよ」

ハリーが言った。

「どこが？」

「もう、ぼくも仲間だから」

「どういう意味だい？」

「ぼく、年寄りじゃないでしょ。だから、『しわくちゃ団とハリー』にしなくちゃ」

「なんだって？　わたしたちの仲間に入るっていうのかい？」

ハリーはうなずいた。

「ダメだよ！」

「どうして？」

「どうして？　おまえは十一歳《さい》だろ。だからダメだよ。わたしたちは、おまえを愛している。だからダメ。危険なんだ。だから、ダメなんだよ」

「でも、ブリジットおばさん、ぼく、できる――」

「できるのは知っているよ、ハリー、おまえは頭のいい子だ。でも、ダメなものはダメ。もうこの話はおしまい」

「その通り！」

ミセス・グッドが言った。

11 ラズベリーの荷車

天気のよい日が続いた。夜になると、ハリーは、石でできたタワーの上のベッドの中で、本を読んだり、夜の音を聞いたりして過《す》ごした。日焼けした肩《かた》がヒリヒリする。

朝になると、青い空と、ツバメの鳴き声で目をさます。親ツバメは、一日中窓《まど》の外を飛ぶ。くちばしいっぱいにエサを運んでくるのだ。ハリーは、ベッドの上にのり、広い窓枠《まどわく》に身を乗り出して、窓を大きく開ける。それから、ベッドから飛びおり、ジーンズとT《ティー》シャツを身につける。おどり場にある、小さなバスルームで顔を洗《あら》うのは省略《しょうりゃく》して、はね回るタングルを連れて外に飛び出す。

朝食のあと、最初の仕事は、キッチンで、キャベツの葉や、育ちすぎたレタスやパンの皮をバケツいっぱいにつめこんで、チョーキーのところに行くことだ。チョーキーは、白いポニーだ。ハリーの部屋の窓から、見えるところにいる。屋敷《やしき》から遠くない、森の中の馬小屋にいる。頭上に木が生《お》いしげっているので、強い日差しをさえぎってくれる。おけの水に太陽が当たって、キラキラしている。

新鮮《しんせん》なワラをしいた馬小屋のドアは、いつでも開いている。チョーキーといっしょにいるのは、おだやかな性格《せいかく》の、灰色《はいいろ》のロバ、ソクラテスだ。昼といわず、夜といわず、森の動物が、牧場《まきば》にやって来る。

「ほら、キャベツの葉っぱだよ」

ハリーは、チョーキーの強い首をたたいた。「おまえにもね、ソクラテス」

ソクラテスの黒い目から、たてがみをどけてやると、ハリーは言った。「ソクラテス、パンを半分……ほら、チョーキーにもパンを半分あげる」

調子はずれの歌声が聞こえ、木々の間から、赤いTシャツが見えると、チョーキーとソクラテスは、ハリーのもとに、かけ足でやってくる。

時々、ハリーは、チョーキーの広い背中《せなか》に乗る。牧場を軽く走るチョーキーを足でしっかりとおさえ、たてがみにつかまる。ソクラテスに乗ることもある。

それから、タングルを連れて、森をかけ回ったり、ナッティが畑を耕《たがや》すのを手伝ったりする。

ラグ・ホールに来てから二週間もたつと、駅におり立ったときとは別人《べつじん》になっていた。もう、ロンドンの高級住宅街《じゅうたくがい》の灰色の通りで育った子ではない。戸外で過ごすことが多いので、ハリーの腕《うで》も足も真っ黒に日焼けした。たいてい、上半身裸《はだか》で、よれよれのジーンズか古い短パンをはいていたが、それもツンツルテンだった。ラグ・ホールでの生活は幸せだった。ハンプステッドの生活やゲシユタポ・リルのことを思い出すことはなかった。

しかし、ある日の午後、状況《じょうきょう》は一変した。


「ブリジットおばさん、ぼく、考えたんだけど」

木曜日のお昼のとき、ハリーは言った。「ラズベリーがたくさんなっているでしょ。ぼくたちだけじゃ食べきれない、って、ミセス・グッドが言ってたよ」

「そうだね」

おばさんは、グレープジュースをひと口飲み、トーストの端《はし》にパテをぬった。

「レタスやキュウリもたくさんある」

「わたしは、くわしいことは知らないけれど、グッディがそう言うのなら、そうなんだろう」

「それで、ぼく、あれを収穫《しゅうかく》して、小屋にある荷車に並《なら》べてもいい？　ナッティが、チョーキーにつないでくれるって。そしたら、道端《みちばた》で売れる。車で通りかかる人たちにね」

ブリジットおばさんは考えた。

「いや、目立ちすぎるよ。道路際《どうろぎわ》で売ったら、どこの子か聞かれるだろ。残念だけど、ダメだよ」

ハリーはがっかりした。

「近くでなけりゃいいべ。ずっと遠くに行けばいいべ。道路際の木の下に店開きすればいいべ」

フィンガーズが助《たす》け舟《ぶね》を出してくれた。

「わたしは反対だよ」

ブリジットおばさんが言った。

「がんこばあさんに、なりなさんな！　子どもの気持ちを考えてみなせえ。何も問題ねえべえ。ラグ・ホール農場って、看板《かんばん》を出さねばいいべえ。おめえさんは、商売が好きだど思ってだ。こづかいかせぎになるべえ」

「どうしたもんかね？」

ブリジットおばさんは、首をふった。「みんな、どう思うかい？」

みんなハリーの味方になってくれたので、おばさんは、いさぎよくあきらめた。

「わかった、じゃあ、がんばって売るんだよ。かんたんな仕事じゃないよ。荷車を洗《あら》って、果物を収穫して、きれいに並べなきゃならない。それから、チョーキーにもブラシをかけなきゃいけないよ」

「うん、わかった」

ハリーは、意気ごんでいる。

「まあ、髪《かみ》の色をのぞけば、ハリーは農家の子に見えるよ」

おばさんは、そっけなく言うと、しげしげとハリーを見た。「町に連れてって、服を買ってやらなきゃね」

「これでいいよ」

ハリーは、古いTシャツとジーンズが気に入っていた。

「そうだろうけれど。でも、いつか、短パンがポンとはじけてしまうよ。そしたら、困《こま》るだろ？」

みんなが笑った。ハリーは、顔を赤くした。

「子どもをからかっては、いけません」

ハギーが言った。「はずかしがっているではありませんか。見てください」

ブリジットおばさんは、ハリーの髪の毛をクシャクシャにした。

「食べ終わったら、行っていいよ。さっさと荷車を洗ったほうがいい。売る物をつんで、チョーキーにつないだら、写真を撮《と》ろう」

二日間、ハリーは、準備《じゅんび》に明《あ》け暮《く》れた。荷車を入れた小屋からは、石けんの泡《あわ》が流れた。チョーキーは、こんなにブラシをかけてもらったのは初めてだった。白い毛が、風にたなびいている。朝七時、ハリーはベッドから飛び出し、夜十時に、ベッドにころがりこむ。金曜日の夜、何時間もラズベリーつみをしたあとにお風呂《ふろ》に入ると、お湯がピンク色にそまった。

土曜日の朝。洗い立てのジーンズとTシャツを着て、古い麦わら帽子《ぼうし》をかぶると、ハリーは荷車の前に座《すわ》り、手綱《たづな》をにぎった。前にいるチョーキーは、名前の通り、チョークのように真っ白だ。チョーキーも麦わら帽子をかぶっている。磨《みが》きあげられた馬具には、花がかざってある。タングルも、いやがるのに、洗われてブラシをかけられ、首輪に花束《はなたば》をつけられて、荷車の横に立っている。

荷車にはラズベリーやイチゴ、黒スグリ、ナッティの畑から採《と》れた野菜、きれいな花が並べられ、おつりを入れたカンの下には、紙袋《かみぶくろ》が用意してある。ピカピカのはかりが、太陽の下でウィンクしている。

みんな、感心して荷車を取り囲んだ。

「ちょっと、こっちを向いてくれんかのう」

エンジェルが、お腹《なか》におしつけた画板に、ささっと描《か》いた。

「一生懸命《いっしょうけんめい》働きましたね。ウラジオストックの夏祭りに出る荷車よりきれいです」

とハギー。

よく見ようと、ドットが荷車の輪留《わど》めに登った。ドットの手が、やけどしたみたいに、赤くなっている。顔もだ。髪の毛の根元まで真っ赤だ。フィンガーズもハギーも同じだ。きっと、長いこと日なたにいたのだろう。

「笑って！」

フローリーおばちゃんが、明るいブルーの目に、カメラをあてた。「1、2、3」

カシャッ！

「うまくいくといいわね。水筒《すいとう》とサンドイッチは持った？」

ミセス・グッドが言った。

「お茶の時間に、みんなで行くから。荷車がとてもきれいだよ」

ブリジットおばさんも、赤くなっている。額《ひたい》が真っ赤だ。

「バイバイ！」

ハリーは、手綱をふった。チョーキーが歩き始めた。ジャリッ、ジャリッ、ジャリッ。砂利道《じゃりみち》を進む。パカッ、パカッ、パカッ。道路のかたい土の上を歩く。馬具がジャラジャラと音を立てた。荷車の下につけた、小さな鈴《すず》が、陽気に鳴る。

さあ、冒険《ぼうけん》の始まりだ！


道路際に、草むした空き地《あきち》があり、石塀《いしべい》には、木がおおいかぶさっている。予定した場所まで行かないうちに、大きなブナの木が木陰《こかげ》を作っているところがあった。ここなら、売り物に直射《ちょくしゃ》日光が当たるのをさけられそうだ。

ハリーは、手綱を軽く引いた。

「ハイ、チョーキー、ハイ」

気性《きしょう》のおだやかな馬が止まると、ハリーは長い棒《ぼう》を引《ひ》っ張《ぱ》って、車輪にブレーキをかけた。それから、飛びおり、車が動かないようにつっかい棒をおろした。

「いい子だ！」

チョーキーのやわらかい鼻をなでると、エサをひとつかみやった。それから長いひもを枝《えだ》に結んで、自由に草を食べられるようにしてやった。チョーキーは、すぐに、そのへんに生えているみずみずしい草を食べ始めた。尻尾《しっぽ》をふって、ハエを追いはらっている。

「おいで、タングル」

ハリーは、タングルのロープを荷車の車輪に結んだ。タングルはいやがったが、肉が少しついた骨《ほね》をもらうと、きげんを直した。荷車の下に寝《ね》そべると、前足で骨をおさえ、かじり始めた。

ハリーは、荷車の後ろから、できたての看板を二枚《まい》取り出し、道路際に置いた。エンジェルの仕事部屋の、ありったけのカラフルな絵の具を使って作った看板だ。

家庭菜園で採れた
イチゴ
ラズベリー
黒スグリ
野菜
つみたての新鮮《しんせん》な品です

ハリーは荷車にもどった。だれか、買いに来てくれるかな？

十五分の間にやって来たのは、トラクター一台、トラック二台、逃《に》げだしてきた牛だった。もし、ハリーが牛を追いはらわなかったら、荷車の上をメチャメチャにしていただろう。

ハリーは落ちこんできて、元気をつけるために、卵《たまご》とトマトのサンドイッチを取り出した。

このへんは、景色《けしき》のいいところで、夏には旅行者がやって来る。

大きな銀色の車が通りかかり、空き地の向こうに止まった。ハリーは期待をこめて、見守った。車はまた発進した。がっかり。車は、また止まった。向きを変え、こっちにやって来る。

五人おりてきた。ハリーより一、二歳《さい》年上の長い髪の女の子が、チョーキーのところに行って、ちょっかいを出し始めた。男の子がしゃがんで、タングルに話しかける。残りの人は、荷車にやって来た。

「まあ、おいしそうなラズベリーね！」

プリント柄《がら》のワンピースを着た、太った女の人が声を上げた。この一家のお母さんだ。「それに、安いわ！　あのデルフィニウムを見て。あの青のきれいなこと！　おばあちゃんにあげたら喜ぶわ。あんた、このあたりの子？」

「うん。とうちゃんの農場はあっちだよ」

ハリーはとぼけて、ラグ・ホールと逆《ぎゃく》の方向をさした。

「こんなにかわいいお店を、道端に出すなんて、考えたわね。ラズベリーを二かごと、スグリを五百グラム、レタスを二つ、それから、デルフィニウムを一束ちょうだい。いくら?」

ラグ・ホールでは、だれも電卓を持っていない。ハリーは慎重《しんちょう》に紙に書いて計算した。

「じゃあ、これでおつりをちょうだい」

ハリーは、古ぼけたカンにお金を入れ、女の人におつりをわたした。

「ありがとうね。いい仕事をしているわ」

女の人は、おつりを確認《かくにん》すると、五十ペンス取り分けた。「これで、アイスクリームでも買いなさい。商売がうまくいくといいわね。さあ、シルビア、行くわよ。馬をほっといてあげなさい」

一家は、また車に乗って行ってしまった。窓から手をふり、クラクションを鳴らし、エンジンの音が遠ざかっていった。

ハリーは、うれしくなった。カンをあけて、売上金を確《たし》かめた。カンをあっちこっちに傾《かたむ》けると、チャリン、チャリンと音がする。チョーキーが、なんだろう、というふうにこっちを見た。

「見たかい!　三ポンド近くもうかったし、チップもくれたよ」

ハリーはカンをふってみせた。チョーキーはまた下を向いて草を食べ始めた。

ハリーは、もう一つ、サンドイッチを取り出した。

興奮《こうふん》は、さめていった。そろそろ一時間たとうというのに、次の客がやって来ない。もう、お昼の時間だ。

けれど、午後は、頻繁《ひんぱん》に車が止まってくれた。一度に、三組の客が来てくれたこともあった。荷車が軽くなるにつれて、カンの中のお金は重くなっていった。

二時半過ぎには、売り物の半分はなくなった。

チョーキーを、別《べつ》の場所に移動《いどう》させているときに、遠くから力強いエンジンの音が聞こえてきた。車は、すごいスピードを出している。ずっと向こうから、バターかヒマワリの花のように明るい黄色の車体が、ビュンビュン、スピードをあげてやってくる。

「うそだろ！」

ハリーは、息を呑《の》んだ。

大きな黄色い車は、キキキキーッと角《かど》を曲がり、ものすごい勢《いきお》いでやって来る。チョーキーのロープをにぎりしめて、ハリーは立ったまま凍《こお》りついた。

ロールスロイスは、看板の前を通り過ぎた。エンジンがうなり声を上げる。ハリーのところまで来た。ドライバーは、ブレーキをふんだ。舗装《ほそう》した道路の上で、キーッと、タイヤが音をたてた。焦《こ》げるようなにおいをさせ、タイヤの跡《あと》を残しながら、車は百メートルも進んで、やっと止まった。ボンネットから、白い煙《けむり》が上がり、フェンダーからは、黒い煙が上がっている。車はくるったように向きを変え、こっちに向かって、スピードをあげてやってくる。土ぼこりをあげて、車は止まった。

チョーキーはおびえて、ロープをぴんと引っ張る。ハリーは、チョーキーを落ち着かせようとした。

「だいじょうぶだよ！　シーッ！　だいじょうぶだってば！」

大急ぎで、ロープを枝に結ぶと、ハリーは荷車に向かって走った。

車には二人乗っているが、ハリーからは、ドライバーしか見えなかった。赤ら顔、ショウガ色の口ひげ。カッカしやすいブタのような目が、窓からのぞいている。空き地をキョロキョロながめている。

ハリーしかいない。ニヤッと笑った。黄色のドアがバタンと開き、プリーストリー大佐《たいさ》が出てきた。

「前に会ったな」

かん高い、鼻にかかった声だ。「森でだ。覚えているか？」

助手席のドアが開いた。連れが出てきた。女だ。

ハリーは、心臓《しんぞう》が飛び出しそうになった。顔から血の気が引いた。車輪の棒をつかんで体を支《ささ》えた。

ゲシュタポ・リル！

12 折れたキュウリ

「あっという間に落ちぶれちゃったのね」

ゲシュタポ・リルは、嫌悪《けんお》するような、とがめるような目でハリーを見た。まるで、ハリーが、石の下からはい出してきた、いまわしい虫のように。

「見てごらん。ボロッちいかっこうをして。手はしみだらけだし、馬と荷車を引《ひ》っ張《ぱ》っている。長いこと、上品に育てようとしてきたのが、無駄骨《むだぼね》だったわ」

ゲシュタポ・リルは、トウモロコシ色のサファリスーツを着、赤いアクセサリーをつけている。赤いイヤリング、赤いシルクのスカーフ、膝《ひざ》までの赤いブーツだ。スーツと同じ色の髪《かみ》の毛《け》は、きっちり編《あ》んで、赤いバレッタで留《と》めてある。赤い唇《くちびる》で、ニヤッと笑った。赤いマニキュアの指で、赤いキセルを持っている。

「言ったでしょ、パーシー」

ゲシュタポ・リルは、プリーストリー大佐《たいさ》に言った。「ブタの耳からシルクの財布《さいふ》は作れない、って言うでしょ。この子は、本物のブタなのよ」

「わたしも、若《わか》いブタの性根《しょうね》を直してやるよ」

プリーストリー大佐は、緑とオレンジの大きなチェックの入ったツイードのズボン、同じ素材《そざい》のベストにシルクのネクタイ姿《すがた》だ。太い金の鎖《くさり》が見える。整髪料《せいはつりょう》をぬったショウガ色の髪の毛と口ひげも、金属《きんぞく》のように光っている。太陽が当たって、金歯と、指にいくつもはめた金の指輪が光った。

「正真正銘《しょうしんしょうめい》の不良だ。大声をあげて、卵《たまご》をぶつけるなんて！　わたしは、裁判所《さいばんしょ》で、毎日こういう手合いに会っているからね。ムチで打って、根性《こんじょう》をたたき直してやらねば。徹底的《てっていてき》にね。わたしが、やってもいいぞ。礼儀作法《れいぎさほう》を教えてやるんだ」

「やりなさいよ、パーシー。だれも見ていないわ」

ゲシュタポ・リルは、ロールスロイスのそばから離《はな》れた。「仕返しよ。耳を引っ張ってやりなさい。あたしが世話をしていたのは、ネズミだったのね」

ハリーの後ろには、荷車がある。身を守るために、長いキュウリを持った。

「ハンプステッドで言ったことを、忘《わす》れたと思っているの？」

ゲシュタポ・リルは、いかくするように言った。「何万ポンドというお金を、あんたの家族は、あたしにはらわなくちゃいけないのよ。あたしは、あきらめるつもりはないよ。あんたのお父さんが約《やく》束《そく》してくれたお金を、絶対《ぜったい》にもらうからね」

「たくさん、給料をもらったじゃないか」

ハリーは、ボソボソと言った。

「なんですって?」

おどすように、前に進む。

「たくさん給料をもらっていた、って言ったんだ! 言われる通りに、パパは、はらったじゃないか! いつでも! それに、ぼくを働かせたし」

「うそつき!」

「うそつきは、そっちのほうだ!」

ハリーは、向こうみずに言った。「それに、泥棒《どろぼう》だ!」

長年おさえていたものが、一気に噴出《ふんしゅつ》した。「手当たりしだい、自分の物にしたじゃないか。パパとママが死んだあとも。家の中からなくなった物が、どこにいったか、知らないとでも思ってたの? ダイニングルームの銀のロウソク立て、おどり場にかかった絵、かざり棚《だな》の装飾品《そうしょくひん》。ぼくを博物館《はくぶつかん》に追いはらった時、門のとこに骨董屋《こっとうや》の車が止まってたじゃないか。ママが残した宝石《ほうせき》もそうだ。それは、ママのブローチだよ。この泥棒! いばりや! 詐欺師《さぎし》! おまえなんか大きらいだ!」

「まあ、パーシー! 聞いた? ヘビのような子だわ!」

プリーストリー大佐は、うっとりするように、ゲシュタポ・リルを見た。

「そこを動くんじゃない！　今回は、言いすぎよ！」

ゲシュタポ・リルは、ハリーのほうに進んだ。

絶望的《ぜつぼうてき》に、ハリーは、二人を見た。プリーストリー大佐が、反対側から迫《せま》ってくる。

「近寄《ちかよ》るな！　なぐるぞ！」

ハリーは、キュウリをふり回した。

コツ、コツ、コツ。舗装《ほそう》された道路に、ゲシュタポ・リルのハイヒールの音が響《ひび》く。

「それ以上、近づくな！」

ハリーは、背中《せなか》を荷車につけた。ゲシュタポ・リルは、ハリーの言葉を無視《むし》した。顔が、怒《いか》りでゆがんでいる。袖《そで》をまくり、腕《うで》をふり上げ――

ハリーが、ゲシュタポ・リルの頭を、キュウリで思いっきりなぐった。ボキッ！　キュウリは半分に折《お》れて、空き地にころがった。

この時、タングルが、この女は敵《てき》だ、と決めた。ご主人を攻撃《こうげき》しているのだから、当然だ。うなり声を上げて、荷車の下から飛び出し、赤いブーツのくるぶしにかみついた。

「キャー！　イタイ！　放しなさい！」

ゲシュタポ・リルは、よろよろと撤退《てったい》した。片方《かたほう》のかかとがこわれている。たたかれて、きっちり結《ゆ》い上《あ》げてあった髪の毛が、肩《かた》にたれ下がった。

犬の姿《すがた》を見て、大佐もあとずさった。森でお尻《しり》にかみつかれたときのことを思い出したのだ。あわてて、空《あ》き地《ち》を横切り、枝《えだ》を引っ張った。どうにかこうにか、太い枝を折ることができた。

あんなので、なぐられたら、タングルの脳《のう》みそが飛び出してしまう。ハリーは、タングルの首輪から、ひもをはずした。少年と雑種《ざっしゅ》の犬は、荷車の陰《かげ》にかくれた。

ゲシュタポ・リルが、大佐の後ろから、足を引きずりながら来る。

「今つかまえてやるから、待っていなさい！」

プリーストリー大佐は、顔を真っ赤にして、曲がった棒《ぼう》を頭の上でふり回しながら、反対側に回った。はさみ撃《う》ちにしようとしているのだ。

「さあ、パーシー！　なぐって！」

ボカッ！　ドサッ！　大佐の棒はハリーに当たらず、荷車の端《はし》をたたいた。

「タングル！　速く！」

ハリーが逃《に》げる。

二十メートル後ろから、ゲシュタポ・リルとプリーストリー大佐が追いかけてくる。ゲシュタポ・リルの髪の毛は、ますますみだれてきた。大佐がつまずいてころんだ。ショウガ色のブタのように、舗道をころがる。ハリーの足に、ついてこられない。

でも、大事な荷車が！　ハリーの果物や野菜が！　売上金が！

二人の後ろの荷車の上に、お金を入れたカンがある。

ゲシュタポ・リルは、ハリーの視線《しせん》を追いかけ、後ろを見た。果物がある。カンを見つけた。怒りに燃えた顔に、勝利の笑みがうかんだ。

オリンピックの短距離走《たんきょりそう》の選手のように、ハリーは前に飛び出した。こんなに速く走ったことはない。足が地面についていないような気がする。ラグビーの選手のように大佐の棒をかわす。

ゲシュタポ・リルのほうが速かった。足を引きずりながら、髪の毛をふりみだし、翼《つばさ》のように、手を広げて走る。先に着いたかに見えた。しかし――赤いブーツが、チョーキーのフンですべった。

「アアアー！」

よろめいた。それで、じゅうぶん。そのすきに、ハリーは、ゲシュタポ・リルを追《お》い抜《ぬ》いた。荷車に胸《むね》がぶつかった。大事なカンを、両手でつかむ！

すぐに、ゲシュタポ・リルが、追いついた。赤い爪《つめ》が、ハリーのT《ティー》シャツをつかむ。ハリーは、暴《あば》れまくって、逃げる。一瞬《いっしゅん》、よろめいたが、また立ち上がって、逃げる。Tシャツがやぶけてしまった。ガチャガチャ音を立てるお金を、胸にしっかりと抱《だ》きしめている。

「アアアー！　こんちくしょう！　親なし子！　家なし子！」

カッカときて、ゲシュタポ・リルは、こぶしをラズベリーのかごにつっこんだ。真っ赤なジュースが、まるで噴水《ふんすい》のように飛び出す。次々に、たたきつぶしていく。黒スグリも何箱か残っていた。黒いジュースも飛び出した。顔もサファリスーツも、まるで、水疱瘡《みずぼうそう》と天然痘《てんねんとう》にかかったみたいだ。

プリーストリー大佐も、加わった。棒で、豆やインゲン、バラやスイートピーをたたきつぶしていく。今度は、棒を熊手《くまで》のように使って、みんな地面に落としてしまった。かんしゃくを起こした子どものように、その上で、ピョンピョンはねる。

ハリーとタングルは、びっくりして見ていた。ラグ・ホールでのおだやかな生活になれているチョーキーは、おびえてしまった。ロープを強く引っ張ってはずし、空き地のはずれに走っていった。

この破壊行為《はかいこうい》のしめくくりに、プリーストリー大佐は、荷車の下に肩を入れた。ゲシュタポ・リルも、マニキュアをぬった手でつかむ。二人で、荷車をひっくり返す。輪留めがゆっくりと傾《かたむ》いていく。ガシャーン！　ハリーの荷車は、だいなしになった野菜の真ん中に横だおしになった。

「言いつけてやる！　ブリジットおばさんに言いつけてやるからな！　警察《けいさつ》に、通報《つうほう》してもらうぞ！」

「そんなことにはならないさ！」

プリーストリー大佐は、かん高い声で言った。「ブリジット・バートン！　フローリー・フォックス！　フィンガーズ・ピーターマン！　みんな前科者だ。半分は、わたしが、刑務所《けいむしょ》にたたきこんだんだ。警察に言ってみろ！　だれが、わたしに刃向《はむ》かう者の言葉を信じるものか。わたしは、高等裁判所の判事《はんじ》だぞ。軽犯罪《けいはんざい》裁判官で、学校の理事長で、大地主だ」

「それに、あたしたちは、ここに来なかったわ。ね、パーシー」

キセルが、つぶれた果物の中にあった。ゲシュタポ・リルは、それを拾い上げた。種《たね》が流れ落ちる。

「きっと、暴走族《ぼうそうぞく》よ。さっき見たでしょ。それとも、たくさん旅行者を乗せたワゴン車か」

「そうだとも」

プリーストリー大佐がうなずいた。

「あたしたちは、この荷車の前を通っただけ」

「おいしそうだ、とは思ったがね」

「いい果物や花だったわ」

「でも、止まらなかった」

「そう」

「でも、暴走族なんて、通らなかったぞ」

ハリーが言った。

「ああ、だが、だれにそんなことがわかる？」

プリーストリー大佐は、ゲシュタポ・リルの手を、いとしげに取った。「わたしたちは見た。そうだよね、君」

「そうよ、あなた。乱暴者《らんぼうもの》たちだったわ。全然信用できないわ」

ゲシュタポ・リルは、作り笑いをうかべ、二人は笑って、首をのばしてキスをした。

ハリーは、むなくそ悪くなった。

「とにかく、言いつけてやる！」

ハリーは、ロールスロイスにもどる二人に、怒鳴《どな》った。「きっと仕返ししてやる！　必ず！」

プリーストリー大佐は、運転席のドアを開けた。

「あんな悪党《あくとう》集団といっしょにいてはダメだぞ。ろくなことにならん」

「バイバイ。また、すぐに会いましょう」

ゲシュタポ・リルが手をふった。

エンジンが息を吹き返《ふかえ》した。にぎやかに、ロールスロイスは、空き地から出て行く。

ハリーは、投げつけるものをさがした。つぶれた果物しかない。ラズベリーをすくいあげると、車を追いかけ、後ろの窓《まど》に投げつけた。ビシャ！　黄色い車体に、ジュースが滝《たき》のように流れた。

トゥートゥル！　トゥートゥル！　あざけるように、警笛《けいてき》が鳴り響いた。

「くさったブタ野郎《やろう》！」

ハリーが叫《さけ》んだ。

車は、遠ざかっていった。エンジン音が聞こえなくなった。

13 鍵と泥棒と新聞と

ラズベリー売りの冒険《ぼうけん》の数日後、ハリーは、客間で、大きなソファに長々と寝《ね》そべっていた。胸《むね》にワシが飛んでいる絵のついた、新しい赤いT《ティー》シャツを着、カーキ色のショーツをはいている。ベルトからは、スイス・アーミー・ナイフがぶら下がっている。

ゆうべは、ハンプステッドから持ってきた衣類を燃《も》やす、盛大《せいだい》なたき火がたかれた。ただし、よれよれのジーンズは残された。愛着がありすぎて、捨《す》てられなかったのだ。ハリーは、新しい服を買ってもらった。デニムのズボン、運動靴《うんどうぐつ》、運動着の上下、アノラック。みんな自分で選んだ。学校用の灰色《はいいろ》のズボン、紺色《こんいろ》のセーター、ストライプのネクタイも買った。もうすぐ新学期だ。

日差しの強い午後、ハリーの膝《ひざ》には、フィンガーズがくれた大きなかんぬきがのっていた。スチール製《せい》の細い探《さぐ》り針《ばり》以外は使ってはいけない。三十秒《びょう》以内に鍵《かぎ》を開けたり閉《し》めたりする練習をしているのだ。かんたんだ。これより複雑《ふくざつ》な、タンブラー錠《じょう》の開け方も教わった。どこに圧力《あつりょく》をかけたら

いいのか、知っている。ハリーは、スピードをあげる練習をしている。

カチッ！　鍵が開いた。カリッ、クリッ――パチン！　鍵が閉まった。そばに置いた目覚まし時計を見た。三十七秒。悪くない。

芝生《しばふ》では、ドットたちがクロケーをしている。エンジン音が聞こえてきた。音は大きくなる。ハリーは窓《まど》の外をじっと見た。疾走《しっそう》する鳥のように、ブルーと銀の車体のノートンに乗って、フローリーおばちゃんが現《あらわ》れた。砂利《じゃり》をけ散らし、大きなバイクはクルリと向きを変え、止まった。

おばちゃんは、エンジンを切った。シーンとなった。

ハリーは、錠を手にして、時計の秒針《びょうしん》が十二になるのを待った。ザクザクという足音が響《ひび》き、フローリーおばちゃんが、庭に面したフランス窓から入ってきた。ビョウのついた革《かわ》ジャンを着ている。

「ただいま、ハリー」

おばちゃんは、ジャケットの内側から、「イブニング・ガゼット」紙を取り出して、コーヒーテーブルにのせた。「宿題をやっているのね。何秒かかったの？」

「三十七秒」

「すごいわ！　ずいぶん進歩したのね。フィンガーズが喜ぶでしょう」

フローリーおばちゃんは、ホールのほうに向かった。「着がえなくちゃ。またあとでね」

「うん」

フローリーおばちゃんは、出て行った。それから、ドアから顔を出した。

「そうそう、『ガゼット』を見てごらんなさい。そこに出ている写真に興味《きょうみ》がわくと思うわ。それから、けさの『テレグラフ』を読んだ？」

「スポーツ欄《らん》だけ」

「社会欄を見てみて。小さな記事が二つあるわ」

「どんな記事？」

「自分でさがしてごらんなさい。とてもおもしろいわよ。ステキよ」

おばちゃんは、顔を引っこめた。じきに、バイク用のブーツが階段《かいだん》を登る音が聞こえた。

ハリーは、錠と探り針を置き、新聞を手に取った。その日、ハリーは想像力《そうぞうりょく》旺盛《おうせい》だった。新聞を口にくわえてよつんばいになると、ライオンのようにうなりながら、部屋を横切った。

廊下《ろうか》にいた、ひょろっとしたナッティに気づかなかった。親切ななんでも屋は、オーバーオールを着たまま、キッチンに向かっていた。チラッとハリーのほうを見ると、笑いながら行ってしまった。

「ガゼット」の記事はすぐに見つかった。盛装《せいそう》して、手をつなぎ、上流階級のパーティで注目を浴《あ》びているのは、ビーストリー・プリーストリーとゲシュタポ・リルだった。二人はにこにこしている。取り囲んでいる客たちが拍手《はくしゅ》している。写真には、五行の記事がついている。

パーシヴァル・ボナパルト・プリーストリー大佐《たいさ》とミス・ラヴィニア・ルクレティア・マクスクリュー、警察《けいさつ》のチャリティ・ダンスパーティで婚約《こんやく》発表す。

フェロン・グランジに住む、プリーストリー大佐は、大地主であり、高等裁判所判事《さいばんしょはんじ》、各種委員会の委員長でもあり、慈善《じぜん》事業でも有名である。ミス・マクスクリューは、この地域《ちいき》で働くために、最近ロンドンからやって来た。

ハリーは、また写真に目をもどした。この笑顔にドラキュラのキバをつけ加えたくなった。今度は、「デイリー・テレグラフ」を取り上げる。こっちもおもしろいかな？　フローリーおばちゃんが言っていた記事をさがすのに、しばらくかかった。ハリーは目を見張《みは》った。ゆったりと座《すわ》りなおすと、順番に読んでいった。

銀行強盗《ごうとう》、七万ポンド盗《ぬす》み、まんまと逃走《とうそう》

金曜日の夜、オークボロウのノートランド銀行に、泥棒《どろぼう》がしのびこみ、金《きん》と古い札《さつ》だけ、七万ポンド相当を持ち去った。

警察は、被害総額《ひがいそうがく》が判明するまで、発表をひかえていた。犯人《はんにん》は、経験豊《けいけんゆた》かなギャングと見られ、最近起きているほかの泥棒事件と関連があると見られる。

犯人は、建物上部の窓からしのびこんだもよう。最近導入《どうにゅう》された警報装置《けいほうそうち》は切られていた。地下金庫は警報装置に守られていたが、大量の爆弾《ばくだん》を使って爆破《ばくは》されたもよう。これによって、金庫の扉《とびら》が吹《ふ》き飛んだばかりでなく、天井《てんじょう》にも穴《あな》が開き、支店長《してんちょう》の机《つくえ》が落ちた。

通行人が警察に通報したが、警察がかけつけた時には犯人は逃《に》げたあとだった。爆発のあった銀行の裏側《うらがわ》の道路で、年寄《としよ》りらしい四人組がふらふらと歩いているのを目撃《もくげき》した人間がいる。この四人が、犯人の変装《へんそう》なのか、近くのパブでよっぱらってきた人間なのか、わからないと警察は言っている。

四人組は、ナンバープレートがＴＢＪ《ティービージェイ》１２３というスマートな赤いメルセデスでスピードを上げて走り去った。善良《ぜんりょう》な市民がロータス・エランで追跡《ついせき》したが、ふり切られてしまった。「地獄《じごく》のコウモリのように、疾走していった」と追跡者は語った。

警察は、メルセデスのドライバーと同乗者に事情聴取《じじょうちょうしゅ》するのをためらっている。ＴＢＪ１２３は、スコットランドにある英王室の御用邸《ごようてい》、バルモラルにおける、女王陛下《へいか》の公式なリムジンのナンバーだからだ。

ハリーは笑いころげた。これで、みんなが、土曜日の朝、赤い顔をしていたわけがわかった。日に焼けたんじゃなかったんだ。フィンガーズの爆弾のせいだったんだ！　また、やったのか！　通りを飲んだくれみたいに、千鳥足で歩いたんだ。ポケットやバッグに、金や札束《さつたば》をつめこんで。

ハリーは、笑うのをやめた。計画通り、泥棒に入ったんだ。おばさんたち、正真正銘《しょうしんしょうめい》の銀行強盗なんだ！　この記事が証拠《しょうこ》だ。ハリーは、次の記事を読んだ。

孤児院《こじいん》にミニバスの贈《おく》り物《もの》

ウインクル園に、匿名《とくめい》で七万ポンドの寄付《きふ》があった。身体障害児《しんたいしょうがいじ》の孤児院では、この寄付によってミニバスを買うことができる。園長の話によると、園は、ここ数年、経済的《けいざいてき》に困《こま》っていたそうだ。「天国からの贈り物のようです。このお金の半分で、以前からほしかった、特別仕様《とくべつしよう》のミニバスを買います。残りは、医薬品や、子どもたちの遊具を買うのにあてます。これで、休日に子どもたちを外に連れて行くことができるようになりました」園長は、目に涙《なみだ》をうかべて言った。「どなた様か存《ぞん》じませんが、子どもたちになりかわって、その方にお礼申し上げます。どんなに、わたしどもが喜んでいるか、お伝えください」

ウインクル園の外で子どもたちを撮《と》った写真が載《の》っていた。松葉杖《まつばづえ》の子や車イスに乗った子がいる。前列の女の子が、紙を掲《かか》げている。七万ポンドの小切手だ。みんな、笑顔で、手をふっている。

当惑《とうわく》して、ハリーは部屋の向こうを見た。おばさんたちのやっていることは、悪いことなの、いいことなの？　どう考えたらいいのかわからなくなった。

14　夏の日々

すばらしい夏だった！　生まれて初めての夏らしい夏だ。

毎日が飛ぶように過《す》ぎていった。

新しい水着を着て、ハリーはよくタワーの屋根で日光浴《にっこうよく》をした。横には、ミセス・グッドが作ってくれた、クッキーとレモンスカッシュの入った水筒《すいとう》。頭上では、ツバメが虫をさがして飛んでいる。

屋根の手すり越《ご》しに身を乗り出し、下の庭をのぞいて、ハリーはナッティに声をかける。

向こうには、森があり、緑が広がっている。木に囲まれた、銀色の湖や、チョーキーのいる牧場《まきば》が見える。五キロほど行ったところには、プリーストリー大佐《たいさ》の壮大《そうだい》な屋敷《やしき》、フェロン・グランジがある。別《べつ》の方向を見ると、はるか向こうには、青い丘《おか》と夏の海がさそうように輝《かがや》いている。

毎朝、屋敷の前の芝生《しばふ》で、ハギーにレスリングを教えてもらう。ナッティは花壇《かだん》の手入れをし、ブリジットおばさんは、デッキチェアーに座《すわ》って、「タイム」紙のクロスワードパズルをする。ねぼす

けのマックスは、コーヒーカップを片手《かたて》に、窓《まど》から外を見ている。

ハリーもハギーも、はだしだ。ハリーは、短パンとT《ティー》シャツ姿《すがた》。ハギーは、はでなピンクのストッキングに、紫色《むらさきいろ》のレスリング用のウエアだ。背中《せなか》には、血のように赤い字で、「ザ・ストラングラー」と書いてある。

いかつい顔をしているのに、ハギーはよく笑い、ユーモアのセンスもあったので、ハリーはこわいと思ったことがなかった。でも怒《おこ》って、筋肉《きんにく》モリモリになるのには、遭遇《そうぐう》したくないものだ。

まず、やわらかい土の上で、安全なころび方を教わった。それから、基本的《きほんてき》な投げ方やおさえこみ方だ。バックヒール、クロスバトック、ヒップロック……。

右に左に、ハリーは宙《ちゅう》を飛ぶ。ハギーの腕《うで》や足におさえこまれて、草の上で身動きが取れなくなる。

ある朝、信じられないことが起こった。ハリーがハギーのすきをついたのだ。「ストラングラー」自身が、重さ百キロのジャガイモの袋《ふくろ》みたいに空を飛び、大きなカバの木の根元にぶつかった。枝《えだ》に止まっていた鳥が、鳴きながらいっせいに飛び立った。ハギーも驚《おどろ》いて、座ったまま頭をかいた。それから、豪快《ごうかい》に笑い、でかい手で、ハリーの背中をたたいた。

ある日の午後、ハリーはエンジェルのスタジオに行った。

ひげもじゃのスコットランド人は、ちらっとハリーを見た。厚《あつ》い大きな眼鏡《めがね》の向こうの目は、青い魚が泳いでいるようだ。

「アイー、そこらを見ていいがのお。紙でも絵の具でも、勝手に使っていいがのお。ただし、かき混《ま》ぜねえでくれのお。それから、オレが仕事してる時は、じゃましねえでくれのお。じゃましたら、八《や》つ裂《ざ》きにするでのお」

エンジェルは、かん高い声で言った。イーゼルに向かったが、またひげもじゃの顔を出した。

「何かあまい物、持ってねえかのお？」

ハリーは、ポケットをたたいてみせた。

「ごめんね」

「ああ、さっき言ったことを、忘《わす》れねえようにのお！」

スタジオは雑然《ざつぜん》としていた。棚《たな》という棚、二つの長いテーブル、広い窓の桟《さん》、床《ゆか》の上まで、カン、しぼり出した絵の具のチューブ、パレット、ナイフやブラシ、テレピン油や亜麻仁油《あまにゆ》のビン、額《がく》、ガラス板、木炭、鉛筆《えんぴつ》、空《から》のマグカップ、古いパイプ、こわれた眼鏡、よごれたスケッチブック、それにキャンバスがところせましと、置いてある。

いたるところに、キャンバスがある。ハリーは、こんなに色彩豊《しきさいゆた》かなものは見たことがなかった。

窓からさしこんだ光が当たるところに、古い額がかけてある。ラズベリーの荷車を描《えが》いた油絵だ。

麦わら帽子《ぼうし》の下の顔はぼんやりしているが、ハリーにそっくりだ。古いジーンズ、Tシャツ、日に焼けた肌《はだ》。チョーキーが白い尻尾《しっぽ》を上げている。まるで、馬のにおいがするような気がする。短い前髪《まえがみ》の下の目は、明るい。タングルが、何か期待するように、見上げている。花、野菜、ラズベリーのかごが、朝日を浴《あ》びて輝いている。すばらしい絵だ。三十分近く、ハリーはスタジオの中を歩き回った。引き出しの中をのぞいたり、ブラシを手にとってみたり、絵の具をしぼり出して、指につけてみたりした。

「昼寝《ひるね》の時間だでのお」

エンジェルが、よごれた布《ぬの》で手をふきながら、イーゼルの陰《かげ》から出てきた。「そのあとはお茶の時間だ。エネルギーを補充《ほじゅう》せねばのお」

エンジェルは、その辺に散らかっている物を、足でどけ、驚いたことに、絵の具のついたオーバーオールを枕《まくら》にして、床に寝ころんだ。ハリーは、ドアに向かった。

「出て行く前にな、坊主《ぼうず》」

エンジェルが声をかけた。「あの南の海の絵を見ていただろ？　フランス菊《ぎく》と現地人《げんちじん》の絵だ。すみに赤い字で、サインしてあるがのお」

ハリーは、絵のほうに行った。オレンジ色、白、緑、金色、黒の絵の具を使っている。指で画家の名前をなぞった。

「ガー……ギャン。ガーギャン？」

「ゴーギャン」

エンジェルが直した。「そうだがのお。気に入ったかのお?」

「うん、すごく」

「持ってけ。ハリーにやる。サザビーって、おっきなオークションがあるんだが、それに送るつもりでいたがのお。出したら、十五万ポンドにはなるがのお。三十万かもしれねえがのお。だども、気に入ったら持ってけ。おめえさんの部屋にかざったら、いいがのお」

「十五万! そんな、もらえないよ」

「なんでだ?」

寝ころんだまま、エンジェルが言った。目は閉《と》じている。「それを決めるのはオレだがのお。気に入ったのか、気に入らねえのか?」

ハリーは、どうしたらいいかわからずに、口ごもった。

「あんたにやるんだがのお。あんたに、もらってもらいたいがのお。だから、持ってってくれのお。そしたら、オレの気がすむでのお」

「ありがとう――」

ハリーは、慎重《しんちょう》に、壁《かべ》にかかっている絵をはずした。「すごく――」

「取ったかのお?」

エンジェルが、ハリーの言葉をさえぎった。

「うん」

「じゃあ、ここから出てけ。シッ！　シッ！」

エンジェルのスタジオをたずねたことで、ハリーの芸術《げいじゅつ》への情熱《じょうねつ》に火がついた。絵はもともと好きだった。タワーにある自分の部屋で、あるいは母屋《おもや》の階段《かいだん》で、または気の向いた場所に座って、何時間も写生した。キッチンに行って、ミセス・グッドの働く姿を描《か》くこともあった。

一番のお気に入りは、エンジェルがくれた、絵の具でよごれたイーゼルや折りたたみイスや、その他《た》の絵の道具をチョーキーに積んで、古い麦わら帽子をかぶり、森に出かけることだった。

森は、アマゾンのジャングルみたいに木がうっそうと茂《しげ》っていて、なんだか勇敢《ゆうかん》な冒険家《ぼうけんか》になったような気がした。ラグ・ホールから一キロも行くと、部屋から見える大理石でできた古い大きな建物に行き着く。人里離《ひとざとはな》れた寺院《じいん》のように森の中に建っている。何年も、そこを訪《おとず》れる人がいなかったのだろう。モミの実や松葉が、階段をおおっている。重い扉《とびら》を開けると、プンとカビのにおいがする。ずっと前に死んだ人たちの肖像画《しょうぞうが》が壁にかかり、白い長い柱はクモの巣《す》だらけだ。長いこと、鳥が屋根に巣を作ってきた。床にはかわいた鳥のフンと小枝が落ちていて、歩くとパキパキ音がする。

ハリーは、よくここに来て、うっそうとした森にかこまれた、この建物を描いた。のんびりした散歩だった。チョーキーは緑の葉っぱを食べ、いっしょに連れてきたソクラテスは、木もれ日のさす木《こ》陰《かげ》で、深いロバの思考にふける。タングルは、藪《やぶ》の中で獲物《えもの》を追いかける。ハリーは、絵を描いたり、そのへんを探検《たんけん》したり、バッグから、ミセス・グッドが用意してくれた、サンドイッチやケーキやクッキーを出して食べ、ジュースを飲む。

こんなにいそがしい、そして幸せな時はなかった。

ドットといっしょに森で一番高い木のてっぺんまで登り、何時間も風に吹《ふ》かれていることもあった。フローリーおばちゃんが、二人を二十キロほど離れたところにある、海からそそりたつ崖《がけ》に連れて行ってくれた。安全のために、ドットにロープで結ばれて、ハリーは、生まれて初めて、ロッククライミングの練習をした。はるか下で、青い波がくだける。

キッチンでは、ミセス・グッドに、大好きなおやつの作り方を教わった。トフィー、ピザ、レモネード、チョコレート・クリスピー、パンケーキなどだ。

毎日のように、ハリーとタングルは、湖で泳いだ。

古い手こぎボートにペンキをぬりなおした。ナッティが、釣《つ》り糸《いと》と釣《つ》り針《ばり》と、小さなシャベルをくれた。太ったミミズを見つけるのは、かんたんだ。泳いだあと、びしょ濡《ぬ》れのまま、オールを持って、釣りにこぎ出した。タングルは、ボートの横に前足を乗せ、水の中をながめる。

蛾《が》の多い夜に、森で火を起こし、釣った魚で、みんなを夕食に招待《しょうたい》した。松《まつ》の香《かお》りのする火のまわりに座って、スズキやカワヒメマスを串《くし》にさして焼いたり、燃えさしの中にジャガイモをうずめて焼く。手づかみで食べ、サイダーを飲む。

でも、幸せにも終わりがやってくる。月曜日の朝、ハリーは目をさまし、のびをして、ベッドからおりた——夏休みは終わりだ。学校に行かなくちゃ。

15 バーレイモー小学校、最悪の初日

バーレイモー小学校は、町はずれにあった。レンガ建てのりっぱな建物だ。建《た》て増《ま》しした、白い部分もある。校庭も遊び場も舗装《ほそう》してある。ほとんどの生徒は町に住んでいるが、遠くに住んでいる子たちのために、スクールバスがある。午前九時。ハリーは、二十七人の子どもたちといっしょに、教室で先生を待っていた。

教室中にあふれる話し声や笑い声。女子は灰色《はいいろ》、男子は紺色《こんいろ》のセーターを着ている。机《つくえ》に座《すわ》ったり、あっちこっち走り回って、夏休みのことを話したりしている。長い夏休みのあとなので、みんな日焼けして目がキラキラ輝《かがや》いている。

ハリーは、一人で立っていた。数人が、興味津々《きょうみしんしん》という顔でハリーを見ているが、ほかの子たちは、無関心だ。そのうち二人の男の子がやって来て、あいさつした。一人は西インド諸島《しょとう》から来た子だ。もう一人は、ショウガ色の髪《かみ》をした、そばかすだらけの子だ。

「転校生？　なんて言うの？」

「ハリーだよ」

「ハリー何？」

「ハリー・バートン」

「ぼく、アッキュ。アッキュ・アピリガ。こっちはチャーリー」

「チャーリー・ドンキン。ドンキー《ロバ》って呼《よ》ばないでよ」

ハリーはうなずいた。

「サッカー好き？」

「うん」

「休み時間に、サッカーしよう。好きなチームは？」

ハリーは答えた。

「へえ！」

アッキュがこぶしをあげた。「ぼくも、そうだよ」

チャーリーが、顔をしかめた。

「へっぽこチーム」

「チャーリーは、マンチェスター・ユナイテッドのファンなんだ。うふふふ！」

ハリーも笑った。こんなに早く友だちができるなんて！

「どんな先生？」

「知らない。去年はミスター・ルイスだったよ。すごくいい先生。ラグビーの試合を見に連れてってくれたんだ」

「でも、もうこの学校にいないんだ。新しい先生が来るはずだよ」

「ねえ、新しい先生の車見た？　赤いアストン・マーチンだったよ。すごい！」

「フォッグが、もうすぐ連れてくる」

「フォッグって、だれのこと？」

「ミスター・フォガティ。校長先生さ。みんなが、フォッグって呼ぶんだ。太って汗《あせ》っかきだから」

ハリーが笑っていると、ドアで見張《みは》っていた少女がかけてきた。

「フォッグよ。新しい先生がいっしょ」

子どもたちは、机から、いっせいにおりた。シーンとなった。ガラスがはめられたドアが開き、ミスター・フォガティが入ってきた。

校長先生は、太っている。大きなやさしそうな顔をし、金ぶちの眼鏡《めがね》の上で、短い銀色の髪の毛が輝いている。チェックの夏用のスーツを着ている。

後ろから、新任《しんにん》の先生が入ってきた。

そんなばかな！　教室がグルグル回り、あたりは真っ暗になった。めまいがする。でも、だれも、ハリーの様子に気がつかない。みんなが、新しい先生に注目していたからだ。

先生は、教室に入ると、子どもたちの目をのぞきこんで、にっこりした。微笑《ほほえ》み返した女の子たちもいた。女の先生でうれしそうだ。それも、こんなに金髪《きんぱつ》でステキな洋服を着ている先生で。

「おはよう」

校長先生は、教壇《きょうだん》に立った。新任の先生が横に立った。

「おはようございます」

子どもたちが、いっせいにあいさつした。

「今は、どこでもいいから、座りなさい」

子どもたちは、思い思いの場所に座った。ハリーは、アッキュとチャーリーの後ろの席についた。

「夏休みは楽しかったですか？　そうだったことを期待しますよ。とにかく、みんな、日に焼けて元気そうですね」

校長先生は、教室をやさしい目で見回した。「みんな、ずいぶん背《せ》がのびましたね」

それから、ハリーに目をとめた。「ああ、新顔だね。君の名前は――？」

「バートンです」

「バートン、ええと？　名前かね、それとも苗字《みょうじ》かね？」

「苗字です」

「名前は？」

「ハリーです」

みんなが、こっちを見ている。

「ハリー・バートン、ええと？　君の書類は見たと思ったが。ともかく、バーレイモー小学校にようこそ。いい学校だよ。だれかと、知り合いになったかね？」

「はい」

「それはよかった。だれかね？」

チャーリーとアッキュが手を上げた。

「よろしい。サッカー・チームに勧誘《かんゆう》されたかね？」

「はい」

校長先生はにっこりした。「そうだと思った。二人とも、よくめんどうを見てあげなさい。いたずらはダメだよ。わかったかね？」

「はい、校長先生」

二人は、ニヤッと笑うと、あたりを見回した。ハリーは、顔を赤らめている。

校長先生は、教室を見回すのをやめた。

「ほかには、転入生はいないようだな」

異論《いろん》を唱《とな》える者はいなかった。

「よろしい。さて」

校長先生は、横でにこにこしている女性《じょせい》に目を向けた。「こちらが、今年の担任《たんにん》、ミス・マクスクリューです。これまで、ずっと男の先生だったが、今年は幸運なことに、マクスクリュー先生が来てくださることになりました。先生はすばらしい推薦状《すいせんじょう》を持って、ロンドンから来られました。そして、きっと、きちんと指導してくださるものと思います」

校長先生が、何か耳元でささやくと、ゲシュタポ・リルは、よけいにこにこした。

「ちょっと、秘密《ひみつ》を教えてあげよう。ちょっとした、公然の秘密だよ。ローカル紙を読めば、ミス・マクスクリューの名前を見つけることができます。この学校の理事長である、プリーストリー大佐《たいさ》と関係があるのです」

「ウォオ！」

校長先生は笑った。

「よく見てごらん、エンゲージリングをはめているのがわかるでしょう」

「ウォオ！　ウォオ！」

「まあ、これは君たちに関係ないことです。ハリー・バートン君と同じように、ミス・マクスクリューも、この学校は初めてです。お行儀《ぎょうぎ》よくして、真のバーレイモー校式の歓迎《かんげい》をしましょう」

だれかが、変な音をたてた。みんな、いっせいに笑いだした。アッキュが、笑いころげている。

「じょうだんだということにしておきます」

校長先生が言った。「アッキュ・アピリガ、態度《たいど》をつつしみなさい」

それから、ゲシュタポ・リルのほうを向いた。「今日から新学期です。みんな、いい子ばかりですよ。うまくいくでしょう」

校長先生は、生徒のほうを見た。「それでは、このあとは、有能《ゆうのう》なミス・マクスクリューにおまかせしましょう」

ドアが閉《し》まった。

「ハリー・バートン」

静けさの中で、ゲシュタポ・リルの声が響《ひび》きわたった。「音を出したのは、君ですか?」

「いいえ」

ハリーは、目を見張《みは》った。無実だ。

「いいえ、それで?」

「いいえ、ぼくじゃありません」

「いいえ、ぼくじゃありません。それで?」

「いいえ、ぼくは音をたてませんでした」

「いいえ、ぼくは音をたてませんでした。それで？」

やっと、ハリーに、意味がわかった。

「いいえ、先生。ぼくは、音をたてませんでした」

「あなたがやったと思います。さいさきのいいスタートじゃありませんね」

目が氷のように冷たい。「休憩《きゅうけい》時間に残りなさい。お話しましょう」

ハリーは下を向いた。体がふるえている。

「聞こえましたか？」

「はい、先生」

生徒たちはショックを受けた。ずっと離《はな》れた席の、音を出した少年が、勇敢《ゆうかん》にも手を上げた。

「手をおろして」

「でも――」

ゲシュタポ・リルが、少年を見つめた。その子は、手をおろした。

ゲシュタポ・リルは、またにっこりした。

クジャクのように青いスーツに、白いブラウスという完ぺきな装《よそお》いだ。身につけている物は、ブーツ、ブローチ、イヤリング、髪留《かみど》めにいたるまで、スーツに合った青か緑、アイシャドウまで、同系《どうけい》色でまとめている。ブロンドの髪の毛も、ぴっちりと結《ゆ》い上《あ》げ、口紅《くちべに》もマニキュアも完ぺきだ。

「みなさん、わたしのことはわかりましたね。それでは、みなさんのことをききましょう」

ゲシュタポ・リルは、座って、生徒の書類に目を通した。「この書類に書かなくちゃいけないの。ここにリストがあります。名前を書きますから、フルネームをちゃんと教えてください」

バッグから水玉模様《もよう》の万年筆を取り出し、キャップをはずした。

「じゃあ、アンドリュース？」

ゲシュタポ・リルが書きこむ。

「ポリー・ジェインです」

白いリボンをつけた、かわいい女の子が答えた。

「アピリガ？」

「アッキュ・アモスです」

「ありがとう、アッキュ。あなたの名前はちゃんと書けると思うわ。ベイリー？」

「ジャネットです」

日焼けして、鼻の皮がむけた、がっちりした女の子が答えた。

「ボールドウィン？」

「ピーターです」

「バートン？」

「オーガスタス・ハロルドです」

ハリーが答えた。

「もっと長くなかったかしら？」

ハリーは、下を向いた。顔が真っ赤だ。

「ユージーン・オーガスタス・モンゴメリー・ハロルドです」

もごもごと、つぶやくと、クスクスと笑い声が起こった。

「よく聞こえなかったわ」

ゲシュタポ・リルは、微笑みながら、顔を上げた。「はっきり言ってちょうだい。ユージーン――それから、ええと――オーガスタス――モンゴメリー――ハロルド？」

「はい、先生」

「まあ、全部書ききれないわ」

と、書きながら言った。「ありがとう、ユージーン・オーガスタス。クラブトリー？」

「デイジー・ローズです」

「ドンキン？」

「チャールズです」

チャーリーが言った。

「グッドフェロー《いい人》？」

ふざけて音を出した少年が、頭を上げた。

「ブライアン・オリバーです」

何人かが、笑った。ブライアンが、にらんだ。

ゲシュタポ・リルが顔を上げた。

少年の顔が、真っ赤だ。

ゲシュタポ・リルは、にっこりして、書類にもどった。

「グラント？」

リストはまだ続く。

チャーリーは、かがんで、何か書くと、その紙をハリーに回した。

　ハリー
運が悪い名前だね。気にするな。
どうして、君に意地悪するんだ？

ハリーは、気づかれないように、そろそろと、カバンから筆箱を取り出した。ペンを出し、紙をひっくり返して、書いた。

チャーリー
ありがとう。あとで、話すよ。

それから、危険《きけん》を承知《しょうち》で、こうつけ加えた。


彼女《かのじょ》は、ロンドンで、ぼくの両親に雇《やと》われていたんだ。

本当に、ひどー

「ユージーン・オーガスタス！」

声が響いた。ハリーは飛び上がった。「その紙はなんですか？」

「紙って、なんのことですか、先生？」

「あなたが書いている紙です」

「ぼく、何も書いていません、先生」

「なんですって?」

ゲシュタポ・リルは、ペンを置いた。「その、手でかくしているものです。持っていらっしゃい」

「なんでもありません、先生」

「ここに、持っていらっしゃい!」

ハリーは、命令にしたがった。通り過《す》ぎた時に、アッキュが、はげますように背中《せなか》にさわった。

ゲシュタポ・リルは、きれいな手で、その紙を受け取り、読んだ。それから、ゆっくりと、ハリーから、チャーリーに視線《しせん》を移《うつ》した。ゾッとする、ヘビのような視線だ。深呼吸《しんこきゅう》すると、鼻の穴《あな》が広がった。

「よろしい。席にもどりなさい」

ハリーは、死《し》に物狂《ものぐる》いで席にもどった。ゲシュタポ・リルは、書類にもどり、ペンを取り上げた。

「パーキンス?」

氷のような声だ。

「ローズマリーです」

大きな少女が、ささやくように言った。

「クインス?」

16 サバイバル

「なんて言ったって?!」

ブリジットおばさんは、怒《いか》りくるっている。

「学校で平和に過《す》ごしたかったら、おばさんたちが、ラグ・ホールで何をしているか話せって」

「いつ、言われたんだい?」

「休み時間の時」

「一人だけ残されて?」

「うん、教室で。みんなは、外でサッカーしてた」

夕方の五時十五分前だった。みんな、キッチンのテーブルに集まっている。

「初日から、おまえにつらくあたったんだね。ハリーは悪くないのに。ユージーン・オーガスタスと呼《よ》んで。それから、一人だけ残して!」

「それから、ぼくが、問題を起こさないようにって。もし、起こしたら、彼女《かのじょ》は、ううん、彼《かれ》らは、ここからぼくを連れて行くって。つまり――」

ハリーは、腕《うで》を肩《かた》に回した。

「ソーシャルワーカーが来て、孤児院《こじいん》に入れられる、ってことだね？」

ブリジットおばさんが言った。「わたしとフローリーには犯罪歴《はんざいれき》があるから。つまり前科者だから、プリーストリー大佐《たいさ》は、わたしたちがハリーを育てるのに不向きな人間だって申し立てるつもりなんだ。道徳上《どうとくじょう》よくない、って」

ハリーはうなずいた。

「ぼくみたいに、素行《そこう》のよくない孤児のためのホームに入れるって」

ハリーは、皿に目を落とした。

テーブルの上には、湯気を上げるティーポットとケーキ。ミセス・グッドが、おいしそうなショートブレッドをハリーにすすめた。ハリーは、ひと切れもらった。

「見ていらっしゃい！」

ハギーが言った。「その女が、わたしの手がとどくところまできたら！　もう、お茶の時間を気にしなくていいようにしてあげます！　結婚式《けっこんしき》もなしです！　なんにもなしにしてあげます！」

親切な友人たちに取り囲まれて、ハリーは元気が出てきた。

「整理してみよう」

ブリジットおばさんが言った。「その、お行儀《ぎょうぎ》悪い音を出したのは、ハリーじゃないんだね？」

「ちがうよ」

「けれど、あの女は、それを口実にして、休憩《きゅうけい》時間におまえを残した」

「その音を出した子、じょうだんのつもりだったんだよ。オリバー・グッドフェローっていう子だけど。名乗り出ようとしたのに、聞いてもらえなかったんだ」

「ほんで五百回書く宿題を出したんだべえ！」

フィンガーズが大声を出した。

「心配いらねえがのお」

エンジェルが、あごひげをなでた。「一枚《まい》分書いたら、オレが複写《ふくしゃ》してやるがのお。スコットランドヤードだって、見分けがつかねえぐらい、うまくのお。五百回だって、五千回だって、目でねえがのお。言われたくれえ、作ってやるがのお」

笑い声があがった。

「大事な点がある」

ブリジットおばさんは、指で数えた。「その女は、プリーストリー大佐が、ラグ・ホールでわたしたちが何かしているのを知っていると言った――」

「だから、森でかぎまわっていたのさ！」

ドットの、ふるえるような声がした。

「――おまえから聞き出そうとした」

ブリジットおばさんは、続ける。「もし、ハリーかわたしたちが、問題を起こしたら、ハリーは孤児院に入れられる。ハンプステッドやラズベリーの荷車の話を、クラスの友だちに話したら、ひどい仕返しを受けるだろう――」

「ぼくの話をうそだって言ったんだ！」

ブリジットおばさんは、うなずいた。「――それに、あの女が言う、『自分がもらう権利《けんり》のあるもの』を、わたしやフローリーから巻《ま》き上《あ》げるのを、あきらめたわけじゃない」

「うん。プリーストリー大佐は、ここで何かが行われているのを知っている、と言っていた。それに、パパが破産《はさん》したって関係ない。家族に何万ポンドも貸《か》しがあるって」

「なんて、チャーミングな女かしら！」

フローリーおばちゃんが言った。

「ボーイフレンドにそっくりじゃないか。ビースト《けだもの》リー・プリーストリーとゲシュタポ《秘密警察》・リル」

と、ブリジットおばさん。

「あたしたちを、刑務所《けいむしょ》に送ろうとしている」

フローリーおばちゃんは、お茶をすすると、唇《くちびる》をこすった。「でも、ほかはどうだったの？　学校はだいじょうぶだった？」

「うん、楽しかったよ。お昼休みにサッカーをしたんだ。チャーリーが、ぼくなら、学校のチームに入れるって言ってくれたよ」

「勉強は？」

ブリジットおばさんがきいた。

「かんたんだった。作文を書かされた。『夏休みにしたこと』っていう題でね。ぼく、荷車を台なしにした、二人の乱暴者《らんぼうもの》のことを書いたよ」

「ハリー！　まあ、なんてことを！」

フローリーおばちゃんは、うろたえた。ブリジットおばさんは、笑いをかみ殺した。

「二人の名前は出さなかったよ。でも、ここでの生活を書くわけにいかないから。そうでしょ？」

ハリーは、ドーナツを食べながら、言った。「ぼく、算数は、みんなよりずっと進んでいたよ。かんたんだった」

「じゃあ、学校は気に入ったんだね」

と、ブリジットおばさん。「けれど、問題があるね。もし、わたしたちが、先生について苦情《くじょう》を言って、証拠《しょうこ》がなければ、ソーシャルワーカーが調べにくることになる。そうなったら、どういうことになるか。けれど、もし苦情を言わなければ、ハリーの学校生活がひどいものになる。だから――」

おばさんは、ハリーをじっと見た。「学校をかわったらどうだろう？　バーレイモー小学校のことは忘《わす》れて、もう一度寄宿《きしゅく》学校に行くかい？」

ハリーは口をあんぐりと開けた。

「いやだ！　ここがいい！　ラグ・ホールにいたい！　ここは、ぼくの家だって言ったじゃない！」

ハリーは首をふった。「寄宿学校なんかもどりたくないよ。ここにいたい！」

「でも、ゲシュタポ・リルはどうする？」

「あんな女のせいで、ここを出て行きたくない！　何をされても、学校をかわらないよ。ラグ・ホールから離《はな》れない。みんなやタングルやチョーキーから離れない。負けるもんか！」

「もちろんおまえは負けないよ！」

ブリジットおばさんは、カンカンだ。「ハリーが勇敢《ゆうかん》なのは知っているよ。ここに着いたその日に証明したさ。わかった。バーレイモー小学校に通うし、ラグ・ホールに住む。でも、あいつらをこらしめてやらなくちゃね！」

おばさんは、ハリーの手をにぎった。「だが、ここしばらくは、おとなしくしているんだよ。問題を起こしちゃいけない。あの女をのぞけば、いい学校なんだから。一生懸命《いっしょうけんめい》に勉強して、友だちと仲よくし、サッカーを楽しむんだ。つけいるすきを与《あた》えないこと」

「ぼく、一番前の席なの。真ん中の列の。いつでも見ていられるように、だって。アッキュは右の一番端《はし》だし、チャーリーは左の一番端なの。ぼくたちのこと、『三人の問題児』だってさ」

「一、二か月、がまんできるだろ？　宿題や言われたことをきちんとやったら、どんなに怒《おこ》るか、想《そう》像《ぞう》してごらん」

「オラたちがここで何してるか、話を作るべ」

フィンガーズが言った。

「ブリジットが作戦を立ててくれるわよ」

フローリーおばちゃんが言うと、ブリジットおばさんは、ネコみたいな微笑《びしょう》をうかべた。

「プリーストリー大佐をやっつける作戦は、考えてあるんだよ。ロールスロイスをよけて、生垣《いけがき》に飛びこんだ日からね。大佐は、ゲシュタポ・リルと婚約《こんやく》して、その婚約者はハリーの先生だ。これで、一つにまとまってきた。でも、ミスター・トーリーが帰ってくるまで待たなくちゃいけないんだよ。それに、もう少し考える時間がほしいし」

おばさんは、壁《かべ》を見つめた。「三段階《だんかい》ある。まず、十一月の中旬《ちゅうじゅん》に動きがあるよ」

ハリーはワクワクした。

「それが次の作戦だ。ハリーをこんなふうに巻きこみたくないよ。大佐がこのあたりをうろつきまわらなければ、うれしいね。まるで――」

「ハイエナのようにね」

ドットが言った。

「その通り」

「ブリジットおばさん。ぼくが着いた日の朝、飛行場に行くとちゅうで、大佐のことを話してくれるって言ったでしょ。でも、まだ話してもらっていないよ。このへんをかぎまわって、ラズベリーの荷車をダメにしたけど。大佐はほかに何をしたの？　どうして、みんな大佐のことを憎《にく》んでいるの？」

「みんなっていうわけじゃない。大佐の正体を知っているわたしたちだけだよ」

マックスは、エレガントな指で、染《そ》めた髪《かみ》の毛《け》にさわり、鉛筆《えんぴつ》のような口ひげをなでた。「世間では、大佐は、有名な裁判官《さいばんかん》であり、有名人を友人に持ち、大地主であり、いろいろな会の議長であり、慈悲深《じひぶか》い人で通っている。競走馬のオーナーでもある。毎年、アイントリーやアスコットの競馬場で、シルクハットをかぶった大佐を目にすることができる。有名なヨットハーバーのコーズには、ヨットも持っている。ロンドン市長のパーティーには、しょっちゅう招待《しょうたい》される。ヘンリー国際《こくさい》ボートレース、ウィンブルドンの最終日、モンテカルロのカジノ、女王陛下《へいか》の園遊会、ありとあらゆる社交行事に招待される。それで、とても有名なんだ！　慈善《じぜん》事業で勲章《くんしょう》ももらっている。大佐の写真は、毎週どこかの新聞の社交欄《しゃこうらん》にのるよ。あこがれと尊敬《そんけい》の的《まと》なんだ」

「でも、わたしたちは、別《べつ》の顔を知っています。そうでしょ、マックス」

とハギー。

「うんだ」

とフィンガーズ。

「腹黒《はらぐろ》い人間なのよ」

ミセス・グッディの頬《ほお》がピンク色だ。「わたしが聞いた話によるとね！」

「続けて、マックス。どうして、わたしたちが、ビーストリー・プリーストリーって呼《よ》んでいるか、ハリーに話してきかせて」

とブリジットおばさん。

「けだものよ！」

フローリーおばちゃんが言った。「冷酷《れいこく》な男よ」

「お望みならば」

マックスは、手入れされた爪《つめ》を見た。「パーシヴァル・ボナパルト・プリーストリー大佐は、闇《やみ》の世界では別の顔を持っている。ヨーロッパの顔役なのさ。映画スターといっしょにパーティーをするのは、表の顔。悪事をかくす仮《かり》の姿《すがた》。競走馬を買ったり、リッツホテルのスイートに泊《と》まったり、フエロン・グランジのような広大な地所を買うお金はどこから来ると思うかね？」

「フィアンセにアストン・マーチンのような高級車を贈《おく》ったりね」

と、フローリーおばちゃん。

「その通り。裁判官の給料ではまかなえない。不可能《ふかのう》だ。プリーストリーは、イギリス中の悪党《あくとう》の中で一番有名な人間なのさ。表の顔で集めた情報《じょうほう》を使って、手下を送りこむのさ。自分は、安全な場所にいて手をくださない。手下がおし入っている夜中の一時頃《ごろ》、大佐は、政治家《せいじか》と飲んでいたり、警《けい》察署長《さつしょちょう》とポーカーをしていたりするのさ。そして、ほとぼりがさめた頃、品を処分《しょぶん》する。金《きん》や札束《さつたば》や宝石《ほうせき》が、彼のスイスの銀行口座《こうざ》に直行するのさ。アンティークや絵画や銀製品《ぎんせいひん》は、入手経路《けいろ》がばれないような、仲買人《なかがいにん》や個人の収集家《しゅうしゅうか》の手にわたる。テレビや安い装飾品《そうしょくひん》の話をしているんじゃないよ。千ポンドも一万ポンドもする、高価《こうか》な品物の話だ。だから」

マックスは、手を広げた。「プリーストリーは、ますます金持ちになっていき、世の中の人は、彼はなんてすばらしい人間なんだ、と思うわけだ」

「ときどき、盗品《とうひん》をフェロン・グランジにかくすんだ」

ブリジットおばさんが言った。「まちがいない。そして、ほとぼりがさめるのを待つ。それから、小分けして、国内外で売りさばくのさ」

ハギーが言った。「あなたの目が輝《かがや》いたわけをあててみましょうか、ブリジット？　そこが、目のつけどころだと言いたいのでしょう？」

ブリジットおばさんは、肩をすくめた。

「追求するつもりはありません。話したくないのですね？　すべて計画が出来上がるまで」

とハギー。

ブリジットおばさんは、にっこりした。

ハリーは、テーブルのまわりを見た。

「でも、どうして、大佐はこの森をかぎまわっていたの？」

「かんたんだべ」

フィンガーズが、だらんと下がった口ひげについた紅茶《こうちゃ》をすすった。「裁判官は公正でねえばダメだべ。裁判所が、正直で、真実で、公正でなかったら、どうなるべ？　だけど、プリーストリーは、公正でねえ。正反対だべ！　まったく、くさりきってるべ。あん男より怒ったコブラのほうが信用できるべ。あん男は、人間の命をもてあそんでいるべ。人間の命はロウソクとはちがうべ。自分を守るために、裁判所を使うべ。じゃま者は、十年も、刑務所《けいむしょ》へぶちこむんだべ。どんなことしたかは、関係ねえべ。秘密《ひみつ》を知る者は、口ふさぐんだべ。それとも、大佐のために悪事を働くように、脅迫《きょうはく》するべ。ブリジットを危険《きけん》だと思うから、見張《みは》ってるんだべ。オラの知り合いで、生まれたての赤ん坊《あかんぼう》みたく、無実の人間を、人生の半分も刑務所に入れだべ。フィンガーズ様が逃《に》がしてやったども、今だに逃亡中《とうぼうちゅう》だべ。かわいそうにな。これが、プリーストリーのやり口だべ。オラあ、あんちくしょうには、がまんなんねえべ！」

「だから、ストーニーハート《石の心》と呼ばれるのよ」

フローリーおばちゃんが、言った。

「だから、森の中でかぎまわっていたのです」

と、ハギー。「ハリーとドットが、くさった卵《たまご》をぶつけた日のように。ブリジットを恐《おそ》れているのです。キツネ狩《が》りやキジ撃《う》ちをする、田舎《いなか》の紳士《しんし》のふりをするために、三年前、あの広大なお屋敷《やしき》を買ったとき、近所にわたしたちがいると思わなかったのです。裏《うら》の顔を知られているので、わたしたちは、大佐にとって、脅威《きょうい》です。だから、わたしたちを追いはらいたいのです。それに、わたしたちが、ここで何かしているとは思っているのですが、それが何かわかりません。なんのために、一流の腕を持った者が、いっしょに住んでいるのか。どうして、大仕事をしないのか？　いろいろさぐってもわかりません。裏の世界で、調べてもわからないのです。不思議でたまりません。それで、答えをさがすために、うろつきまわるのです」

「そこに、ゲシュタポ・リルと出会ったのよ」

フローリーおばちゃんが言った。「彼そっくりな、二つの顔を持つ、悪者とね」

「瓜《うり》二つよ」

とミセス・グッド。

「ネズミのカップル」

と、ドット。

「ガラガラヘビたちだべ！」

とフィンガーズ。

「理事長の地位を利用して、バーレイモー小学校にあの女を採用《さいよう》させ、ハリーの担任《たんにん》にしたのよ」

フローリーおばちゃんが、言った。

「昔からの仲間だべ」

フィンガーズが言った。「あの女は、前から、大佐を知ってたんだべ。ハンプステッドのお屋敷から盗《ぬす》んだ物を売るのに、大佐を使ってたべ」

「そして、今度は、ラグ・ホールの秘密をさぐるために、おまえを使おうとしている」

「オラたちを、追いはらうために」

「大佐の身の安全を図るためには、それしかないってわけ」

「わかるか、坊主《ぼうず》。やるかやられるかしかねえがのお」

エンジェルの目が、青い牡蠣《かき》のように、眼鏡《めがね》からはみ出しそうに大きくなった。

「どっちが、生き残るかだよ」

ドットが、声を張り上げた。

「わたしは、あの女に、ハリーの教育のじゃまをさせるつもりはないよ」

ブリジットおばさんが言った。

「いいか、ハリー、ここにいる者は、みいんな、おまえさんの味方だぞ」

ナッティは、大きな手で、ハリーの肩をぎゅっとつかんだ。「立ち上がるど！　ブリジットおばさんは、ぜったい勝つ！　おばさんが負けたら、あっしあ、庭仕事用の長靴《ながぐつ》を食うぞ。約束《やくそく》する！」

ミセス・グッドが、割《わ》りこんだ。

「さあ、夕食を食べたかったら、みんなキッチンから出て行ってちょうだい。ほら、シッ、シッ！テーブルから、どいて！」

みんな、三々五々、キッチンから出て行った。

エンジェルが、ハリーの肩に触《ふ》れた。

「さあ、書き取りをしなせえ。A《エー》4の紙に、青いペンで書くんだのお。何か、やわらかいものの上でのお」

ちょっと考えた。「アイ。書いたらスタジオに持ってきなせえ。印刷機《いんさつき》の準備《じゅんび》をしておくがのお」

ハリーのカバンは、壁にたてかけてあった。それを、肩にかけると、ジャケットを拾いあげた。

ミセス・グッドは、テーブルの端を片《かた》づけた。

「ここで宿題してもいいわよ。自分の部屋でしてもいいし。好きなところでなさい」

ハリーは、いごこちのいいキッチンを見回した。

「ここでする」

ハリーの帰りを待って、あっちこっちウロウロしていたタングルがドアから飛びこんできた。ハリーに飛びつき、制服《せいふく》のズボンに前足をかける。ハリーは、モジャモジャの頭をなでた。ちょっとじゃれあったあと、タングルは、エサを食べに台所のすみに行った。

ハリーは、カバンを開け、テーブルの端に座《すわ》った。注意深く、新しいノートをめくる。一ページの一番上に、ゲシュタポ・リルが書いた、罰《ばつ》の宿題があった。


悪いマナーと無礼は許《ゆる》されません。

水曜日までにこの文章を五百回書いてくること。


「二十四回目！」

ハリーは、つぶやいた。「あんちくしょう！」

それから、また青いボールペンを持って、書き始めた。

17 手品

その後数日は、何事もなく過《す》ごせた。日がたつにつれて、ハリーは新しい学校になじんでいった。アッキュ、チャーリー、ハリーは親友になった。校長先生は、三人を〝三銃士《さんじゅうし》〟と呼《よ》んだ。毎週土曜日の午前中、三人は、バーレイモー小学校のチームで、サッカーをした。リンゴの季節になると、ハリーは袋《ふくろ》にいっぱいのリンゴを学校に持っていって、友だちにあげた。ラグ・ホールの森で拾ったコンカー（トチの実。ひもをつけて、ぶつけあって、相手の実をこわしたら勝ちというゲーム）では、三人の向かうところ、敵《てき》なしだった。

先生のいいつけを守ったし、一生懸命《いっしょうけんめい》勉強した。ときには、何時間も机《つくえ》に向かった。そうやって、教室でのトラブルをなんとか避《さ》けていた。

ゲシュタポ・リルは、いろいろときたない手を使って、ハリーの学校生活を台なしにした。すばらしい作文にも、絵にも、いい成績《せいせき》をくれなかった。算数はいつも満点だったので、作文の成績を悪く

した。いつでも、ハリーの答えられないときに質問《しつもん》をし、わかって手を上げると、無視《むし》した。

悪いことに、ハリーの新しい教科書がやぶれているのや、落書きや、マンガが書いてあるのが見つかった。ハリーには身に覚えのないことだったが、そのたびに、みんなの前でお説教され、五百回書く宿題が出た。もちろんエンジェルが、助けてくれたけれど。

さらに、ひどいことが起きた。ハリーの机の中や、かけておいたジャケットのポケットの中に、知らない物が入っているのだ。最初は、ハーモニカだった。ほかの子の、自慢《じまん》の品だ。危機一髪《ききいっぱつ》で、ハリーは、教科書の間に光るものを見つけ、騒《さわ》ぎになる前に取り出した。

「先生、これが机に入っていました。ぼくが入れたんじゃありません」

ハリーがハーモニカを高くかかげると、ゲシュタポ・リルは、くやしそうに口を結んだ。

次は、女の子の財布《さいふ》が、アノラックのポケットに入っていた。これを見つけたのも、運がいいとしか言いようがない。昼休みにサッカーをしているとき、ジャケットに入れたチョコレートを取りにきたのだ。

それ以来、ハリーは、学校でしょっちゅう、ポケットや机の中を調べることにした。問題児とか泥棒《どろぼう》とか、レッテルを貼《は》られたくなかった。ハリーのやり方は正しかった。その後、タバコや、さやつきのナイフを見つけた。どっちも、怒《おこ》ったゲシュタポ・リルがむしり取った。

とうとう、ある日の四時に、ハリーがけんかした相手のジャケットが、やぶられているのが見つかった。この相手は、〝爬虫類《はちゅうるい》のレイン〟というあだ名の、太った、告げ口屋だった。この子の両親が、文句《もんく》を言ったので、校長先生が調査《ちょうさ》に乗り出した。運よく、ハリーにはその時間のアリバイがあった。アッキュが、校長先生に、ハリーに起こったすべてのことを話してくれた。ハリーを気に入っていた校長先生は、話をよく聞き、三人を帰した。

だんだん寒くなってきた。リスやハリネズミは冬眠《とうみん》した。タングルの毛が、厚《あつ》くなった。毎朝、道にかかったクモの巣《す》が、露《つゆ》や霜《しも》で白くなった。ハリーは、新しいマフラーを首に巻《ま》いて暖《あたた》かくした。ハーフターム（一学期の半分）の休みが始まり、終わった。それから、ラグ・ホールでのハロウィーン（十月三十一日）だ。仮装《かそう》をして、ゲーム。幽霊話《ゆうれいばなし》、お化けカボチャ、リンゴ食いゲーム、そして、ゴッグリーじいさんが芝生《しばふ》の真ん中でうめき声をあげる。それから、ガイフォークス・デー。大きなたき火をたいた。服が煙《けむり》くさくなった。ジャガイモ、串《くし》にさしたソーセージを焼き、盛大《せいだい》に花火を上げた。

十一月の中旬《ちゅうじゅん》に、ミスター・トーリーが、ウォームウッド刑務所《けいむしょ》から出てきた。それは、土曜日だった。ハリーは、お昼を食べに母屋《おもや》に行った。サッカーの試合のあとシャワーを浴《あ》びたので、髪《かみ》がまだ濡《ぬ》れていた。ダイニングルームのテーブルに、見知らぬ人が二人いた。一人は、銀髪《ぎんぱつ》の品のいい男だ。食前酒をすすっている。フローリーおばちゃんが、もう一人の男を紹介《しょうかい》してくれた。

「ミスター・トーリーよ」

おばちゃんは、とてもうれしそうだ。「もどってきてくれて、みんなとても喜んでいるわ」

ハリーは、はずかしそうに握手《あくしゅ》した。

「試合はどうだったね？」

有名な手品師《てじなし》は、微笑《ほほえ》んだ。

「五対三で勝ったよ」

「点は入れたのかい？」

「うん、一点。チャーリーが二点入れたんだ。チャーリーって、ぼくの友だちだよ」

ミスター・トーリーは、赤ら顔で背《せ》が高い。頭がはげている。緑のチェックが入った、着心地よさそうなツイードのスーツ姿《すがた》で、胸《むね》のポケットから赤いハンカチがのぞいている。ベストから、つやのある小さな箱を取り出した。中にあったかぎタバコを、重さを量るように手の甲にのせて、うれしそうににおいをかいだ。

「ああ、家はいいな」

人差し指で鼻をこすると、にこにこして、テーブルを見回した。

「そうでしょう！」

おばちゃんが、にっこりした。「練習は続けた？」

「まあ、なんとか」

ミスター・トーリーは、顔をしかめた。

「じゃあ、ハリーに何か見せて」

「今かい？」

「そうよ」

おばちゃんは、テーブルを見回した。「このナイフとフォークを使って」

「ぶっつけ本番かい？　なんてこった！」

ミスター・トーリーは、いたずらっぽく眉毛《まゆげ》を上げた。「よし、やってみよう。保証《ほしょう》はできんよ」

テーブルからナイフを取り上げた。左手の指で、顔の前に持っていった。

「このナイフが見えるかね？」

ハリーはうなずいた。

「よく見ておいで」

ミスター・トーリーは、両方の袖《そで》を引《ひ》っ張《ぱ》ると、右手をクロスさせた。ナイフが消えてしまった。

信じられない！

右の手をもどした。ナイフがフォークに代わっている。

テーブルから拍手《はくしゅ》がわいた。

「まだだよ。もうちょっと待って」

ミスター・トーリーが言った。

フォークは、スプーンに代わった。そして、消えてしまった。

空中を手が動く。何も起こらない。ミスター・トーリーは、驚《おどろ》いたような顔をした。また、同じ動作をした。でも、何も起こらない。

「アブラカダブラ！」

太い声で言った。手には何も持っていない。みな、期待したように見ている。

「どうしたのかな？　なくなっちゃった」

ミスター・トーリーは、ハリーをじっと見つめた。「君が持っているかい？」

ハリーは首を横にふった。

「信じないぞ！　ここにおいで。すぐ！　いいかい、わたしが見ているのを忘《わす》れないで！」

にこにこしながら、ハリーはテーブルの反対側にまわった。手品師の手から、目を離《はな》さない。

「もっと近づいて。君が取ったんじゃないんだね？」

「うん」

「食べちゃったんだろう！　口を開けてごらん！」

くすくす笑いながら、ハリーは口を開けた。

「もっと大きく！」

ハリーが大きく口を開けると、ミスター・トーリーは、中をのぞきこんだ。

「見えるような気がする。そうだ。奥深《おくふか》くにある。ほら」

手品師は、何も持っていない手をみんなに見せた。それから、ハリーの口に指を入れた。驚いたこと に、大きな銀製品《ぎんせいひん》を取り出した！

「なんてこったい！」

ミスター・トーリーが大声を出した。「ナイフやフォークじゃなかった。胡椒《こしょう》入れを飲みこんでいたじゃないか！　よくばりな子だ！　もう一度、口を開けてごらん……今度は、塩入れだ！」

手品師がそれをテーブルに置くと、また拍手がわきあがった。感心して、ハリーは席にもどった。

「座《すわ》る前に」

ミスター・トーリーが言った。「ポケットに入っているのはなんだい？」

ハリーは下を見た。お気に入りの古いジーンズをはいている。ミセス・グッドが新しいファスナーをつけてくれた。ポケットをたたいてみた。別《べつ》にふくらんでいない。空《から》だ！

「何も入っていないよ」

「確《たし》かかい？」

「うん」

「右側を見てごらん」

「さわればわかるよ。何も入ってないよ」

「年寄《としよ》りを喜ばせると思って、見てごらん」

ハリーは、ポケットに手をつっこんだ。何かある！　紙だ。引っ張り出してみた。五ポンド紙幣《しへい》だ。

「チョコレートでも買ってくれ」

はげ頭の手品師は言った。

「わあ、ありがとう！」

ハリーは、腰《こし》をおろした。「どうやってやったの？」

ミスター・トーリーは、鼻の横をトントンした。

「交換《こうかん》手品さ」

手品師は、パリパリのパンを取り、バター皿に手をのばした。

「でも、ナイフやフォークはどうなったの？」

となりに座っているフローリーおばちゃんがきいた。

「ああ、忘れていた。消えちゃったんだよね。君が持っていると思っていた」

「わたしが！　持っていないわよ」

「ハンドバッグに入れなかったかい？」

「わたしのハンドバッグに！　わたしが――」

赤いハンドバッグが横に置いてある。おばちゃんは、ハンドバッグを開けてみた。「まあ、ミスター・トーリー！」

中には、ナイフとスプーンとフォークが、ナプキンできっちり包まれて入っていた。

笑い声と拍手がわきあがった。

「すごいわ！　ちっとも気づかなかった」

おばちゃんは、ミスター・トーリーの頰《ほお》に、ブチュッとキスした。

「前よりすごいです」

ハギーが言った。

「ブラボー！　ブラボー！」

もう一人の見たことのない男が、ワインの入ったグラスを置いて、熱心に拍手した。

上品で親切そうな人だ。高級なスーツにシルクのネクタイをし、どこかの協会のバッジをつけている。ふさふさの銀髪。油をつけて、きっちりと分けている。ふっくらとした頰にすきまの空《あ》いた歯。

「すばらしいできでしたよ、ミスター・トーリー」

言葉から、どこの出身か当てるのは難《むずか》しい。西の方の出身か、それともオーストラリアか。実業家か農場経営者《けいえいしゃ》だろう。

「紹介はまだでしたな」

ミスター・トーリーが言った。「ええと、ミスター――――？」

「マン。エドワード・マンです」

ブリジットおばさんが、ちょっとふきだし、手をたたいた。

ハリーにはわけがわからなかった。

「失礼ですが――おしめになっているネクタイはなんですか？　ＨＯＨＣ《エイチオーエイチシー》と書いてあるのですか？」

ミスター・トーリーが、身をかがめた。

「孤児《こじ》とハンディキャップのある子どもたちのためのホーム、の略《りゃく》です」

ミスター・マンは、サイフを出して、カードを二枚《まい》取り出した。「これは、わたしの名刺《めいし》です」一枚をわたした。「それから、こっちが、わたしが代表する慈善《じぜん》事業のほうです」

ミスター・トーリーは、名刺を見た。

「こちらにいらした目的は？」

「わたしどもは、クリスマス・コンサートをいくつか計画しておりまして。善意のチャリティーです。

プロもアマも、ボランティアで参加します。その会場として、町にある学校をお借りしたいと思いまして。バーレイモー小学校でしたな。月曜日に校長先生にお会いすることになっております。校長先生のお名前はなんでしたっけ？」

「ミスター・フォガティ」

ハリーが大声で言った。

「そうそう、その方です。わたしどもは、子どものための団体《だんたい》ですので、ボランティアも、子どもさんに参加していただきたいと思っております」

「ぼくの通ってる学校だよ」

「そのようですね。君も参加するかもしれませんね。君の先生が、合唱を指導《しどう》してくれるかもしれません。彼女《かのじょ》にも月曜日にお会いすることになっております。彼女のうわさはいろいろ耳にしておりま す。ミス・ラヴィプですか？　そういうお名前ですか？」

ハリーは、ぎょっとした。

「リリー・ゲシュタポでしたか？」

ミスター・マンの顔は真剣《しんけん》だったが、ほかのみんなは笑っている。

「もういいだろう」

ブリジットおばさんが言った。「からかうのは、そのぐらいにしなさい」

びっくりするハリーの目の前で、その人の顔は変わっていった。銀髪のカツラと眉を取り、口の中から詰《つ》め物《もの》や、すきまの空いた歯を取り出し、目からは、青いコンタクトレンズをはずした。マックスだ！　鉛筆《えんぴつ》のような口ひげをそり落とし、お腹《なか》に詰め物をしている以外、いつもと変わらない。数分前にミスター・トーリーが演《えん》じた手品みたいだ。

「うわあ、すごい！」

マックスはウィンクして、鼻の横をトントンした。

「交換手品だよ」

完ぺきに、ミスター・トーリーの声で言った。

「四か月いっしょに暮《く》らしたハリーがだまされたんだから、何年も会っていないプリーストリーをだますのは、かんたんだね。まあ、森の中から、双眼鏡《そうがんきょう》でのぞかれていたかもしれないけれど」

「校長先生やほかの先生は？」

「楽勝だよ」

おばさんは、みんなを見回した。「どう思う？」

「すごかった！」

「完ぺきです！」

「特《とく》に、エンジェルが作った名刺がいいわ」

フローリーおばちゃんが、じっくりと見た。「これ、どこの住所?」

「この慈善団体は実在《じつざい》するんだ。ずっと連絡《れんらく》をとっている。もう一方の住所は、デヴォンのレイク農場のものだ。妹が住んでいる。ジョージ・マンという農場主と結婚《けっこん》していてね。信頼《しんらい》がおける人間だよ。最近、何度か泊《と》まったよ。ニュージーランドから帰ってきた、ジョージの兄さんのエディというふれこみでね。調べてもバレないはずだ」

「おばさん、名前を、ミスター・マンだと言ったときに、どうして笑ったの?」

「わからないかい?」

おばさんはにっこりした。「ミスター・エドワード・マン――ミスター・Eマン」

「ミステリーマン!」

ドットがさえずるように言った。

「マックスったら!」

「ハリー、忘れちゃいけないよ。月曜日、学校やどこかでミスター・マンに会っても、知らんふりするんだよ。先生が言ったことしか知らないはずなんだから。とても重要なことだ」

ハリーは、ドキドキした。

「計画の開始なの? プリーストリー大佐《たいさ》をやっつける?」

「そうだよ。一回戦目さ。計画通り行けば、チャリティーで寄付《きふ》が集まるし、楽しいコンサートになるはずだ。おまえのクラスが、合唱するんだから。そして、あの女がいるってことは、その婚約者《こんやくしゃ》も来るってことだよ。どっちにしても、大佐は理事長だから、出席するはずだ。そして、マックス、いやミスター・マンが寄付を口実に、大佐に接触《せっしょく》する。プリーストリーが、こんな、自分の気前のよさをひけらかすチャンスを逃《のが》すはずがない。絶対《ぜったい》に来るよ。そして、やつが来たら――！」

「どういうことになるの？」

「ああ！」

マックスが、はずしたカツラをいじっている。「それはその日まで、待ちなさい」

ミスター・トーリーは、眉を上げて、にっこりした。

「お楽しみだよ！」

ブリジットおばさんが言った。

18 コンサート

クリスマス大チャリティーコンサート

劇場《げきじょう》やテレビのスターがやってくる！
地元の合唱団《がっしょうだん》　子ども合唱団　出演《しゅつえん》

場所：バーレイモー小学校　体育館
時間：12月14日（金）夜7時30分から

チケット　大人……5ポンド
子ども、老人……2ポンド

＊収益金《しゅうえききん》は、孤児《こじ》および障害児《しょうがいじ》の施設《しせつ》に
寄付《きふ》されます。

季節も、秋から冬に変わろうというころ、大きなポスターが町のあちこちに貼《は》りだされた。チケットの売れ行きはとてもよかったので、会場は、バーレイモー小学校から大きな会場に変更《へんこう》された。にぎやかな催《もよお》し物《もの》になることまちがいなしだった。

コンサートの当日は、雪がちらついた。会場からもれる光が、舗道《ほどう》や駐車場《ちゅうしゃじょう》を照《て》らす。コンサートに向かう人たちに、枝《えだ》や電話線から、サラサラの雪が落ちる。お父さんやお母さんに連れられてやって来た子どもたちは、塀《へい》の上から雪をすくって、雪玉を作り、白い屋根にぶつけた。

その夜は、建物の中に入る前から、まるで魔法《まほう》にかかったような景色《けしき》だった。

集会場の中は、期待でザワザワしていた。もう、みんなクリスマス気分だ。頭上から色とりどりのテープがぶら下がり、白い柱にはサンタ、ソリ、天使、ヒイラギがにぎやかにかざってある。ステージのわきには、電球やキラキラするテープをかざった、大きなクリスマスツリー。高い天井《てんじょう》には、たくさんの風船がネットに入っていて、コンサートの終わりに落として、子どもたちにあげる手はずになっている。

真紅《しんく》のステージカーテンの後ろにある楽屋では、衣装《いしょう》を着て、メークアップをほどこした出演者たちが、音あわせをしたり、だし物の練習をしたりしている。ステージの裏《うら》には、合唱する子どもたちの居場所《いばしょ》がなかったので、みんな一番前の席に座《すわ》り、ペチャクチャとおしゃべりしている。髪《かみ》をきれいにとかし、ピカピカのよそいきの顔だ。

ハリーは、その中にいなかった。仮《かり》に、天使のような声をしていたとしても、いつでもハリーのあらさがしをしているゲシュタポ・リルは、合唱団に入れない理由を見つけたことだろう。まあ、ハリーの歌声は、ナイチンゲールというよりは、カラスに近かったが。キッチンでハリーが歌ったとき、フローリーおばちゃんでさえこう言った。

「まあ、とてもよかったわね。でも――」

「でも、何？」

ハリーがきいた。

「音があっていません」

とハギーが言った。「ドラネコみたいです。レスリングは上手ですが、ドラネコみたいに歌います。首をしめられている、ドラネコです」

ハリーは腹《はら》をたてたが、すぐにきげんが直った。校長先生が、アッキュとチャーリーとハリーを、特別《とくべつ》助手に選んでくれたのだ。そっちのほうが、合唱するよりずっと楽しい。

今、三人は、お金を入れるカンをガチャガチャいわせながら、客席をまわって、クジを売っていた。一番いいシャツとズボンを身につけ、なかなかかっこいい。

クジはたくさん売れた。

会場の真ん中、前から二列目の端《はし》に、ゲシュタポ・リルは、生徒といっしょに座っている。男子は青いシャツ、女子は白いブラウスを着ている。ゲシュタポ・リルはいつものように完ぺきだ。青とぞうげ色のシルクのドレス。子どもたちの衣装がシンプルなので、よけい目立つ。

ハリーは桟敷席《さじきせき》を見た。正面の一番前にプリーストリー大佐《たいさ》がいる。地元の名士にとりかこまれている。お気に入りの、大きなチェック柄《がら》のツイードのスーツ姿《すがた》。油をぬってなでつけた髪が、テカテカ光っている。赤い頬《ほお》に、善良《ぜんりょう》そうな笑みをうかべている。

壁《かべ》にかかった大時計の針《はり》が進んでいく。七時三十分、七時三十五分。プログラム売りと、チケット売りが、廊下《ろうか》への出口に集められた。観客がみな席についた。暗くなっていく。ほんのちょっと、クリスマスツリーがおとぎの国のように光った。舞台《ぶたい》にスポットライトが二つ当たり、カーテンの上で一つになった。分厚《ぶあつ》いカーテンが、両側に開いていく。ミスター・エドワード・マンに扮《ふん》し、このコンサートを企画《きかく》したマックスが、ステージの中央に立った。

寒い中、足を運んでくれたことに感謝《かんしゃ》し、チャリティーの目的と、お金の使い道をかんたんに説明した。今夜のプログラムが、バラエティにとんでいることを言い、暖《あたた》かい拍手《はくしゅ》の中、司会者《しかいしゃ》にバトンタッチした。

ショーが始まった。ハリーはプログラムのはじめのほうを見逃《みのが》した。ステージの裏《うら》で、アッキュたちと、お金を数えたり、クジの半券《はんけん》をやぶき、たたんで白いバケツに入れる作業をしていたからだ。

遠くから、歌声や拍手、じょうだんを言う声や笑い声がわきおこるのが聞こえてくる。

マックスの、友だちが出演してくれた。有名な役者やテレビのスターたちだ。すばらしい晩《ばん》だった。子どもたちのかわいい歌声が花をそえた。

マックス自身も、ロスコ・バーベイジという名前でステージに立ち、『クリスマス・キャロル』のスクルージ役を演じた。演技《えんぎ》はすばらしいものだった。仕事が終わったハリーは、観客に混《ま》じって、一生懸命《いっしょうけんめい》拍手した。

休憩《きゅうけい》になると、明かりがついた。クジ引きの時間だ。アッキュは、白いバケツを持って、観客席を回る。チャーリーは、当たりクジを持って、校長先生のところに走る。ハリーは、クジが当たって大喜びの人に、景品を運ぶ係だ。景品は、チョコレート、人形、ゲーム、ワインやウイスキーなどだ。ラグ・ホールの仲間といっしょに座っていたエンジェルは、カン入りのチョコレート・クッキーがあたり、すぐに開けた。

また暗くなった。司会者がふたたびステージに現《あらわ》れた。観客は、歓声《かんせい》と嵐《あらし》のような拍手で迎《むか》えた。ハリーは、背景《はいけい》の後ろに待機《たいき》している。ミスター・トーリーの手伝いをすることになっているのだ。ハナッティが、小さなオリにタングルとソクラテスを入れて、町に連れてきていた。タングルは、ハリーに会えて大喜びだ。タングルを舞台のそでの手すりにつなぎ、ハリーは、ソクラテスの手綱《たづな》をにぎってその横に立った。時々、ロバの長い耳に何かささやいたり、もじゃもじゃの灰色《はいいろ》の毛をたたいたりしている。

地元のオペラ団の人がデュエットをした。有名なコメディアンがお笑いや声帯模写《せいたいもしゃ》を披露《ひろう》した。ハリーのクラスメイトがステージに上がり、クリスマスソングを二曲歌った。

観客は大喜びだ。

「さて、みなさん」

司会者が出てきた。「次は手品です！　有名な手品師《てじなし》の登場です。大劇場でごらんになった方もいらっしゃるでしょう。テレビで見た方もいるでしょう！　さあ、ここに来ています。信じられない手品を見せてくれます！　この方にかかっては、ニュートンの法則《ほうそく》もアインシュタインの原理もありません。ロバが消え、美女が宙《ちゅう》に浮《う》き、ロウソクが勝手に発火し、ロウソクたてに飛んでいきます。レディース・アンド・ジェントルメン。偉大《いだい》なる、驚《おどろ》くべき、マジシャンをご紹介《しょうかい》します。この人をおいて、ほかにいません。ミスター・トーリー」

ミスター・トーリーは、舞台のそでで、ハリーの横に立っていた。そわそわと指をひっぱり、無口だ。深呼吸《しんこきゅう》した。そして、胸《むね》を張《は》り、笑顔をうかべ、スポットライトの中に進み出た。

盛大《せいだい》な拍手がわきあがった。

頭のてっぺんからつま先まで、ミスター・トーリーは輝《かがや》いている。腹帯《はらおび》つきの深紅《しんく》のスーツを着て、白い裏地のついた紺色《こんいろ》のケープをまとい、頭にはシルクハットだ。ゆっくりと、白い手袋《てぶくろ》をはずし、テーブルに置いた。ケープをはらい、袖《そで》をまくり、舞台の中央に立つ。見たこともないような手品の始まりだ。一個《こ》のピンポン玉が十個になった。それが、ダチョウの羽の束《たば》に、それから、うすいショールに変わると、一羽、二羽、三羽、四羽、五羽のハトが出てきた。ハトは、金の棒《ぼう》に一列に並《なら》んだ。

観客は歓声を上げげた。

昔サーカスにいたドットがアシスタントを務《つと》める。金髪《きんぱつ》のカツラをつけ、キラキラ光るレオタードとタイツ姿《すがた》だ。小さくてスタイルのいいドットが、ソクラテスを連れてステージに現れ、すべり戸のついたオリに入れた。ドットはソクラテスにリンゴを半分やった。それから、ドアに鎖《くさり》を巻《ま》いて鍵《かぎ》をかけ、ステージを回してみせる。観客の目の前で、ミスター・トーリーは、オリに水色のカーテンをかけていく。後ろ、横、最後に前にかけた。大きな鏡があって、観客に全部見えるようになっている。ドットがポーズを作ると、ミスター・トーリーが、進み出た。

「アブラカダブラ！」

手品師は、呪文《じゅもん》をとなえて、手ぶりをした。

それから、太い金のひもをつかんで、大げさに引っ張る。カーテンが落ちる。ソクラテスが消えた！　ソクラテスのいた場所に、毛深い動物がいる。タングルだ！　ミスター・トーリーは、オリの中に入り、タングルのキラキラ光る首輪にひもをつけ、観衆《かんしゅう》の前に連れてきた。

「うわあ！」

子どもたちが叫《さけ》ぶ。会場に歓声と拍手があふれる。

ミスター・トーリーの後ろにある、オリが片《かた》づけられた。

「ロバはどこに行ったのかな？」

手品師は、頭をかいた。「だれか見なかったかい？」

「見なーい！」

「確《たし》かかい？」

「はーい！」

手品師は、タングルを見おろした。

「犬が食べちゃったのかな？」

ドッと笑い声が起こった。

「まあ、このショーが終わるまでに、出てくるかもしれない」

ミスター・トーリーは、観客を見回した。「さて、お客さんの中で、手伝ってくれる方はいませんか？」

希望者が手を上げた。ミスター・トーリーは、視《し》線《せん》を泳がせ、バルコニーに目を向けた。

「プリーストリー大佐！　ありがとうございます！」

大佐は手を上げていないのに。「どうぞ、ステージに来ていただけますか？」

「ああ、いや」

大佐は、手をふった。

「どうぞ」

ミスター・トーリーは、ユーモアたっぷりに言った。「閣下《かっか》は、慈善《じぜん》事業で有名であります。どうぞ、こちらに来てお楽しみください。あなたの勇気をお見せください」

大佐は、うろたえて、横を見た。この手品師の舞台には上がりたくなかった。

「お断《ことわ》りする」

大佐は、笑いながら首をふった。

観客から声が上がった。

「大佐！　大佐！」

「勇気を出して！」

だれかが叫んだ！　六百人の観客が、彼《かれ》のほうを見ている。

「さあさあ、どうぞ。お聞きでしょう。みんな大佐を待っておりますよ！」

ミスター・トーリーは、桟敷席に向かって、手招《てまね》きした。「あなたの気前よさを、町中に知らせましょう」

ブリジットおばさんが、ハリーの横に立っている。

「トーリーはすばらしいだろ？」

「プリーストリー！」

ハギーの太い声が聞こえた。みんなが、まねした。

「プリーストリー！」

「プリーストリー！」

大佐は、さからえなくなり、立ち上がった。こんなことをさせられる憎《にく》しみを笑顔にかくしている。

観衆は大喜びだ。

「ありがとう。ありがとうございます。ブラボー！」

ミスター・トーリーは観衆に背《せ》を向けた。「さあ、勇気ある大佐がこちらに向かっておられる間に」

手品師は、手を広げた。「わたしの助手をご紹介しましょう。明るく、魅力的《みりょくてき》な、といったらこの人しかいません。ドッティ・スカイラーク！」

ドットの登場はセンセーショナルだった。舞台に飛び出すと、目にも止まらぬ速さの大回転。まるで花火のようにアクロバットの連続だ。観客は総立《そうだ》ちになり、拍手かっさいした。最後に、高く飛び上がった。きっとトランポリンでも使ったのだろう。空中で二回宙返りをし、スプリットでしめくくった。

観客は大興奮《だいこうふん》している！　ドットは、お人形のようにかわいらしくお辞儀《じぎ》をして、手をふった。

それから、楽しそうに息をハアハアはずませながら、階段《かいだん》をおりて、大佐をステージにエスコートした。

「なんの悪だくみだ、ドッティ・スカイラーク」

大佐は満面の笑みをうかべた。「生まれてきたことを後悔《こうかい》させてやる！　おまえら全員にな。マッチ箱の中の虫けらみたいに、にぎりつぶしてやる！」

「ああ！」

ミスター・トーリーは、軽く拍手をして大佐を迎え、握手《あくしゅ》した。「手を上げていただいてありがとうございます」

ミスター・トーリーは、大佐をステージの中央のスポットライトが当たっているところまで連れて行き、ドットのほうを見た。「カードをください」

ドットがカードを取ってきた。一メートルもある大きなものだ。

「それからスカーフも」

ドットは、手品師のテーブルに、青いシルクのスカーフをかけた。

「ありがとう」

ミスター・トーリーは、うやうやしくドットの手にキスした。

ドットは、舞台のそでに引っこんだ。ブリジットおばさんが、手招きした。

「手に入ったかい？」

「ああ」

ふり返って、だれも見ていないのを確認《かくにん》してから、ドットは大佐の財布《さいふ》と手帳を見せた。

「よくやった」

ブリジットおばさんは、舞台のそでにある階段を見上げた。「あそこに行くよ。急いで！　ハリーもおいで」

三人は、階段を上り、せまい楽屋に入った。エンジェルと、まだ舞台の扮装《ふんそう》のマックスが待っていた。

エンジェルは小型カメラを持っている。

「さあ、マックス、中を見て」

ブリジットおばさんは、マックスに財布をわたした。「何かおもしろいものを見つけたら、エンジェルにわたすんだ。わたしは手帳を調べるから。ドットは見張りだ」

ドットは、すぐに入り口にへばりつき、廊下を見張った。

ブリジットおばさんは、小さな革張《かわば》りの手帳をすばやくめくる。

「ない……ない……ない。あった。エンジェル――」

おばさんは、グラグラする小さなテーブルに、手帳を広げた。エンジェルが、その上でカメラをかまえた。カシャッ！

おばさんが、ページをめくった。

「ここも」

カシャッ！

「ここも」

カシャッ！

マックスが二十ポンド札《さつ》の束をめくっていく。財布にもどした。

「紙切れがあった、エンジェル、これも」

マックスは、それを、緑の玉突《たまつ》き台《だい》の上にのせた。

カシャッ！

二分過《す》ぎた。

ブリジットおばさんが言った。「下に行って、ミスター・トーリーの様子を見ておいで。あと何分か、合図で教えてくれるはずだ。すぐもどってきて、教えておくれ」

「ハリー」

ハリーは、かけ足で階段をおりた。そでから見ると、ミスター・トーリーがスカーフで目かくしされていた。プリーストリー大佐が、観客に大きなカードを見せている。その後ろで、ミスター・トーリーが、ネクタイを上げてみせた。ドッと笑い声が起こった。キツネにつままれたように、プリーストリー大佐があたりを見回す。もう、ネクタイは元どおりだ。

こっちが見えないんだ。待たなきゃ。すると、ミスター・トーリーは、ちょっとハリーのほうに体を向けた。シルクハットを直すように手を上げた。一瞬《いっしゅん》、指を二本立てた。手品は進行している。

ハリーは、階段をかけ上った。

「二分」

息をきらしている。

「じゅうぶんだね」

ブリジットおばさんは冷静だ。「ここも、エンジェル」

「これも」

後ろで、マックスが言った。

カメラのフラッシュがたかれた。三十秒《びょう》残して、作業は終わった。

「計画通りかい、マックス？」

ブリジットおばさんが言った。

「ああ」

マックスは、財布をドットにわたした。

「手帳もね。ちゃんと元通りかい？　さあ、行きな。ハリー、ソクラテスとタングルのめんどうを見るんだよ。エンジェルとわたしは、裏口から抜《ぬ》け出《だ》すからね。みんな、よくやったね。ショーのあとで会おう」

ハリーは、キラキラのレオタードを着て、明るいカツラをかぶったドットのあとに続き、階段をおりる。下の手すりに、ソクラテスとタングルがつながれていた。ちょっと、二匹《ひき》をかまってやってから、先を急ぐ。時間ぴったりに舞台のそでに着いた。

「あなたのカードはこれですか。大佐？　ダイヤの9」

まだ、目かくしをしたまま、ミスター・トーリーが、カードを高くかかげると、歓声が上がった。目からパッとスカーフを取ると、ミスター・トーリーは、勝《か》ち誇《ほこ》ったように立ち上がった。それから、舞台のそでから走り出たドットに、スカーフとカードをわたした。

「プリーストリー大佐に、盛大な拍手を！」

ミスター・トーリーは、大佐の肩《かた》に手をかけた。「大佐の勇気に拍手をお願いします！」

観客席から、歓声や口笛が上がった。

「大佐、ありがとうございました」

「どういたしまして」

プリーストリー大佐は、ステージからおりる階段に向かった。

「ああ、ちょっとお待ちください。何かお忘《わす》れ物《もの》はありませんか？」

「いや、ないと思う」

「ステージに来てから、なくなったものはありませんか？」

「いや、わたしは――」

プリーストリー大佐は、あわてて上着のポケットを確かめた。財布も手帳もちゃんとある。「ちゃんとある。なくなったものはない」

「たとえば――金《きん》でできたものなどは？」

大佐は、ベストを見おろした。金の鎖《くさり》がついた懐中《かいちゅう》時計がない！　大佐は、ふきげんな顔をして、ミスター・トーリーの指にぶら下がっているものを見た。

観客が笑った。時計と鎖が返された。

それを手に持って、ぎごちない笑みをうかべながら、大佐はふたたび階段に向かう。

すぐに、ミスター・トーリーが呼《よ》びもどした。

「申しわけありません、大佐。ほかに、何かなくされませんでしたか？　身につけていたもので？」

大佐の頬《ほお》は、怒《いか》りでまだらに赤くなった。

「いや、アー」

胸のポケットには、ちゃんと赤いハンカチが入っている。「いや、ない」

「衛兵《えいへい》のネクタイも？」

ミスター・トーリーの手に、ネクタイがぶら下がっている。「ご存知《ぞんじ》ない方もいらっしゃると思いますが」

手品師は、小柄な男の横に立った。「こちらの大佐は、有名な連隊の将校《しょうこう》でありました。わたしも、たまたまその連隊におりました。歴史ある、近衛兵《このえへい》歩兵第一連隊の将校です」

「すばらしい！」

マックスが笑った。「あの顔を見たまえ。どちらかといったら、食料係の伍長《ごちょう》だぜ。衛兵になるには十五センチ背が足りない」

「お客さんに、そんなことわかるの？」

ハリーがきいた。

「もちろん。そして、プリーストリーも、そのことを知っている」

「見てごらん。顔が真っ赤だよ」

ドットが言った。

さらに拍手の音が大きくなり、ネクタイは大佐に返された。

「ミスター・トーリーは、近衛兵歩兵第一連隊にいたの？」

「ああ。ナチにつかまったが、脱走《だっそう》した。その勇気をたたえて、戦功十字章《せんこうじゅうじしょう》をもらっている。彼から聞いたことがないだろう？　紳士《しんし》は、そんな自慢話《じまんばなし》をするものじゃないのさ。プリーストリーのようにウソをつくなんて、もってのほかだ」

時計とネクタイを手に、プリーストリー大佐は、階段をおりていった。やっと、ステージから逃《に》げられたかに見えた。しかし、ミスター・トーリーには、もう一つびっくりさせることがあった。

「ああ、大佐！　わたしとしたことが！　忘れるところでした」

ミスター・トーリーは、さがしものをするように、ポケットをたたいた。「最後に、小さなものが残っていました。すぐにおもどりいただかないと……ほんとうに……」

大佐はカンカンだ。しかし、聴衆《ちょうしゅう》の面前なので、なんとか笑顔を作った。

「もう何もなくすものはない」

大佐は、襟《えり》もポケットも調べた。「ネクタイ、財布、手帳、時計、ハンカチ。みなある」

「みなさんも、大佐はステージにもどるべきだとお思いですか？」

手品師は、観客にきいた。

「はーい！」

「大佐、どうぞ」

ステージにもどるプリーストリー大佐の顔は、怒《おこ》っているのか笑っているのかわからなかった。

ミスター・トーリーは、にこにこしながら、大佐がステージの中央に来るのを待った。

大佐は、階段の一番上に到達《とうたつ》し、ステージの中央に向かった。大佐がつまずいた。ステージのでこぼこにつまずいたのか、ズボンのすそをふんだのかよくわからない。次の瞬間、何の前触《まえぶ》れもなく、ズボンが床《ゆか》に落ちた。プリーストリー大佐は、叫び声を上げて、腰《こし》のあたり、膝《ひざ》のあたりをおさえた──間に合わない！ ショウガ色のツイードのズボンは、足元にかたまっている。シャツのすそ、靴《くつ》下留《したど》めがくっついた白い太い足、ビキニ姿の女性《じょせい》の模様《もよう》がハデについた巨大《きょだい》なボクサーパンツが、公衆の面前にさらされた。

大佐は、おおあわてで、ズボンを上げようとした。ズボンが靴にひっかかる。よろめく。大佐はピョンピョンとんで、ミスター・トーリーの肩につかまった。

シルクハットをかぶり、真紅のスーツとケープ姿のミスター・トーリーは、カラフルなズボンつりを差し出した。

「まったくもって、申しわけ──」

会場は大爆笑《だいばくしょう》だ。プリーストリー大佐は、ズボンをたくしあげ、ズボンつりをひったくり、あたふたと舞台のそでに逃げていった。ものすごく怒っている。近くで見たら、血管《けっかん》がはれつしそうだ。

ハリーの目の前を大佐がかけ抜けた。大佐は、立ち止まって、ハリーをにらみつけた。

「笑ったな！ きっと仕返しをしてやるぞ！ おまえと、犯罪者《はんざいしゃ》の友だちに、生まれてきたのを後悔させてやる！ 全員にだぞ！」

「とっとと消えろ、プリーストリー」

マックスがハリーの横に立った。長い口ひげ、頭から、カツラの白髪がひと筋《すじ》たれている。

「わたしたちとわたり合う気なら、覚悟《かくご》がいるぞ」

「ちくしょう！」

大佐はこぶしをあげたが、いい考えがうかんだ。「老いぼれの前科者たちめ！　息の根を止めてやる！」

時計を持って、ズボンをおさえながら、大佐は廊下を走っていった。

「オー、ミスター・トーリー！　ビューティフル！」

マックスは、ステージに目を向けた。ミスター・トーリーは、観客の歓声に負けないように、声を張り上げている。

「すばらしかった！　どうだい、ハリー？」

「そうだといいけど」

ハリーは、心配になってきた。

19 夜明けのリベンジ

日曜日の朝、八時十五分前、ハリーは階下の物音で目が覚めた。怒鳴《どな》り声《ごえ》ともみあう音。

まだ、外は暗い。寝《ね》ぼけて、ベッドの横のランプをつけた。まぶしい。まばたきすると、タングルがドアのすきまから、螺旋階段《らせんかいだん》をのぞいている。

怒鳴りあう声は、まだ続いている。おどり場の明かりがもれてくる。ドスンドスンとこちらに向かう足音。ハリーは起き上がって、ベッドに腰《こし》かけた。

タングルが侵入者《しんにゅうしゃ》に向かって、激《はげ》しくほえた。足音は、おどり場まできた。ドアが、バタンと開いた。

背《せ》の高い警察官《けいさつかん》が入ってきた。女の人が二人続く。ハリーの知らない人たちだ。一人は太って、四十歳《さい》ぐらい、うっすらとひげが生えている。もう一人は若《わか》くて、ニキビだらけだ。それから、ブリジ

ットおばさんとミセス・グッド、その後ろから、もう一人、制服《せいふく》のおまわりさんが入ってきた。

「これは命令です」

ひげの女が言った。「この子を連れていきます。裁判所《さいばんしょ》の命令です！」

「そんなばかな！」

ブリジットおばさんは、ウールの長いガウンを着ている。「警察の介入《かいにゅう》する問題じゃありません。ここは、この子にとって、完ぺきな家庭です。きちんとしているし、清潔《せいけつ》です。健康《けんこう》で幸せです。行儀《ぎょうぎ》もいいし、学校だってきちんと通っています。なんの問題があるというのですか？　このベッドルームを見てください」

彼《かれ》らは、大きな部屋を見回した。ベッドに座《すわ》っている少年。太い柱。白い壁《かべ》にかかっている、ゴーギャンの絵。エンジェルが描《えが》いた、ラズベリーの荷車に乗った少年の絵。テーブルの横にある、学校カバン。イスの背には洋服がかけてある。

「こんな、石のタワーの上に！」

ひげの生えた女が言った。「たった一人で？　普通《ふつう》じゃないよ。火事にでもなったらどうするの？」

「ベッドの下に、縄《なわ》ばしごがあります。消防署《しょうぼうしょ》の許可《きょか》がおりています」

「こんな雑種《ざっしゅ》の犬を、部屋に入れているなんて」

ニキビ面《づら》の女が、とがめるような口調で言った。「ノミがいるかもしれない。いっしょのベッドに寝るなんて、健康にいいと思えないね！」

「ハリーのペットです！」

ミセス・グッドは、カッカときている。「このあたりで、タングル以上にいい犬はいませんよ」

「わたしたちが聞いたこととちがうよ」

ひげの女が言った。「報告《ほうこく》によると、その犬は、このあたりの地主を攻撃《こうげき》して、かみついた。もし、その地主がすぐに報告していれば、この犬は処分《しょぶん》されていたよ」

うなりながら、あとずさるタングルを指さした。「ほらごらん」

ひげ女は、持っていた書類に書きこんだ。

「いい犬ですよ」

ブリジットおばさんは、安心させるように、タングルをなでてやった。「まちがいなく」

警察官たちは、同情《どうじょう》しているように見えた。髪《かみ》の毛《け》の黒いほうは、高窓《たかまど》から興味《きょうみ》深そうに外をのぞき、ハリーの描いた絵をめくってみた。もう一人は、申しわけなさそうに、肩《かた》をすくめた。

「裁判所の命令です。この子は、ソーシャルワーカーと、行かなければなりません」

「この子のためなのです」

ニキビ女が言った。「苦情《くじょう》が出ているのです。この家の人間は、みな前科者だと。みんな、有名な犯罪者《はんざいしゃ》だと。それに、みな年金生活者ですね。子どもが育つ環境《かんきょう》として、好ましくありません」

「悪影響《あくえいきょう》を与《あた》えます。悪い手本です！　それが理由です」

と、ひげの女。

「なんだって！」

と、ブリジットおばさん。「この家で、よくもそんなことが言えたね！　きちんと育てていないって、どうして言えるのさ？　美しい森が遊び場だよ。動物もいる。家には大勢《おおぜい》の人がいて、みんな、ハリーのことを、自分の孫のようにかわいがっている。宿題もきちんとやっているし。わたしたちが、悪い影響を与えているという証拠《しょうこ》はないはずだ。ハリーは、両親が亡《な》くなって、ここ、ラグ・ホールにやって来た。わたしたちは、この子を歓迎《かんげい》した。この子が来てくれて、言葉で言い表せないくらい、喜んでいる。ここは、愛情あふれる、しっかりした家庭だ。それをこわそうというのかい？　ひどい、それは、ひどい仕打ちだよ」

「議論《ぎろん》しに来たのではありません。報告を見たかぎりでは、虐待《ぎゃくたい》としか言いようがありません。時々、体に傷《きず》がある、と書いてあります」

女は、書類を読んだ。「足や、背中に」

「虐待！　この家の者は、ハリーのためなら、死んでもいいと思っているよ！　虐待！　傷があったとしたら、サッカーでつけたんだよ。活発な子だからね。それに、ハギー、ミス・カーサヴィナが、レスリングを教えてる。たぶん、そのとき、ついたんだよ」

「サッカー！　レスリング！　そう呼《よ》ぶのですか？　お医者さんは、なんと言うでしょうね？」

「この子が礼儀《れいぎ》正しいと、みなは認《みと》めていませんよ。しつけのいい子だと、信じさせようとしているみたいですが、それにはほど遠い」

ニキビ女が言った。

「だれが言ったかわかりますよ」

ミセス・グッドが言った。「あの、恐《おそ》ろしい教師《きょうし》、ミス・マクスクリューでしょう」

「それに、ご近所の、プリーストリー大佐《たいさ》」

と、ブリジットおばさん。「全部わかってる。あの二人の企《たくら》みだ。その書類にサインした判事は、大佐でしょう」

「二日前の晩《ばん》の、コンサートの仕返しだわ！　そうにちがいないわ。わたしたちに手出しできないものだから、ハリーを取り上げようというのね」

と、ミセス・グッド。

ソーシャルワーカーは答えなかった。

「わかってましたよ。あなたがたの顔を見た瞬間《しゅんかん》からね。近い将来《しょうらい》、プリーストリー大佐についての、別《べつ》のうわさを聞くことになるかもしれませんよ」

ブリジットおばさんは、うかない顔で笑った。「校長先生のご意見はどうですか？　この子について、どうおっしゃっていますか？　それに、ほかの先生がたは？　スクールバスのドライバーは？」

「さっきも言ったように、わたしたちは、議論しに来たのではありません。裁判所の命令を実行しに来ただけです。この子は、わたしたちと来なければなりません。今」

ひげの女が、くり返した。

「警察は、わたしたちが命令を実行することを確認《かくにん》するために来たのです。わたしたちは、トラブルを避《さ》けたいのです」

と、ニキビ女が言った。若い警察官は、足をモジモジし、居心地《いごこち》悪そうだ。

「この子の安全と福祉《ふくし》が大事なのです。調査《ちょうさ》の間、福祉事務所が、この子にきちんとした家を与え、めんどうを見ます。調査のときに、異議《いぎ》を申し立ててください」

ひげ女は、耳を折ったページをめくった。「ここに命令書があります。法律《ほうりつ》です！」

みな静まり返った。

ニキビ女が、ハリーのほうを向いて笑った。「さあ、着がえて。スーツケースは持ってるの？」

ハリーはミセス・グッドを見た。

「ハリーが持ってきた古いものは捨《す》てました」

「じゃあ、ポリ袋《ぶくろ》でけっこう」

自分のバッグから、スーパーの袋を三枚《まい》取り出した。「着がえはどこにあるんだい？」

「そんなものに着がえを入れませんよ！　待ってらっしゃい。ハリーのものにさわっちゃだめです」

ミセス・グッドが、きつい調子で言った。


十五分後、こざっぱりとした身なりをし、きれいな青いスーツケースをわきに置いて、ハリーは、前庭の砂利道《じゃりみち》に立っていた。雪はほとんど解《と》けている。その朝は、晴れ上がって霜《しも》がおりていた。木立の間から、赤い朝日が昇《のぼ》ってきた。車が二台停《と》まっている。一台はパトカー、もう一台はソーシャルワーカーのものだ。

「わたしたちにできることはないよ、ハリー、さしあたって、今はね」

ブリジットおばさんは、涙《なみだ》をこらえながら、つらそうに言った。「でも、約束《やくそく》するよ。おまえを取りもどすために、死《し》に物狂《ものぐる》いでがんばるよ」

「これで、お菓子《かし》でも買いなせえ」

フィンガーズが、クシャクシャの十ポンド札《さつ》を、ハリーの手におしつけた。何かざらざらした、金属《きんぞく》のようなものが入っている。ハリーは、手を見た。探《さぐ》り針《ばり》だった。

「シーッ！　気をつけで！」

フィンガーズは、ソーシャルワーカーに背を向けている。「役に立つこともあるかもしれねえべ」

「うん！　ありがとう！」

それをズボンのポケットに入れた。

「さあ、この寒さの中で、グズグズする理由はない。行くよ！」

ニキビ女は不愉快《ふゆかい》な声を出した。

「ちゃんと朝ごはんを食べさせてくださいよ」

ミセス・グッドが言った。

「食べさせるって言ったでしょ」

ひげの女が、むっとしたように言った。

「口に気をつけなさい。さもないと、痛《いた》い目にあわせますよ！」

ハギーがおどすように言った。

「さようなら、ハリー」

フワフワのピンクのガウンをまとい、まだ化粧《けしょう》をしていないフローリーおばちゃんが、ハリーを抱《だ》きしめた。「すぐに、取りもどしてあげるわ！」

警察官がパトカーに乗った。ひげ女が、きたないフォルクスワーゲンのドアを開けた。後部座席《ざせき》には、毛布《もうふ》やお古の子ども服がつめこまれている。女は、それをどけて、ハリーの席を作った。

ハリーはひげ女を見ていた。こんなうすよごれた女と、きたない車に乗るのはいやだ。

何も考えないで、ハリーはかけだしていた。砂利道を横切り、霜柱の芝生《しばふ》を抜《ぬ》け、森にかけこむ。

後ろから、当惑《とうわく》した叫《さけ》び声《ごえ》が聞こえる。

「止まれ！　もどってきなさい！」「それまでだ！」「ハリー、止まるな！」「行け行けハリー、森にかくれるんだ！」「小悪魔《こあくま》め！」「つかまえて！　つかまえて！」

ハリーは、足に羽が生えたように走った。大佐に追いかけられたときは逃《に》げられたが、若い元気なおまわりさんからは逃げられそうにない。靴音《くつおと》がだんだん近づいてくる。後ろをふり返ってみた。おまわりさんの帽子《ぼうし》は落ち、風のように走っている。だんだん追いついてくる。

じきに、二人は森の奥深《おくふか》く入りこんだ。太い幹《みき》や藪《やぶ》をよけながら走る。おまわりさんは、ハリーの背後《はいご》に近づいた。ハリーは、ウサギのように身をかわすと、別の方向に逃げだした。黒髪のおまわりさんは、叫び声を上げ、トゲトゲの藪につっこんだ。

しかし、すぐに起き上がって、ハリーを追いかけ始めた。がっしりした腕《うで》が、アノラックの肩《かた》をつかんだ。ハリーはウナギみたいに身をくねらせた。つまずきながら、道をもどる。

あっ！　イバラに足をとられた。ドサッ！　顔をしこたま打ちつけ、ヒラメのようにつぶれた。ゼエゼエあえぎながら、ハリーは霜のついた落ち葉の上に横たわっていた。

おまわりさんが、ハリーの腕をつかんだ。

「すごいな！　走るのが速い！　学校で一番だろ？」

ハリーは、あえぎながら上を見た。

親切なおまわりさんは、ハリーの横に寝ころんだ。

「そんなに悪いとこじゃないよ……あまり心配しないで。運がよけりゃ、すぐに帰ってこられるさ」

おまわりさんは、額《ひたい》の汗《あせ》をぬぐってあたりを見回した。「いいところだな。もし、ぼくが君ぐらいの年だったら、ここを気に入っていたよ」

ハリーは、ちょっと笑顔をうかべた。

「あのソーシャルワーカー、こわいおばさんたちだな」

おまわりさんが言った。「あんなのと結婚《けっこん》したがる物好きはいないよ。でも、あの人たちと住むわけじゃないから」

二人はしばらく寝ころんでいたが、やがて起き上がって車にもどった。

「本当にいい子ですよ」

おまわりさんは、ソーシャルワーカーに言った。「逃げようとしたことを、しからないでください、いいですね？　ちゃんとめんどうを見てください。この件《けん》に、ちょっと興味を持ちました」

腕にアノラックをかけて、ハリーはみんなにお別れを言い、タバコのにおいのする、茶色のフォルクスワーゲンに乗りこんだ。ドアがバタンと閉《し》まった。ドアを調べてみた。ロックされて、内側から開かないようになっている。ソーシャルワーカーの前を通らなければ、外に出られない。

「シートベルトをしめて！」

エンジンがかかり、車は走りだした。ハリーは、ガラスのくもりをふいた。よごれたガラス越《ご》しに、砂利道に立っているおばさんたちが見える。朝日をあびて、ラグ・ホールがピンク色にそまっている。車が、角《かど》を曲がると、みんな、見えなくなってしまった。

後ろを見ると、パトカーがついてきている。ハリーはイスに深く腰かけた。みじめな気持ちだ。ハリーの大好きなものが、みんな後ろにある。家庭、おばさんたち、犬、学校の友だち、森。どこに連れていかれるのだろう？　遠いのかな？　どんなところで生活することになるのだろう？　家庭的なところかな？　それとも、ゲシュタポ・リルが言ったように、一文《いちもん》なしの孤児《こじ》のための家？　どこの学校に行くのだろう？　アッキュやチャーリーには、だれが知らせてくれるのかな？　いつラグ・ホールにもどれるのだろうか？　もどれないのかな？

そんなのいやだ！

ポケットに手をつっこむと、十ポンド紙幣《しへい》と探り針に手が触《ふ》れた。

20 フェロン・グランジ

よごれた茶色のフォルクスワーゲンは、十分ほど田舎道《いなかみち》を走ると、大きな屋敷《やしき》に入っていった。鉄の門がそびえたっている。石のライオン、グリフィン（頭がワシで胴体《どうたい》がライオン）など神話の生物が、古いアーチから見おろしている。凝《こ》ったかざり字の大きな表札《ひょうさつ》がある。

フェロン・グランジ
私有地《しゆうち》

ニキビ面《づら》のソーシャルワーカーが、車からおり、塀《へい》についたインターホンに話しかけた。頭上で、セキュリティ・カメラが、女の動きを追う。背《せ》の高い、黒い門が開いた。中に入ると、ガシャンと閉《し》

まった。まるで、カマキリのように、カメラが追ってくる。やがて、また、侵入者《しんにゅうしゃ》を待つように、門に向いた。

後部座席《ざせき》にしずみこんでいたので、ハリーはりっぱな門にも表札にも気づかなかった。しばらくして、わき道にそれて、木立の間を走っているのに気づいた。ピンク色の道路のわきには、鉄の手すりがついている。美しい草地がある。樫《かし》の木立が見える。ツノが割《わ》れた白い牛が、こっちを見ている。寒さで、体から湯気が上がっている。八百メートルほど先、ブナ並木《なみき》の先に、荘厳《そうごん》な白い屋敷がある。

ハリーは後ろを見た。パトカーはもういない。この車だけだ。

前庭には、彫刻《ちょうこく》をほどこした噴水《ふんすい》がある。ネプチューン神のかかげるほら貝から水が落ち、イルカにまたがった天使にかかる。氷におおわれている彫刻もある。

きたないフォルクスワーゲンは、半円を描《えが》いて回り、大きな玄関《げんかん》に横づけした。玄関前には階段《かいだん》があり、ギリシャ風の柱が立っている。

「逃《に》げるかもしれないから、あんたは、ここにいて」

ひげ女が階段を上り、白い柱を抜《ぬ》け、ポーチを横切ってベルをおした。しばらくすると、ドアが開き、男の使用人が現《あらわ》れた。二人は二言、三言、言葉を交わした。ドアが閉まった。

ひげ女は待っている。ハリーはじっと見ている。

数分後、ドアが開いた。男だ。緑色のシルクのガウンを着、葉巻《はまき》をくわえている。ソーシャルワーカーと言葉を交わすと、外に出てきた。プリーストリー大佐《たいさ》だ！

意地悪そうに笑みをうかべ、車のほうを見おろしている。ハリーがびっくりして、見上げた。

ポーチは寒かった。大佐はガウンの襟《えり》をかきよせた。また、ソーシャルワーカーと言葉を交わし、後ろに向かって叫《さけ》んだ。

「スミシー！　ベン！」

すぐに、がっちりした使用人が二人走ってきた。大佐は、二人に何か言った。ハリーに向かってニヤッと笑うと、暖《あたた》かい家に入って行った。

スミシーとベンを連れてひげ女がおりてくる。ニキビ女に、ドアを開けるように身ぶりで示《しめ》した。

「わたしたちと話したがっている。特別《とくべつ》に、この子のアレンジをしなきゃいけないそうだ」

ひげ女は、声をひそめた。「二百ポンドだ」

「一人ずつに？」

「ああ」

ひげ女は、親指を立てた。「この人たちがこの子のめんどうを見てくれるよ。なんて名前だっけ？」

ニキビ女は、裁判所《さいばんしょ》の書類を読むと、笑った。

「ユージーン・オーガスタス・モンゴメリー・ハロルド・バートン。気取った名前だ！」

ひげ女はドアを開け、ハリーの腕《うで》をつかんだ。「さあ、出な。この人たちと行くんだ」

ハリーは、抵抗《ていこう》した。

「おとなしくするんだ。まだ、朝早いんだよ。出な！」

「いやだ！　こいつらとは、行かないぞ！」

「まったく！　暴力《ぼうりょく》は使いたくないんだよ」

ひげ女はため息をついた。

「どきな」

ベンが、女をどけ、車に体を入れた。「坊主《ぼうず》！　出てきな！」

ハリーの腕をおさえ、車から引きずり出した。ハリーは、ジタバタした。そばにあった物にしがみつく。霜《しも》のおりた、ピンクの舗道《ほどう》に、毛布《もうふ》や古着が点々と落ちていく。

「暴《あば》れるのをやめないと、痛《いた》い目にあうぞ」

男は、太い腕を上げた。

ハリーは、男の顔をなぐり、脚《あし》をけとばした。バシッ！　パンチをくらって、頭がくらくらした。

「おい、スミシー。脚を持て。おれは、こっちを持つから」

ハリーは、ウナギのように身をくねらせたが、なんの役にも立たなかった。わめくハリーを二人が運ぶ。階段を上って、柱を過《す》ぎ、ポーチを横切り、フェロン・グランジの玄関を入った。

ラグ・ホールより、りっぱだ。プリーストリー大佐が、ホールに立っていた。コーヒーカップを両手で持って、手を温めている。

「このガキ、どうしますか、大佐？」

ベンは、ハリーのわめき声に負けないように、大声を張《は》り上《あ》げた。

「黙《だま》らせろ！　さるぐつわをかませろ！　これを使え」

磨《みが》きあげられたテーブルの上にあった黄色いふきんがハリーの口に突《つ》っこまれた。

「ましになった。自分にしか聞こえないだろう」

ソーシャルワーカーが、ポーチに姿《すがた》を見せた。大佐は、二人を、ばかにしたように見た。

「見てみろ！　まるで、『マクベス』に出てくる、魔女《まじょ》じゃないか！　入れ！　暖かい空気が逃げるじゃないか！　ドアを閉めろ！」

二人がドアを閉めると、イライラしたように、大佐は廊下《ろうか》の向こうを指さした。

「キッチンは向こうだ。すぐに行くから、待ってろ」

二人は、行ってしまった。

「ムムムム！」

ハリーは、ジタバタした。

「地下室にしばっておきましょうか、大佐？」

ベンは、ハリーのジャケットをにぎりなおした。

「なんだって？　わたしのワインといっしょにか？　頭を使えよ」

大佐は考えた。「二階の使っていない衣装部屋《いしょうべや》につっこんどけ。窓《まど》がついていない部屋だ。鍵《かぎ》をかけておくんだ。終わったら、仕事にもどれ」

大佐はハリーを見おろした。「おまえをどうするか考える間、そこでジタバタしてていいぞ」

大佐は銀のポットから、コーヒーを足した。「フウム。逃げ出す恐《おそ》れがあるから……閉《と》じこめるところ……少年院《しょうねんいん》。ウーン！　グリムスラッシュがよさそうだな。チャーリー・ホブネイル院長には貸《か》しがあるからな」

大佐は、ハリーに目をもどした。「どうだ？　頭をそられて、昔、刃物《はもの》をちらつかせていた子どもたちといっしょというのは。みんな、年上だ。泥棒《どろぼう》や暴力ざたで入っている。それから、教師《きょうし》や年寄《としよ》りをなぐった者、人殺しもいるぞ！」

「ウーン！　アグー！」

「裁判まで十日間、そこにいるんだ。それから、うんと遠くに追いはらってやる。きたない孤児院《こじいん》にな。それとも、無知な、めちゃくちゃな里親がいいかな？　窓に穴《あな》があいていて、壁《かべ》に落書きがあるような家庭だ。懇意《こんい》の特別保護監察官《ほごかんさつかん》に見張《みは》らせよう」

大佐は鼻を鳴らした。「少しはこりるだろう、このゴミくず野郎《やろう》！　オレ様に卵《たまご》を投げたり、ばかにしたりしたら、こういうことになるんだ！　プリーストリー様にたてついたらどうなるか、教えてやる」

「ムムム！　ウグー」

「へっ！」

大佐はコーヒーをうれしそうにすすった。「連れていけ」

豪華《ごうか》な階段やフカフカのじゅうたんが敷《し》かれた廊下には、肖像画《しょうぞうが》がかかっている。少し開いたドアのすきまから、豪華なベッドルームが見える。長いカーテン、サテンのベッドカバー。ドアの閉まった部屋に着くと、スミシーはハリーの足をおろし、ドアを開けた。小さな部屋だ。明かりがついていない。部屋に放りこまれた。ふきんをはきだして、素早《すばや》く立ち上がる。しかし、たどり着く前に、ドアは閉められた。カチャッと鍵が閉まる音がした。

真《ま》っ暗闇《くらやみ》だ。ハリーはドアをたたいた。

「おとなしくしてろ！　ここで待ってな」

ベンがおどすように言った。

「言う通りにしろよ」

スミシーの声だ。「さわぐと、痛い目にあわせるぞ。オレはうそをつかないからな！」

ベンになぐられた耳が、まだズキズキする。二人の声が遠ざかっていく。

ハリーは暗闇の中で立っていた。ドアのすきまから、少し明かりがもれてくる。どこかに、明かりのスイッチがあるにちがいない。壁を探《さぐ》ると、スイッチが見つかった。部屋がまぶしくなった。

金の模様《もよう》のついた壁紙、厚《あつ》い緑のじゅうたん。家具は二つ。タンスと洋服ダンスだ。家具を調べた。空《から》っぽだ。チェックのツイードのスーツが一着、ハンガーにかかっているだけだ。だれのものか、すぐにわかった。ジャケットとズボンを床《ゆか》に投《な》げ捨《す》て、ふみつけた。ズボンの脚の部分がピッと裂《さ》け、ジャケットの背中がやぶけた。やぶけたスーツを、ボロ布《ぬの》みたいに洋服ダンスの底に放りこんだ。

探《さぐ》り針《ばり》をポケットから取り出した。一番強そうな針を選び、タンスをひっかいた。ツルツルの化粧板に深い傷《きず》がついた。壁もドアもひっかいた。部屋じゅう跡《あと》をつけた。壁紙がやぶけ、壁土が落ちた。生まれてはじめてのイタズラ。ハリーは何も考えずにやった。終わってみると、こわさがこみ上げてきた。床にしゃがみ、壁によりかかって、絶望《ぜつぼう》して部屋を見回した。

すぐに気を取り直した。

ハリーは、立ち上がって、ドアに耳をつけた。遠くから掃除機《そうじき》の音が聞こえるだけだ。鍵穴《かぎあな》をのぞいてみた。向こう側に鍵がさしこんである。探り針といっしょに、鍵をどける道具も入っていた。それを、鍵穴につっこんだ。手ごたえがあった。おしながら、回す。三十秒《びょう》で、鍵は穴からはずれ、ポトッと廊下に落ちた。

道具を抜くと、また鍵穴をのぞいた。探り針を選んだ。かすかに音がして、タンブラーが上がった。カチョッ！　スムーズにロックが開いた。探り針をポケットにもどす。靴《くつ》をぬぐ。シーンと静まり返っている。少しずつ、少しずつ、ドアを開けた。外をのぞく。

廊下にはだれもいない。靴を手に持つ。そっと、となりの寝室《しんしつ》に移動《いどう》した。クリーム色と金色の部屋だ。後ろ手にドアを閉める。大急ぎで、大きなベッドのそばを通り過ぎ、窓に行く。下までかなりある。飛びおりるのは無理だ。窓を開けて、外壁を調べた。近場に排水管《はいすいかん》はない。がっかりし、恐怖《きょうふ》にかられて、窓を閉めた。

次の寝室は、アプリコット模様の壁紙だった。ここも同じだ。三番目も。

顔をしかめた。階段があるはずだ。

廊下は依然《いぜん》として、シーンとしている。厚いじゅうたんが、走る音を消してくれる。おどり場から下をのぞいた。ホールにも人はいない。かすかに話し声や笑い声がする。手すりをおさえ、こっそりと階段をおりる。

足音もなく、階段の下に若《わか》い使用人が現《あらわ》れた。髪《かみ》を刈《か》りあげ、ジーンズにエプロンをつけている。ハリーはちぢみあがった。その使用人は、見られていると気づかずに、テーブルの上にある、大佐が残したスリムなタバコの箱から何本かポケットに入れ、うれしそうに、どこかにいなくなった。

ハリーは、階段をおり続ける。廊下を右左確認《かくにん》して、ロビーにある、ステンドグラスでできたドアに向かう。ドアを後ろ手に閉める。重厚《じゅうこう》な玄関の扉《とびら》に向かい、そっと引っ張った。だれも前庭にいない。噴水の前、樫《かし》の並木道を、真っ赤なスポーツカーがスピードをあげてやって来る。

ゲシュタポ・リルだ！

見つからずに逃げだすのは不可能《ふかのう》だった。通りまで一キロ半もある。警報が鳴ったら、表の道路に着く前に、ベンとスミシーにつかまるにちがいない。ハリーは、家の中に逃げこみ、扉を閉めた。ホールには、まだだれもいない。左右を見ると、廊下をかけだす。靴下をはいていたので、足音がしなかった。裏の窓から逃げられるかもしれない。

ドアが半分開いている。そこは、大きな食器室だった。また廊下に出て、走り続けた。

床に石を敷いた食器洗《あら》い場《ば》には、犬がいた。のぞくと、獰猛《どうもう》そうな生き物が、朝食の最中だった。ドーベルマンとジャーマンシェパードだ。太い鎖《くさり》で、壁のリングにつないである。チラッとこっちを見たが、また赤い肉を食べ始めた。ハリーの髪の毛がさか立った。

そばの部屋から、突然《とつぜん》笑い声が聞こえた。陰《かげ》にかくれてのぞく。使用人用の台所兼《けん》食堂だ。ベンとスミシーがいた。二人のソーシャルワーカーが朝食を食べている。ベンは、テーブルに足をのせている。何か言うと、ニキビ女が、叫んで彼《かれ》の足をたたいた。

「なんてこと言うの！　ひどいわ！」

ニキビ女はあまえたような声をあげた。

「わかってるって。キスしろよ」

ハリーは、しのび足で歩き、ホールにもどった。ロビーのステンドグラスの向こうで、玄関の扉が開いた。見通しの悪いステンドグラスだが、ゲシュタポ・リルのシルエットが見える。グズグズできない。反対側にかけだす。

今度は大きな部屋が並《なら》んでいる。一つ、ドアが開いている。白いテーブルクロスやマーマレードのびんが見える。ベーコンやトーストのにおいがする。

三十メートルほど後ろで、ロビーのドアが開いた。板張りのドアが横にあった。選ぶ余地《よち》はない。ドアノブをつかむと、おして、中に入る。

図書室だった。寄木細工《よせぎざいく》の床で、ホールのように板壁だ。座《すわ》り心地《ごこち》のよさそうな革張《かわば》りのイスの前には、フカフカの敷物がある。暖炉《だんろ》には赤々と火が燃《も》えている。壁の半分は、本棚《ほんだな》が占《し》めている。犬のように獰猛な声が静けさをやぶった！

「ばか者！　絶対《ぜったい》に、絶対にノックしないで、部屋に入るなと言ったはずだ！」

プリーストリー大佐が、背を向けて、本棚の前に立っていた。手には、厚い本を持っている。

ハリーは、イスの後ろにかくれた。

大佐は、本をもどして、ふり向いた。だれもいない。

「いったい――」

ハリーの頭を見つけた。「おまえ！　どうやって――？」

手を広げて、こっちに突進《とっしん》してくる。ハリーは飛び出して、ドアに向かった。

「こっちに来い！　首根っこを――」

ハリーは、乱暴《らんぼう》にドアを開け、廊下に飛び出した。

さわぎを聞いたゲシュタポ・リルが、ホールでこちらを見た。

ハリーは、反対側に逃げだした。大佐が叫んでいる。

ほかのドアが開いている。サンルームだ。フランス窓から、冬の花壇《かだん》や芝生《しばふ》が見える。ハリーは走った。ドアノブをつかむ。鍵がかかっている。でも、鍵がさしたままになっている。鍵をまわして、ドアを引っ張った。ダメだ、かんぬきがかかっている！

野生のブタのように鳴きながら、大佐が突進してくる。ハリーは、籐製《とうせい》のひじかけイスの後ろに逃げた。大佐が、イスを横に投げた。ハリーは、革張りのイスに逃げ、ひじかけをつかんだ。大佐が、反対側のひじかけをつかみ、引っ張る。ハリーは抵抗した。大佐が力任《ちからまか》せに持ち上げる。ハリーの手が離《はな》れる。クッションが宙《ちゅう》を飛ぶ。大佐が、よろめいて、しりもちをついた。このとき、籐のイスを引っ張ったので、イスが頭の上に倒《たお》れた。イスの下で、大佐が悪態《あくたい》をついた。

ハリーは、廊下に飛び出した。

ゲシュタポ・リルが追いかける。厚化粧《あつげしょう》の顔が、怒《いか》りにゆがむ。ハンドバッグがハリーの頭に当たった。赤い爪《つめ》が、襟をつかむ。ジタバタしたが、敵《てき》のほうが強かった。以前のままだ。ゲシュタポ・リルが、ハリーの首をつかまえた。ハリーはバランスを失って倒れた。ハリーの重みを支《ささ》えきれずに、ゲシュタポ・リルの手が離れた。ハリーは、四つんばいになって逃げる。ジャケットをつかまれた。

ハリーは、手をふりきってつんのめった。ゲシュタポ・リルが、叫び声をあげて飛びかかる。

人がたくさん集まってきた。髪をふり乱《みだ》し、ガウンをはためかせたプリーストリー大佐、スミシー、ベン、二人のソーシャルワーカーは、バターをぬったトーストを持ったままだ。

ウサギ狩《が》りのウサギのように、逃げるハリー。大勢《おおぜい》の人間が追いかける。

廊下が直角に曲がっている。すべりながら、ハリーは走り続ける。せまい階段がある。ハリーは、二段飛ばしでかけあがった。

ゲシュタポ・リルが、せまってきた。ハリーのかかとに飛びついた。ズボンのすそをつかむ。もう一方の手が足首をつかんだ。

「アアアアアー！」

思いっきり、ハリーは階段にぶつかった。じゅうたんをつかもうとしたが、失敗した。引きずられる。足をばたばたさせる。足を広げて、ふんばる。ゲシュタポ・リルが引っ張る。体がねじれた。足をひねった。痛い！　膝《ひざ》のあたりで、グシャッと音がした！　まっさかさまに、ゲシュタポ・リルめがけて落ちていく。向こうもバランスを失った。ネコのけんかのように、もつれあって、階段をころげ落ちた。

二人は、廊下に墜落《ついらく》した。

服は乱れたものの、ゲシュタポ・リルにはけがはなかった。まだ、ハリーの足首をにぎっている。足首を放すと、今度はジャケットの襟を、勝《か》ち誇《ほこ》ったようにつかんだ。

ハリーの歯がガチガチしている。膝がおかしい。痛みと絶望にかられて、ハリーはニヤニヤしている人々の顔を見上げた。

21 グリムスラッシュ刑務所

シーフィールド《海辺の野原》少年院《しょうねんいん》は、ラグ・ホールから百六十キロ離《はな》れた、大きな工業都市のはずれにあった。十九世紀《せいき》に建てられたいかついビルで、もとは刑務所《けいむしょ》だったところだ。すすけた高い石塀《いしべい》で囲まれている。窓《まど》には鉄格子《てつごうし》がはめられ、厚《あつ》いドアには鉄の南京錠《なんきんじょう》がかかっている。最近、一角《いっかく》に泥《どろ》んこの運動場ができたが、電気が流れるようになっている目の細かいフェンスで囲まれ、上には鉄条《てつじょう》網《もう》がついている。

どうして、シーフィールドと名前を変えたのか、理解《りかい》ができない。というのは、かたい地面の小さな空《あ》き地《ち》がある以外、フィールドと名のつきそうなところは、となりにあるゴミ捨《す》て場《ば》だけだからだ。海の近くには、ガス工場の廃材《はいざい》が捨ててある、石ころだらけの場所しかない。一年のうち三百六十四日は、空がなまり色で、北風がほこりを吹《ふ》きつける。シーフィールドと呼《よ》ぶ者なんかいない。世間一《いっ》般《ぱん》には、昔の名前で通っていた。グリムスラッシュ刑務所だ。

ハリーの部屋は四階だった。運動場のずっと上だ。壁《かべ》は白く、金属製《きんぞくせい》のベッドには、赤い布団《ふとん》がかけてある。部屋のすみにあるは、夜のトイレ用のふたつきのバケツ。厚いガラスがはめられているので、日があまりささない。飛びおりられないように鉄格子もついている。棚《たな》には本が何冊《さつ》か置いてあり、小さなラジオがあるが、大きな音は出せない。質素《しっそ》なテーブルとイスがある。窓から見える光景は、みじめな通りと工場、煙《けむり》を上げている煙突《えんとつ》だけだ。

日曜日の昼食時に到着《とうちゃく》したハリーは、別《べつ》の車に乗せられ、病院に連れていかれた。ハリーの膝《ひざ》は、脱臼《だっきゅう》していた。X《エックス》線を撮《と》ったあと、テーブルの上で看護師《かんごし》が足をおさえつけ、医者がはめなおした。

「しばらく、こわばるよ。しかし、筋《すじ》は切れていないみたいだ。サポーターをつけて、できるだけ動かさないように。すぐに直るよ」

医者は、ハリーの髪《かみ》の毛《け》をクシャクシャにした。「サッカーの選手だと思われるだろう」

少年院にもどると、ハリーの衣類《いるい》や探《さぐ》り針《ばり》はなくなっていた。シャワーを浴《あ》びるように言われた。きのう、一時間もお風呂《ふろ》に入ったのに……。それから、洗濯《せんたく》したユニフォームを与《あた》えられた。黒い靴《くつ》、紺色《こんいろ》のズボン、青いシャツ、左の胸《むね》にSYOI《エスワイオーアイ》と、シーフィールド少年院のイニシャルが入った紺のセーターだ。シャツを着ながら、前にこれを着ていた少年は、どんな子だったのだろうと思った。次に床屋《とこや》に連れていかれ、シラミがいないかどうかチェックされたあと、髪を刈《か》りあげられた。それから、部屋に連れていかれ、サンドイッチと紅茶《こうちゃ》を与えられた。その日、初めての食事だった。最後に看守《かんしゅ》が社交室に連れていった。

ハリーは、とてもこわかった。若《わか》い犯罪者《はんざいしゃ》の中で、最年少なのだ。しかし、恐《おそ》れることはなかった。何をして収監《しゅうかん》されたのかは知らないが、声変わりした少年や、ひげが生えてきている少年たちが弟のようにかわいがってくれた。どうしてここに来たのかたずね、自分たちのことも話してくれた。マンガ本を貸《か》してくれたり、チェッカーやモノポリーで遊んでくれた。じょうだんを言ったり、サッカーの話をしたりした。膝が痛《いた》くて足を引きずっていたので、食堂で、ほかの少年が、ハリーをおさないようにしてくれた。

「おい、どこ見てんだよ！　もうちょっとで、おれのダチのハリーにぶつかるとこだったじゃないかよ。もう一回やったら、目のまわりにあざを作ってやるぞ！」

そして、ハリーを見る。「だいじょうぶか？　ほい、そこつめて。ハリーを入れてやりな」

お返しに、教室で、コンピューターの使い方や算数を教えてあげた。みんな、ハリーのことを、アインシュタインと呼んだ。

しかし、少年たちがいくら親切でも、それに、膝がだいじょうぶだったら、グラウンドでサッカーをすることができたとしても、ハリーはここがきらいだった。ラグ・ホールから引き離されたことがいやだった。ここに連れてきた二人の女を憎《にく》んだ。毛むくじゃらの手をして、口のくさい、ホブネイル院長、そしてわけもないのに少年たちを怒鳴《どな》る、看守を憎んだ。部屋に鍵《かぎ》をかけられるのがいやだった。トイレ用のバケツもきらいだったし、鉄格子の窓から見る景色《けしき》もきらいだった。プリーストリー大佐やゲシュタポ・リルになぐられたことを思い出すと、腹《はら》が立った。おばさんたちが、自分がどこにいるのか知らない、ということがいやだった。また、こうしている間にも、大佐《たいさ》やその仲間が、自分の運命を決めていると思うと、腹が立った。

十日間、と言っていた。ここに十日もいなければならない。終身刑を言いわたされたような気がした。

三日目の夜、ハリーは眠《ねむ》れなかった。頭が痛いし、夕食も食べたくなかった。吐《は》き気《け》がして、足や背中《せなか》に汗《あせ》が流れている。

九時になると、いつものように、部屋に鍵がかけられた。十時消灯《しょうとう》だ。ゴワゴワのパジャマを着て、ハリーは落ちこんだ気分で横になり、天井《てんじょう》に映《うつ》る車のライトを見ていた。嵐《あらし》のような晩《ばん》だった。北風がうねりながら、鉄格子の高窓から入ってくる。風にまぎれて、列車の音、救急車やパトカーのサイレンが聞こえる。

教会の鐘《かね》が一つ鳴った。ハリーは、膝をのばして布団を首まで引《ひ》っ張《ぱ》った。

いろいろな思い出がよみがえってきた。ハンプステッドで、両親が開いたパーティー。牧場《まきば》でチョーキーに乗ったこと。ゴッグリーじいさん、バイクを飛ばしたこと、夏の魚釣《さかなつ》り、ステージの上のミスター・トーリー、アッキュたちとサッカーをしたこと――

突然《とつぜん》、風の音にまじって、何か別の音が聞こえた。

コッコッ。

ドキッとした。半分起き上がり、あたりを見回した。どこから聞こえてくるのだろう？　窓からなわけがない。ここは四階なのだから。でも、ドアからではないことは確《たし》かだ。気のせいかもしれない。

また、横になった。もしかして――

コッコッ！

今度はまちがいない。ハリーは、布団をはね飛ばして、ベッドから出た。

コッコッコッ！

窓からだ！　外に何かいる。町の明かりで、シルエットが見える。なんだろう？　地面から十五メートルも離れているのに！

はだしの足に床《ゆか》が冷たい。ハリーは、ドキドキしながら窓に向かった。

「ハリー！」

窓に顔がある。クルミのような小さな顔だ。毛糸の帽子《ぼうし》から、白い髪がはみ出ている。

「ドット！」

「シー！」

ドットは、唇《くちびる》に手を当ててから言った。「窓を開けられるかい？」

窓を大きく開けると、北風が吹きこんできた。カーテンがはためき、マンガの本がめくれた。

ハリーはふるえた。

「ここにいるって、どうやってわかったの？　ぼく――」

「あの警察官《けいさつかん》が教えてくれたんだ」

ドットは黒ずくめだ。がっちりした、小さな手で鉄格子をにぎっている。「いいかい、あたしたち――」

「どうやって、ぼくの部屋がわかったの？」

ドットは、親指を立てた。「ずっと、屋根の上で、双眼鏡《そうがんきょう》をのぞいていたのさ。ちょっと寒かったがね。ベッドに入るのが見えたんだ。いいかい、あたしたち――」

「どうやって、登ってきたの？」

ハリーは、見おろした。壁がそそりたっている。

「『エッフェル塔《とう》のクモ女』と呼ばれていたのは、だてじゃないよ。グズグズできない。聞いとくれ！　あんたをここから逃《に》がすからね。フィンガーズとハギーがいっしょだ。おばさんたちは、車で待っている。すぐに着がえな。どうだい、もしこの鉄格子を一本切ったら、抜《ぬ》け出《だ》せるかい？」

考える必要はなかった。

「できるよ」

「よし。ここにロープがあるから、ナイロンの縄《なわ》ばしごを引っ張り上げるよ。なんの問題もない。窓を閉《し》めて。着がえたら、毛布かなんかを窓にかけておくれ。そんなに音は出ないと思うけど、念《ねん》には念を入れてね。さあ、急いで!」

ドットは、軽量のロープを肩《かた》からはずし、鉄格子二本に結び、一方の端《はし》を、落とした。

「さあ!」

ハリーは窓を閉めて、すぐに着がえをした。縄ばしごの準備《じゅんび》ができると、ドットはいなくなった。ベッドから布団を持ってくると、フィンガーズが顔を出した。暗闇《くらやみ》で見えにくかったが、フィンガーズはニタッと笑い、親指を上げた。それから、ポケットから油さしと小さな金のこを取り出した。

ギリギリギリギリ。かすかな音が、窓越《まどご》しに聞こえてくる。真ん中の棒《ぼう》を切っているのだ。

ハリーは、イスの上に立って、窓に布団をおしつけた。音がくもった。ドアの向こうにいる看守には聞こえないだろう。少年たちが目をさまして、さわがなければいいのだが。

立っていると、また、気分が悪くなってきた。めまいがする。ハリーは、ちょっと目を閉《と》じた。

音は五分ほど続き、最後に、カキッという音がした。少し待って、窓を開けてみた。フィンガーズはいなくなっている。棒にさわってみた。何も変わりがないように思える。窓枠《まどわく》に、鉄のけずりかすが落ちている。

窓を大きく開け、風の中で耳を澄《す》ましてみた。縄ばしごが引っ張られている。だれかが登ってくる。のぞこうとしたが、鉄格子がじゃまだ。

ゆっくりと、山のような人間が現《あらわ》れた。町の明かりを背にしているので、こちら側が黒い。

「やれやれ！　リスのように小さいドットには楽でも、わたしのような、大きなロシアのクマにはたいへんです！　こんばんは、ハリー！　こんな、息苦しい、ブラックホールに閉じこめられていたのですね。すぐ出してあげます。下がってください」

足を引っかけると、横の棒を左手でつかみ、フィンガーズが切った棒を右手でおさえた。筋肉《きんにく》が盛《も》り上《あ》がり、鼻から息がもれた。ゆっくりと、鉄の棒は外側に、上に曲がり始めた。ハギーは、棒を持ち直した。

「ウーム！」

棒は、だんだん持ち上げられ、長いくいのように壁から突《つ》き出《だ》した。

大きなすきまができた。

「さあ、急いで！」

ハギーがささやいた。「両側をおしていますから、ここを通り抜けてください。わたしは、指紋《しもん》をふいて、縄ばしごを持って帰るように、ロープを直します」

ハリーは、間に肩をいれた。曲がった棒につかまった。体を突っこんでいく。

「ウーッ！」

脱臼したほうの足をねじってしまい、焼かれたように痛い。

「だいじょうぶですか？」

「膝が！……だいじょうぶ！　なんとかやってみる！」

歯をかみしめて、窓から抜け出した。体がガクガクし、汗をかいている。しばらく、手でぶら下がった。地面までずいぶん距離《きょり》がある。北風に吹かれて、まるで振《ふ》り子《こ》になったようだ。服はやぶれ、耳鳴りがする。だが、おかげで、めまいがおさまった。痛めた足が、たれ下がった。いいほうの足を縄ばしごにかけた。はしごをしっかりにぎると、できるだけ急いでおりる。

そのとき、まわりの窓で、鉄格子にくっつけた顔が見えた。部屋から部屋に、何かシグナルが伝わっている。知り合った若い犯罪者たちが、この救出劇《きゅうしゅつげき》を見、ささやき声を聞いていた。だが、だれもこのゲームを中断《ちゅうだん》しなかった。

「よかったな、アインシュタイン」

少年たちは、そっと言った。「またな！　オレたちにも、その仲間を送ってくれよ！　そのお人形みたいな、鳥をよこしてくれ！　わかったかい？　気をつけてな！」

「ありがとう！」

ハリーは、上を見てにっこりして手をふった。「元気でね」

冷たい風が吹きつけて、歯がガチガチする。ハリーは、またはしごをおり始めた。じきに、運動場におり立ち、ドットやフィンガーズといっしょに、陰《かげ》にかくれた。はしごがゆれる。巨体《きょたい》のハギーがおりてくる。ドットがロープを引っ張った。ハリーの部屋の窓に結んだひもがはずれた。ドサッと、やわらかな音を立てて、縄ばしごが落ちた。

ハリーは見上げた。黒い壁がそそり立っている。鉄格子のすきまからふられる手は、まるで、奇《き》妙《みょう》な白い虫のようだ。

膝がズキズキし、力が入らない。セーターの背中から、風が入ってくる。ハリーは身ぶるいした。

「さあ、急ぐべ！」

四つの影《かげ》は、明かりに照らされた運動場をかけ抜け、塀《へい》の影に逃げこんだ。ドットが、ロープを肩にかけ、手をのばした。がんじょうな指が塀をつかみ、登山用の靴が、小さな突起《とっき》にのる。五十センチ登った。……一メートル……三メートル。まるで、手にのりがついているように、ドットは塀を登っていく。

一分後、風に吹かれる妖精《ようせい》のように、ドットは塀の上に座《すわ》り、ロープをたらした。フィンガーズが、それにナイロンの縄ばしごを結《ゆ》わえた。塀の向こう側で、だれかが引っ張った。

少し待ってから、ドットがささやいた。

「いいよ。だいじょうぶ。登っておいで」

「ハリーが最初です。両手で。ハリーならできます」

ハギーが言った。

ハリーは上を見て、決心したように深呼吸《しんこきゅう》した。ロープをつかんで登り始める。縄ばしごに足をかけ、手で体を引っ張る。半分登ったところで、クタクタになった。

ハギーが、登りやすいように、はしごを塀から離して持っている。

「登って！」

ドットが上からせかした。「上手だよ。登って！　そう、その調子。登って！」

「登るんだ、ハリー。もうちょっとだべ」

フィンガーズが、やさしく声をかけた。

ドットに引っ張ってもらい、なんとか塀にまたがった。ちょっとの間、口をきけなかった。

塀が風をさえぎってくれていたのに、また、まともに吹きつけてくる。刈りあげた頭で、汗が凍《こお》りつく。紺色の刑務所のジャケットのえりを立てた。だれかに見られているような気がする。真夜中に刑務所の塀にまたがっている。片側《かたがわ》には、グリムスラッシュの黒い窓、反対側には、よごれた町の街《がい》路灯《ろとう》がある。見つからないのが不思議なくらいだ。

塀の下には、ゴミだらけの道路がある。その横には、ゴミ捨て場や、みすぼらしい木や石だらけの、スラム街。古いメルセデスは、明かりをつけずに、塀の下に止まっている。ドットのロープは、フェンダーに結ばれていた。

ブリジットおばさんと、フローリーおばちゃんが、道路から上を見上げていた。二人はたとえ緊《きん》張《ちょう》していても、態度《たいど》に出さない。

「お帰りなさい、ハリー！」

フローリーおばちゃんが声をかけた。「すごい冒険《ぼうけん》じゃない！　ワクワクするわね！」

「昔を思い出すよ。血がさわぐね！」

「足を痛めたって、ドットから聞いたわ。だいじょうぶ。すぐに、絆創膏《ばんそうこう》をはってあげるわ」

「どうしたんだい？」

「膝をねじったの。フェロン・グランジに連れていかれて――」

「なんだって！」

「あの二人のソーシャルワーカーは、大佐にお金をもらってたよ。本物のソーシャルワーカーじゃないと思う」

もう、時間がなかった。ハギーとフィンガーズが登ってきた。

「頭を下げて！」

ドットが、塀の内側のはしごを引き上げ、反対側にたらした。

「わたしが、おさえていますす。ハリー、先におりてください」

ハギーが言った。

ハリーは、はしごをおさえて、すべりおりた。登るのに比《くら》べたら、ずっと楽だった。三十秒《びょう》ほどで、メルセデスの横におり立った。これで自由だ！

ブリジットおばさんが、大きくうなずいた。

「明日の朝、話を全部聞くよ！」

フローリーおばちゃんの、抱擁《ほうよう》をかわそうと思ったが、失敗した。シャネルの香水《こうすい》の雲に包まれた。

「ウーン！　何をされたの？　あの意地悪女たちに？　それに、ビーストリー・プリーストリーに！　それから、刑務所で！　もうだいじょうぶよ。フローリーおばちゃんが来たからね」

おばちゃんは、ハリーを放した。

「新しいナンバープレートはどう？　今夜のために特別にナッティが作ったのよ」

足を引きずりながら車の前に行き、暗い街路灯の光で、読んだ。GET1M《一人とりもどせ》。ハリーはお腹《なか》をかかえて笑った。

ドットとフィンガーズが、そばに来た。ハギーだけが、塀の上に残っている。丸石を敷《し》いた道路から六メートルも上だ。ハギーは縄ばしごを落とした。

ハリーは、息を呑《の》んだ。

「どうやって、おりるの？」

「見ていてごらん。ハギーは心配いらない」

ブリジットおばさんが言った。

上で、オランウータンのような大女が、両足をこちら側に移《うつ》した。

「どいてください！」

ハギーは、ブルドッグのような声で叫《さけ》んだ。「トマトのように、つぶされたくなかったらね。行きますよ！」

百キロのカブを入れた袋《ふくろ》のように、ハギーは、塀から飛びおりた。腕《うで》を上げ、スカートが舞《ま》い上《あ》がる。切《き》り株《かぶ》のような足、水玉模様《もよう》の巨大なブルマーがチラッと見えた。どさっと落ち、ごろごろところがった。

「だいじょうぶ？」

ハリーがかけよった。

カンや新聞のゴミの中で、ハギーは立ち上がり、服装《ふくそう》を直した。

「もちろん、だいじょうぶです！　だいじょうぶじゃないとでもいうのですか？」

「大成功《だいせいこう》ね」

フローリーおばちゃんが、車のドアを開けた。「さあ、家に帰りましょう。ハギー、前に座って。ほかの人は、後ろね」

みんな、車に乗りこんだ。ハリーは、ブリジットおばさんと、フィンガーズの間だ。片方は、石けんのにおい、片方は、タバコのにおいだ。エンジンがスムーズにかかった。ヘッドライトがついた。

グリムスラッシュ刑務所の塀ぞいに、五十メートルほど走り、ゴミ捨て場に沿《そ》って曲がった。

「フローリーおばちゃん、ちょっとゆっくり走って窓を開けて」

ブリジットおばさんの前に体を乗り出して、ハリーは、刑務所の高い窓に見えている、パジャマの少年たちに手をふった。みんな、鉄格子から青白い腕をつき出して、ふっている。

メルセデスは、二つ目の角《かど》を曲がった。それから、三つ目の角。スラム街や借家が密集《みっしゅう》している地域《ちいき》を走る。

もう一度ハリーがふり返ると、もう、グリムスラッシュ刑務所は、見えなかった。

22 森の中の大きな建物

強風は、嵐《あらし》に変わった。森を走るころには、風があれくるった海のような音をたてた。雲が低くたれこめ、真《ま》っ暗闇《くらやみ》だ。懐中電灯《かいちゅうでんとう》に照《て》らされた枝《えだ》がはげしくゆれ、常緑樹《じょうりょくじゅ》が悪夢《あくむ》のようにうごめいている。

ミセス・グッドはレインコートを着、防水《ぼうすい》の帽子《ぼうし》をかぶり、先に進む。それから、ハリー、タングル、ブリジットおばさんの順だ。

朝四時。

ハリーは、ゴッグリーじいさんをさがしに行ったときのことを思い出した。でも、あの時は、葉が茂《しげ》っていた。月夜の夏の晩《ばん》の探検《たんけん》だった。今は、冬で、森はよそよそしい。地面はぬかるんでいて、顔に小枝がつきささる。ハリーは、逃亡者《とうぼうしゃ》だ。グリムスラッシュ刑務所《けいむしょ》や警察《けいさつ》から逃《に》げているのだ。

気分が悪い。関節も頭ものども痛《いた》い。歩くたびに、膝《ひざ》に痛みが走る。

横を歩くタングルが、鼻をこすりつけてくる。ハリーは、タングルの毛をなでてやる。これで二十回目だ。

「いい子だな」

ハリーは、かすれた声で言う。「うん。おまえは、ぼくを守ってくれるのかい？」

タングルの尻尾《しっぽ》が、うれしそうに立つ。

森の奥《おく》深く、どんどん入っていく。風が叫《さけ》ぶ。ハリーは、頭上の枝に懐中電灯を当てた。枝は空に向かって、たけりくるっている。

「感動的だね！　すばらしい！」

ブリジットおばさんが叫んだ。

「具合はどう？」

ミセス・グッドは、おばさんの言葉を無視《むし》し、ハリーのそばに来て、大声できいた。

「だいじょうぶだよ」

ハリーは、怒鳴《どな》り返した。けれど、懐中電灯の明かりがよそを向くと、はげしくふるえ、めまいがして目を閉《と》じた。

「もうすぐだよ！」

ブリジットおばさんは叫ぶと、懐中電灯を前に向け、片腕《かたうで》で顔をかくして、嵐の中をつき進む。

頭を下げて、ビチャビチャと足音をたてながら、ハリーはついていく。

それから、五分。目的地に着いた。木の間から、幽霊《ゆうれい》のような姿《すがた》が現《あらわ》れた。近づくにつれて、夏の間しょっちゅう来ていた、白い建物の形になった。草ぼうぼうで、枝がかぶさっているので、夏に絵を描《か》いたような、ロマンチックな小さな寺院《じいん》というよりは、ドラキュラの屋敷《やしき》という風情《ふぜい》だ。暴風雨《ぼうふうう》の中、最後の数メートルは、かけ足だった。落ち葉がくさって、階段《かいだん》がすべる。ポーチには、小枝や松かさが落ちている。

「中は、お掃除《そうじ》しておきましたよ。ヒーターも準備《じゅんび》してあります」

と言って、ミセス・グッドはドアをおし開けた。

暖《あたた》かい、煙《けむり》っぽいにおいがただよってきた。みんな、中に入って、扉《とびら》を閉《し》めた。あれくるう夜を抜《ぬ》け出《だ》したあとでは、ここは、墓場《はかば》のように静かだ。

懐中電灯の明かりが、あたりを照らし出す。

ミセス・グッドは、棚《たな》に行った。オイルランプの横にマッチ箱がある。ランプに火をつけ、炎《ほのお》を調《ちょう》節《せつ》した。すきま風で炎が流れる。大理石の壁《かべ》に影《かげ》を映《うつ》し、ランプのガラスに煙の跡《あと》がついた。

もう壁際《かべぎわ》にベッドの用意ができていた。厚《あつ》い布団《ふとん》がかけてある。横には、ひっくり返した箱にゲームや今週号のサッカーの雑誌《ざっし》がのっている。二つ目の箱は、タングルのベッドだ。

「これで寒くないといいのだけれど」

ミセス・グッドが続ける。「体調が悪いから、本当は外に連れてきたくなかったのよ。でも、仕方ないわね。ベッドに風を通しておいたわ。ナッティが、運んでくれたの。湯たんぽを入れておきましたからね」

ハリーは、なんでもよかった。すぐに服を床《ゆか》にぬぎ捨《す》てた。

ミセス・グッドは、暖かいパジャマを取り出した。

「一人でもだいじょうぶよね。今夜だけ。こわくないでしょ」

「だいじょうぶだよ」

ハリーは、ミセス・グッドがわたしてくれた上着のボタンをかけた。

「今は、これぐらいしかできないよ。病気だなんて思いもしなかったからね」

ブリジットおばさんが、ハリーがぬぎ捨てた服を拾い集めた。「刑務所にいないと知ったら、あるいは、鉄格子《てつごうし》の棒《ぼう》が部屋の外に突《つ》き出《だ》しているのを発見したら、このへんにハエみたいに、警察が集まってくるよ」

おばさんは、にっこりした。「プリーストリーは、怒《いか》りくるうだろうね！」

ハリーは、ベッドに入り、湯たんぽを抱《だ》きしめた。すきま風で、ランプの炎がなびく。

「そんなに長くかからないだろう。一日か二日でさわぎが静まる。そうしたら、別《べつ》の計画がある」

ハリーは、目を閉じた。

「いつでもだれかいるようにしますからね。今夜だけは、一人でいてちょうだい。警察が、わたしたちみんなに会いたがるでしょうから」

ミセス・グッドは、ハリーの足のまわりを、布団でおおった。「ベッドの横に懐中電灯を置くけれど、ランプは消しますよ。窓《まど》から、明かりがもれないようにね。向こうに置いておきますからね。落とすとたいへんだから」

「ウーン！」

「何か困《こま》らないかどうか、もうちょっといますからね」

「明日の朝一番で、わたしかフローリーが来るからね」

とブリジットおばさん。

「ウン」

タングルが、立って、明るい目でベッドを見ている。それから、二人の女性《じょせい》のほうを向き、すばやくハリーの足元に飛びこむと、丸まってしまった。

ハリーは、ぼんやりと、ベッドがゆれるのを感じた。ブリジットおばさんが、プリーストリー大佐《たいさ》のことを、何か話している。ギャング。配達《はいたつ》の日。でも、おばさんの声が、すべり落ちていく。グリムスラッシュ、嵐、森の中の建物、そして、今夜の冒険《ぼうけん》も全部……。

「疲《つか》れきっているんだよ」

「そうですね」

この言葉は聞こえたが、答えられなかった。

「寝《ね》かせておきましょう」

ハリーは、眠《ねむ》りに落ちていった。


目をさますと、明るくなっていた。ずっと夢《ゆめ》を見ていた。熱でうなされていたんだ。一瞬《いっしゅん》、自分は死んだような錯覚《さっかく》を起こした。それとも、冷たい大理石の納骨堂《のうこつどう》に生きうめにされたか。ふさいだ窓から、灰色《はいいろ》の光がさしてきた。うなりを上げる音が鳴《な》り響《ひび》く。死神が、ハリーの部屋のドアを、コツコツとたたいて、入りこもうとしている。

顔の横に二つの毛深い前足がある。タングルが、ハリーの顔をのぞきこんでいた。突然《とつぜん》、思い出した。ああ、森の中にいるんだった。あの苦しみは死ではなかった。病気だったんだ！　飛び起きて、はだしでベッドからおりた。ドアに向かい、階段をおりて、森に出た。

胃《い》の中のものがこみあげてきた。

気持ち悪い！　冷たい雨が頭や背中《せなか》を濡《ぬ》らした。胃袋《いぶくろ》が引《ひ》っ張《ぱ》られる。胸《むね》に汗《あせ》が流れた。

少し、気分がよくなった。唇《くちびる》をふき、立ち上がって藪《やぶ》のまわりを見回した。

嵐は最高潮《さいこうちょう》だ。高い枝の上で、風が金切り声を上げている。暗い空だ。枝の間から、はげしい雨がふりそそぐ。地面は泥《どろ》んこで、爪先《つまさき》がめりこむ。

今、何時だろう。朝なのか、昼なのか？　わからない。

ハリーは、はげしくふるえた。ガリガリの体に、パジャマがまとわりつく。背中を丸めて、雨をよけながら、片足を引きひき、階段にもどる。枝や松かさが足の裏《うら》にささる。

ブーン！　扉を閉めると、こだました。建物の中は、真っ暗にもどった。濡れたパジャマをぬぎ捨て、昨夜《さくや》着ていた、ズボンとセーターを身につけた。生地がチクチクする。ヒーターのそばに立って、シャツとベストで、頭をふいた。二つのヒーターをベッドに寄《よ》せると、枕《まくら》をふくらませて、ベッドに入り、布団を耳まで引き寄せた。

ブルブルふるえている。一人ぼっちだ。頭が痛いし、足が氷のようだ。あお向けに寝て、霜《しも》の跡が残る、ドーム型の天井《てんじょう》や、壁を見た。森の中であれくるう嵐の音が聞こえる。

ベッドのわきの箱の上に、赤いリンゴやミカンがのった皿があった。缶《かん》ジュース、フルーツバー、ナッツ入りのチョコレート、それに魔法瓶《まほうびん》もある。でも、食欲《しょくよく》がない。箱の上には手紙もあった。

ハリー
ラグ・ホールにもどらなければいけないの。できるだけ、早くもどるわね。暖かくするのよ。
フローリーおばちゃん

ハリーは、手紙を置いた。どうして、急いで行かなきゃならなかったんだろう？　何か、問題があったのかな？　プリーストリー大佐？　恐《おそ》ろしいホブネイル院長《いんちょう》？　手錠《てじょう》を持った警察？

でも、今ハリーにできることはない。

しばらくウトウトしていたが、起き上がってランプをともそうとした。すきま風でマッチの火が消えて、なかなかつけられなかった。芯《しん》を上げると、煙が出て、ガラスが黒くなった。炎を調節して、すすをシャツでふいた。それから、ランプをベッドの横に持って行った。

ベッドの足元でタングルが見ている。

ヒーターをつけているのに、ものすごく寒い。ランプの光で、ハリーの息が白く見える。

布団の中で丸まっていると、しだいに暖かくなってきた。あまり気が向かなかったが、サッカーの雑誌を取り上げて、一ページ読んだ。疲れている。目が閉じそうだ。もう一ページ読んだ。雑誌は、床にすべり落ちた。あごに手を当て、膝を曲げて、ため息をついた。それから、また、熱にうなされ、汗をかいた。

もう一度目をさますと、もう夜だった。窓におおいがかかり、ランプが燃《も》えている。この建物の中の唯一《ゆいいつ》の明かりが、元気づけるように燃えていた。

ハギーが箱に座《すわ》って、編《あ》み物《もの》をしている。

「ああ、目がさめましたか？」

やさしく話しかけた。大きな顔が、パッと明るくなった。「気分はどうですか？」

ハリーは、動かなかった。

「少しいいみたい」

「よかったです。よく眠りましたね！　世界一早く、治《なお》ります」

「今、何時？」

ハギーは、腕時計を見た。

「八時十五分過《す》ぎです」

ハリーは、気持ちよく横になっていた。力が入らない。耳を澄《す》ました。嵐が収《おさ》まってきたようだ。

「何か食べますか？」

ハリーは考えた。

「あとで」

「急ぐことはありません。寝ていてください。あとで、シーツを取りかえましょう――熱いですね。シーツを取りかえたら、食べたいものを選んでください」

ハギーは、床に置いたバスケットをさした。「これを持ってきました」

風がドアをガタガタと鳴らし、ランプの炎がおどった。

「すごい風ですね！　わたしでも、吹き飛《ふと》ばされそうです！」

ハギーは目を見開いた。「でも、ドットは——何をしたと思いますか？　暖かいかっこうをして、木登りに行ったのですよ。この嵐の中で！　気がくるっています！」

ハリーは、にっこりした。頭を起こしてタングルを見た。タングルは、うれしそうに尻尾をふった。

「警察は来たの？」

「警察！　警察、と言いましたか！　何をしたと思いますか？　警察、ソーシャルワーカー！　二回も家宅捜査《かたくそうさ》をしたのですよ！　屋根裏部屋、物置、全部です！」

「それで、どうしたの？」

「何ができますか？　ハリー・バートンは見つかりませんでした。あの、いまわしい刑務所に、わたしたちの形跡《けいせき》はまったくありませんでした。なんという刑務所でしたか？」

「グリムスラッシュ」

「そう。グリムスラッシュに、わたしたちが行ったという痕跡《こんせき》はありませんでした。収監《しゅうかん》されている少年たちは、何も見ませんでした。何も聞きませんでした」

ハギーは、肩《かた》をすくめた。

「でも、だれの犯行《はんこう》か、わかっているはずだ」

「ハリーが、スーパーボーイか何かでなければね！　そうです、わたしたちがしたことは、知っています。でも、証拠《しょうこ》がありません。ですから、帰って行きました」

　ハリーは、考えた。

「でも、また来るよ」

「当然です。ですから、しばらくここにいなければならないのです。すっかりよくなるまで。それから、いっしょに、クリスマスを祝《いわ》いましょう！」

「クリスマスまで、あとどのくらい？　今日が何日なのか、わからないや」

「今日は、十九日です。あと六日しかありません！　まだ、プレゼントを買っていません！」

　ハリーは、頭をおろした。この、がらんとした建物が、とても暖かいものに感じられる。

「サンタクロースにお願いする、プレゼントのリストは書きましたか？」

「なんのリスト？」

「なんのリストですって？　今まで、リストを書いたことがないのですか？　もちろん、どんなプレゼントがほしいかです！　サンタクロースのワークショップから！」

　ハリーは、首をふった。

「なんということでしょ！　それでは、鉛筆《えんぴつ》と紙をあげます。いいえ、今書いたほうがいいですね。いっしょに」

ハギーは、ハンドバッグの中をかきまわした。「そうしたら、わたしが持って帰って、煙突に入れて、風に北極に運んでもらいます！」

ハリーはにっこりした。

「ゲシュタポ・リルは、ぼくはもう大きいから、サンタクロースは来ないと言ってたよ」

「なんですって！　あの女に何がわかります？　わたしにだってサンタクロースが来るのですよ！」

ハギーは、編み物を横に置いた。「まず何か食べませんか？　オレンジは？　おいしいですよ。それともチョコレート？　サンドイッチ？　ハリーの好きな、ツナサンドです。熱いスープもあります」

「なんのスープ？」

「チキンスープです。グッディの特別製《とくべつせい》です。チキンスープを飲みますか？」

「うん！」

ハリーは、やっと、体を起こした。汗と熱のにおいが、布団からただよった。

「おいしいですよ」

ハギーは、慎重《しんちょう》に魔法瓶からスープをそそぎ、バターロールもそえた。

ハリーは、マグカップを両手で持って、手を温めた。スープをひと口すする。

ハギーがうれしそうに微笑《ほほえ》んだ。雑誌を膝にのせると、古い封筒《ふうとう》を置いた。

「さあ！」

ハギーは、こわれたボールペンの端《はし》を吸《す》った。「サンタさんのプレゼントは何がいいですか？」

ハリーは、バターロールの端をかじった。疲れた目が輝《かがや》いた。

「うーんと、ぼくね……」

23 雪の中の帰宅

嵐《あらし》が過《す》ぎ去《さ》ると、ものすごく寒い日がやって来た。まず、霜《しも》がおり、地面がコチンコチンになった。それから、雪がふった。森が魔法《まほう》にかけられたみたいになった。

二日間、ハリーはベッドで過ごした。しだいに体力が回復《かいふく》していった。ラグ・ホールからやって来る人たちと、ヒーターのそばに座《すわ》ってゲームを楽しんだ。スイス・アーミー・ナイフを使って、枝《えだ》を削《けず》り、船を作った。まだ足を引きずっていたが、タングルといっしょに雪の中を走りまわった。夜は冒険《ぼうけん》物語に夢中《むちゅう》になり、遠い無人島や、宇宙《うちゅう》や、自動車レースの世界をさまよった。

しかし、五日が過ぎると、こういうことにもあきてきた。刑務所《けいむしょ》や警察《けいさつ》から逃亡《とうぼう》して、森の中にかくれているのは、本物の冒険にちがいないが、もうワクワクしなかった。ラグ・ホールに帰りたかった。暖《あたた》かいお風呂《ふろ》に横たわり、ミセス・グッドのキッチンに行きたかった。

ある日のお昼近く、ハリーは危険《きけん》を冒《おか》した。

ナッティがハリーの横に座り、コーヒーとデニッシュを楽しんでいた。

「さて」

はげ頭のなんでも屋が立ち上がった。「さあ、帰るとするかね。車にスプレーをかけにゃならん。窓《まど》がよごれているしな。フローリーに、エンジンの整備《せいび》をたのまれているんだ。クリスマスのあとで、何か起こりそうだ。プリーストリーにからんでな。フローリーが、お昼を食べに来たときに、話すつもりだと思うがね」

ナッティは、大きな手でタングルの耳をなでた。「よし、よし」

森の中に足跡《あしあと》が続く。のんきなナッティを見送り、ハリーは大急ぎで建物の中にもどった。ささっとベッドを整え、ヒーターを消すと、アノラックを着た。落書きでいっぱいのメモ帳から一枚《まい》紙をやぶくと、手紙を書いた。

ぼくの留守《るす》の間に、だれか来たときにそなえて。
ナッティは今帰りました。ぼくは、ラグ・ホールに行きます。別《べつ》の道を通って。
追伸《ついしん》　だれにも見つからないように気をつけます。
ハリー

手紙を、ベッドのわきの箱の上に置き、タングルを呼《よ》んで、雪の中に飛び出していった。

ハリーは、急停止《きゅうていし》した。だれかが、雪についた足跡のそばに立っている。制服《せいふく》を着た警官だ。二十メートルほどしか離《はな》れていない。

二人は、動かずに見つめあった。

ハリーの心臓《しんぞう》はドキドキしている。膝《ひざ》に痛《いた》みが走った。走れない。つかまっちゃう！

不思議なことが起こった。警察官は指を唇《くちびる》に当てた。声を出すな、という合図だ！　それから、帽子《ぼうし》をぬいだ。一週間前に、ハリーを追いかけた、あの黒髪《くろかみ》のおまわりさんだ。ソーシャルワーカーに、ちゃんとハリーの世話をするようにたのんでくれた人、ハリーが、グリムスラッシュにいると、おばさんたちに知らせてくれた人だ。

若《わか》いおまわりさんは、声を出さずに、後ろのほうを指さした。もう一人のおまわりさんが、近くにいるということだ。それから、ハリーを指さし、別の方向をさした。

ハリーは、動かずに見つめている。おまわりさんは、急いで、同じ動作をくり返した。

ハリーは、うなずいた。ありがとう！　こう、口を動かすと、手を上げた。タングルに手招《てまね》きして、おまわりさんのさした方向に向かった。

長靴《ながぐつ》の上を雪が吹《ふ》き抜《ぬ》ける。頭上の枝から、雪がなだれのように落ちる。数分後、ハリーはふり返って見た。親切なおまわりさんは、もう見えない。

「ここには形跡《けいせき》がありません！」

おまわりさんの声が、遠くからかすかに聞こえる。「無駄骨《むだぼね》だと思いますね」だれかが返事したが、なんと言っているのかわからなかった。ハリーは、進んだ。話し声は聞こえなくなった。

森は、この世のものとは思えないほど美しかった。おとぎ話の世界だ。青い空に突き出《つきだ》した白い枝。いばらのトゲが凍《こお》り、クモの巣《す》が、ひものように太くなっている。ハリーは、雪の積もった幹《みき》の間を通り、藪《やぶ》を突き進んだ。昼の太陽は、オレンジのように大きく、木々の間にぶら下がっている。息が白い。ものすごく寒い。雪が落ちてくる。指が痛い。ハリーは、手を口に入れた。

湖が、銀色に凍っている。岸をまわった。ボートは凍りつき、雪が積もっている。

五分ほど進むと、ラグ・ホールが見えた。煙突《えんとつ》から煙《けむり》があがり、暖かそうだ。前庭にパトカーが二台止まっている。ハリーは、木にかくれて見ていた。

ブリジットおばさんが、温室から出てきた。車からおりた、暖かいジャケットを着た男が、話しかけた。男は温室に入り、ドアが閉《し》まった。

タワーから、制服の警官が現《あらわ》れ、二台目の車に向かった。ちょっと無線で話をすると、車に乗りこみ、ドアを閉めた。だが、車は出発しない。

ハリーは、身震《みぶる》いした。頭が痛い。思ったより、体力は回復していないようだ。

タングルが見上げている。何が起こるんだろう、という風に。

警察は、しばらくここにいるつもりらしい。ハリーは、牧場《まきば》に行った。チョーキーは蒸気《じょうき》機関車のように息をはきながらかけてきた。柵《さく》にのぼってちょっとなでてやってから、馬小屋に行った。乾《かわ》いたフンとワラと馬の汗のなつかしいにおいがする。ソクラテスの首をちょっとなでてから、ワラにもぐりこんだ。

一時間たった。森の動物がのぞいている。ネズミ、イタチ。タングルは、そのへんをかけまわって雪まみれになり、体をなめている。チョーキーがやって来た。暖かい、馬のにおいが強くなった。

ハリーは、ウトウトした。

寒さで目をさました。立ち上がり、のびをして、馬小屋の入り口を見た。だいじょうぶだ。ハリーは、牧場を横切り、道にもどった。車はもういない。しかし、警官が屋敷《やしき》に残っているかもしれない。玄関《げんかん》から入るのは危険だろう。横道にそれ、二百メートルほど森をまわり、菜園の裏《うら》に出た。裏口に向かう。

キッチンには明かりがついていた。ハリーはこっそりと近づいて、のぞきこんだ。お昼のあと片《かた》づけをするミセス・グッドを、ナッティが手伝っていた。縞模様《しまもよう》のふきんがナッティの肩《かた》にかかっている。

ハリーは、窓ガラスをたたいた。二人はハリーの青白い顔に気づいた。ミセス・グッドが、窓に飛んできた。

「もう、いなくなった？」

ハリーがささやいた。

「ええ、もう行ってしまったわ。ドアが開いているわ。そっちにまわって」

ミセス・グッドの目が当惑《とうわく》している。「凍《こご》えきっているみたいね」

「ぼく、だいじょうぶ」

ハリーは、道にもどった。「タングルおいで。家に帰ってきたんだよ！」

24 ラグ・ホールのクリスマス

ハリーの両親はいつでも、スイスの高級スキー・リゾート、クロスターズでクリスマスを過《す》ごした。そこには、両親の友だちがたくさんいた。両親は、もちろん、クリスマスは子どものためのものでもあることを知っていたから、ハリーにたくさんプレゼントを送ってよこした。正確《せいかく》に言うと、ロンドンの有名なおもちゃ屋に電話して、予算を告げて、いちばん男の子に人気のあるおもちゃを送るように依頼《いらい》したのだ。そして、大きなカードがついてくる。

ハリーへ
メリー・クリスマス！　会える日を楽しみにしているよ
愛をこめて　ママとパパより

このカードは、息子への義務《ぎむ》は完了《かんりょう》したので、これで、パーティーやお祝《いわ》いに自由に行ける、ということを意味している。スキー、笑い声、ダンス、食事、シャンペンを、良心の呵責《かしゃく》なしに楽しめる、ということだ。

一方ハリーは、ハンプステッドにある大きな屋敷《やしき》で、ゲシュタポ・リル相手に、おもちゃで遊び、寄宿舎《きしゅくしゃ》にもどるのを待ちわびるのだ。

でも、今年はちがった。今年のクリスマスは、**最高！** だった。

タワーや、母屋《おもや》で眠《ねむ》るのは、安全とはいえなかった。そこで、ナッティは、古い物置に、大急ぎで、大きな干草箱《ほしくさばこ》を作った。干草箱には、穴《あな》のあいた蓋《ふた》をつけた。いざというときには、蓋を閉《し》め、中から鍵《かぎ》をかけられるようになっている。

クリスマスイヴに、ハリーはその中で、寝袋《ねぶくろ》に寝た。蓋を開け、小さな電灯《でんとう》でマンガを読んだ。ハギーが特別《とくべつ》に編《あ》んでくれた、巨大《きょだい》な赤い靴下《くつした》が、近くの柱の釘《くぎ》にかけてある。

ドアがきしみ、ミセス・グッドが入ってきた。片手《かたて》に懐中電灯《かいちゅうでんとう》を持ち、片手にホットミルクを入れたマグカップを持っている。エプロンのポケットには、クッキーが三枚《まい》入っていた。

「困《こま》ったことはない？」

ハリーは、にっこりした。電灯がついている。

「うん、だいじょうぶ」

「寒くない？」

「トーストしたパンみたいにあったかいよ」

「よかった。ミルクが温かいうちに、お飲みなさい。そしたら、明かりを消すのよ。じゃないと、サンタさんが入って来られないわ。いつまでも電気をつけている子は、ストッキングいっぱいの灰《はい》しかもらえないのよ」

「うん、わかった」

ミセス・グッドは、ハリーの額《ひたい》にキスした。「念《ねん》のため、寝るときは、蓋を閉めてね」

「おやすみなさい。よく眠《ねむ》るのよ。明日は、クリスマスよ」

ミセス・グッドの、善良《ぜんりょう》な顔が輝《かがや》いた。

「あとで、みんな出かけるの？」

「夜の礼拝《れいはい》にね。毎年行くのよ。でも、ブリジットおばさんは、残ることになっているわ。それから、ミスター・トーリーも。だから、だいじょうぶよ」

ハリーは、ちょっと考えた。

「メリー・クリスマス、グッディ！」

「メリー・クリスマス、ハリー！」

ミセス・グッドは出口に向かい、ドアを開けた。

「ここは、まさしく『聖夜《せいや》』ね。月が明るいし」

ザクザクと雪を踏《ふ》みしめる足音が遠ざかっていく。ハリーはぐっすりと眠った。

そして、突然《とつぜん》、クリスマスの朝がやってきた！

クリスマス。赤い靴下には、おもちゃや、本や、おかしや、ナッツや、果物があふれている。

クリスマス。森がキラキラ輝き、ウサギが前庭を走る。

クリスマス。玄関《げんかん》ホールには、きれいなかざりつけ。絵はヒイラギの葉でかざられ、客間のプレゼントの山の上には、魔法《まほう》の木が枝《えだ》を広げている。

クリスマス。シェリーを盗《ぬす》み飲《の》みしたハリーは、酔《よ》っぱらって、大きなソファでケタケタ笑う。

クリスマス。キッチンからいいにおいがし、タングルがよだれをたらしている。食堂の大きなテーブルは、ごちそうを待って輝いている。

クリスマス。女王陛下《へいか》のスピーチをテレビで見る。そして、ハリーがテレビで冒険映画《ぼうけんえいが》を見ているうちに、みんなは昼寝だ。

クリスマス。大きなケーキの上には、ソリをひいたトナカイのかざり。

クリスマス。大きなジグソーパズルとジェスチャーゲーム。みんな、おめかしして、家中に歓声《かんせい》や笑い声があふれる。

ハリーの人生の中で、一番幸せな、ワクワクする一日だった。体調もよくなったし、膝《ひざ》も治《なお》ってきた。おばさんがコンピューターをくれた。ハリーは、運動着のズボンをはき、サッカーのジャージーを着ている。最高だ！

しかし、一人足りない。

「コンサートのとき、写真を撮《と》った手帳に書いてあったんだ」

ブリジットおばさんが、説明してくれた。「覚えているかい――ミスター・トーリーがあんちくしようをステージに呼《よ》んだろう？　ほんの走り書きだけどね」

クリスマスの晩《ばん》、暖炉《だんろ》でクリを焼きながら、座《すわ》っている。松の木は明るく燃《も》え、パチパチはぜる。

おばさんは、大きな茶色の封筒《ふうとう》から、引きのばした写真を取り出した。

「見てごらん」

おばさんは、一枚《まい》をハリーにわたした。赤い枠《わく》の中に、四行書いてある。

12－20　MHオーク
ハイ　FG　1wk＋
大カ
T－　カイ　1－4　ヤー

「どういう意味かわからないよ」

「そうかい、でもよく見てごらん。M《エム》H《エイチ》オーク。もし今週の新聞を読んだら、マーシュ・ハウスが盗難《とうなん》にあったと出ている。オークボーローにある、マーローー伯爵《はくしゃく》の屋敷だ。十二月二十日のことだよ。五日前のことだ。もし、ハイが配達《はいたつ》のことだったら、FG《エフジー》ってなんのことだと思う？」

「フェロン・グランジ！」

ハリーが大声を出した。

「そうそう！　盗品の受け取り人は、やつだと思うよ」

「バイヤーだ」

おばさんがうなずいた。

「1 w《ダブリュー》 k＋《ケー》は、一週間ちょっと、ってこと！」

「その通り！　やつは、ほとぼりをさましているのさ。それから、こっそり盗品を屋敷に運びこんで、品定《しなさだ》めする。スミシーとベンに会っただろう。それから、あの女二人。大佐《たいさ》のタバコを盗んだっていう使用人。やつの使用人は、みんな同じような人間だ。悪人のたまり場、ってとこだね」

おばさんは写真に目をもどした。「だから、大カは大貨物《だいかもつ》のことだね。盗品が大量にあるってことさ。絵画、銀製品《ぎんせいひん》、アンティーク、先祖代々《せんぞだいだい》の品物、そんな類いさ。トラックに山積みだと思うよ」

ハリーは、写真を見た。

「じゃあ、一月四日に何か起こるってこと？　T《ティー》ーカイって何のこと？　それから、ヤーは？」

「ヤーマス市にある、T海運だよ。盗品は、国内では売れないだろう？　高いものだからね。オークションに出したら、すぐ足がついてしまう。だから、外国で売らなきゃならないのさ。ローマとか東京とかニューヨークで売るのさ。品物を区分けしたら、トラックに積みこんで、ヤーマスに送るつもりなんだ。ヤーマスで木箱につめて、バスルーム用品とか、家具とか外側に書いて、大陸行きの船に乗せるのさ。マーロー伯爵の美しいアンティークよ、バイバイだね」

ハリーは考えた。

「だから、何がフェロン・グランジに運びこまれたのか、見張《みは》っているの？」

「その通り。ちゃんと荷が運びこまれるのを待っているのさ。そうすれば、すぐに持ち出せないからね。それから、警察《けいさつ》に知らせる」

「でも、警察は、判事《はんじ》に手が出せるの？」

「やらなきゃならなくなる。一般市民《いっぱんしみん》からの通報《つうほう》があったら、無視《むし》できない」

「じゃあ――」

「プリーストリー大佐の最後さ！　できたら、あのゲシュタポ・リルもいっしょにね」

ハリーの顔が、暖炉の熱で赤くなった。

「もし、夜に運んできたら？」

「わかっているだろ。だから、エンジェルが今行っているんだよ。見張っているのさ」

「フェロン・グランジで？」

「地面の上ではないよ」

おばさんは、クリをひっくり返した。「ナッティが、大きな門のそばの、木の上に小屋を作ったんだ。出入りする人間をすべて見張ることができる。高いところに、ドットがカメラをすえつけた。赤外線カメラで、リモコンつきだ。小屋から、コントロールできる。ナッティが電話線を取りつけたから、ここと話ができるんだよ」

「ぼく、エンジェルに電話してみていい？」

「いいよ」

おばさんは、電話番号を教えてくれた。

ハリーは、ホールにかけて行って、ダイヤルを回した。聞きなれない呼び出し音がする。向こう側で受話器を取った。すごい雑音《ざつおん》だ。それからエンジェルの声が飛びこんできた。

「もしもし！　なんの用だのお？　何か問題かのお？」

「何も問題じゃないよ。ぼく、ハリー。ちょっと、電話してみただけ」

「エー？　ああ！　そりゃ、大歓迎《だいかんげい》だがのお。楽しいときを過ごしたかのお？」

「うん、今、クリを焼いているよ」

「ここじゃクリは焼けないがのお。ものすごく寒くて、足が凍傷《とうしょう》にかかって、耳はイチジクみたいに落ちそうだがのお。もう、絵筆は持てないかもしれないがのお」

「トラックは来たの？」

「トラック？　ああ、盗品のことが？　いいや。しかし、オレあ、ずっと見張ってるからのお。ああ、半月が出ているがのお」

ハリーは、ひげ面《づら》で厚《あつ》い眼鏡《めがね》をかけたエンジェルが、のぞいている姿《すがた》を想像《そうぞう》してみた。「いいな」

「アイ。北極が好きだったらのお。今、何時だ?」

大時計にヒイラギがのっている。

「八時半」

「そりゃいい、あと三十分だ。マックスが九時に来る」

「メルセデスで行くの?」

「アイー。遠くに止めてのお、こっそりとやって来るんだ。交代で見張りするがのお。八人で、二時間ずつ。十四時間の休憩《きゅうけい》だ。朝の三時に当たらなくて、よかったがのお」

「ぼくも行っていい?」

「マックスといっしょに? もちろんだがのお。でも、またかぜ引いたらたいへんだがのお。おばさんに、きいてからだがのお」

「うん、きいてみる」

「アイー。じゃあ、三十分後にのお。バイバイ」

電話が切れた。ハリーは、客間に走ってもどった。

クリスマスツリーが輝《かがや》き、暖炉の火が燃え、焼きグリのにおいがたちこめている。

25 黒いトラック

雪はふり続き、積もっていった。そのあと、晴れあがり、凍《こお》りつくような寒さになった。ハリーは元気になったので、みんなといっしょに見張《みは》りをした。小屋は、キャンバス地でできた、エスキモーの家みたいだった。枝《えだ》でカムフラージュしている。床《ゆか》には敷物《しきもの》がしいてあり、壁《かべ》の割《わ》れ目《め》から、道路がよく見えた。石のアーチの向こうに、フェロン・グランジが見える。樫《かし》の並木《なみき》の向こうに見える屋敷は、まるで人形の家のようだ。雪の重みで、電話線が下がっている。ずっと上の木の枝に、ドットがすえつけたカメラがある。小屋から赤いボタンでコントロールする。鉄の門に焦点《しょうてん》があっている。

石のライオンの上にはセキュリティ・カメラ。火星人かカマキリのように不気味に、あっちこっちに首を向け、侵入者《しんにゅうしゃ》を見張っている。ハリーたちは、四百メートルほど離《はな》れた草むらや木にかくれて、姿《すがた》を見られずにかくれ場所に行き来できた。

ハリーは、ここが好きだった。壁の割れ目から、フェロン・グランジを訪問《ほうもん》する人が見える。セールスマン、赤いアストン・マーチンのゲシュタポ・リル、大きな黄色いロールスロイスで出かけるプリーストリー大佐《たいさ》。道路に車がいないときは、ウサギやシカ、雪の積もった枝にとまって木の実をつつく鳥たちを観察する。ミセス・グッドは、スコーンや黒スグリの暖《あたた》かい飲み物を持たせてくれた。敷物にあぐらをかいて座《すわ》り、ハリーはサーカス、劇場《げきじょう》、レース場、オックスフォード大学、それに、地下の犯罪《はんざい》組織《そしき》の話を聞いた。

十二月三十日の夜、フローリーおばちゃんと、小屋に行った。その日は、ずっと雪がふっていたが、今はやんでいる。小さなキャンプ用のストーブの火力を最高にしても、ものすごく寒かった。

壁の割れ目からのぞきながら、ここ数日の間に、ハリーは星座《せいざ》の勉強をした。北極星をさしている北斗七星《ほくとしちせい》。すばる。三ツ星のベルトをした、狩人《かりゅうど》オリオン。オレンジ色だった満月が白くなり、真上に昇《のぼ》った。

道路の向こうから、丘《おか》を照《て》らす車の明かりが見えてきた。車体はまだ見えない。

「車が来る、フローリーおばちゃん」

ハリーは、おばちゃんに場所をゆずった。

「やっと来たわね」

おばちゃんの巻《ま》き毛《げ》が、月明かりを受けてシルエットになっている。「カメラのボタン、わかる?」

「うん、ここにある」

「じゃあ、ハリーが写して。あたしが合図したら、おすのよ」

静けさをやぶって、エンジン音が聞こえてきた。

「乗用車じゃないよ。大きいもん」

「ウーン。小型《こがた》トラックね」

フローリーおばちゃんは、耳を澄《す》ました。「レイランドのような音ね。これだと思うわ!」

八百メートルほど向こうに、ヘッドライトが現《あらわ》れた。エンジンの音が大きくなる。

「そうだわ、まちがいない! レイランド社のロードランナー、150BHP《ビーエイチピー》よ」

二人は急いで、フェロン・グランジが見えるほうに移動《いどう》した。月明かりに、四つの目が光る。

ヘッドライトを上向きにして、車が近づいてくる。雪の積もった門に近づくと、トラックはスピードを落とし、門のほうに曲がり、停車《ていしゃ》した。光が反射《はんしゃ》しているので、トラックがよく見える。黒い引《ひ》っ越《こ》し用の車両だ。くもりガラスで、車体には名前がついていない。助手席から男が飛びおり、インターホンに向かう。

「今よ!」

フローリーおばちゃんが、ささやいた。

ハリーは、赤いボタンをおした。頭の上で、カチッと小さな音がし、ワーという機械音が聞こえた。

「もう一度」

とおばちゃん。

男がトラックに声をかけた。運転手がおりてきて、インターホンの前に立った。ヘッドライトに照らされている。一人は革《かわ》のジャケットにぴっちりしたジーンズ姿だ。もう一人は、黒い厚手《あつで》のジャケットを着ている。二人で、インターホンに向かって、何か話している。

「もう一度！」

カチッ！　と頭上から聞こえた。

フローリーおばちゃんは、高性能《こうせいのう》の双眼鏡《そうがんきょう》を目に当てている。

男の一人が、タバコに火をつけた。二人は、トラックにもどった。

カチッ！

鉄の門が開いた。エンジンがかかり、トラックが入っていく。雪道で、タイヤがガリガリ音をたてる。

カチッ！　カチッ！

門が閉《し》まった。ガチャン！

トラックは、月明かりの中を走り去る。

カチッ！

「もうじゅうぶんよ。もどってくるまで、フィルムを残しておいたほうがいいわ」

ハリーは、ボタンを放した。

「成功《せいこう》だと思うわ！」

フローリーおばちゃんは、双眼鏡をおろした。「あの男、だれかわかる？　でかサミー。でぶモンティの手下よ。とても仕事が荒《あら》いの。もう一人は、起重機ジャック。大物泥棒《どろぼう》だわ。プリーストリー大佐が、こいつらと仕事しているなんて、知らなかったわ。ブリジットたち、なんて言うかしら？」

「電話する？」

「ええ、お願い。ブリジットが出たら、代わってちょうだい」

ハリーは、ラグ・ホールの番号をおした。ペンシル型の懐中電灯《かいちゅうでんとう》の光に、ハリーの凍《こお》った息がうかび上がる。

「もしもし、フィンガーズ？　ハリーだよ……うん、凍りつきそう！……うん、到着《とうちゃく》した……ウーン！　すごいよ！　フローリーおばちゃんが、ブリジットおばさんと話したいって……わかった」

ハリーは、受話器をわたした。

「フィンガーズが、今、呼《よ》びに行ってる」

「ありがとう、ハリー。まあ、手が暖かいのね。もしもし、ブリジット？……ええ、二、三分前に……レイランドのロードランナーよ。16フッターのトラック。くもりガラスで、黒い車体。ええ、そうね。ＨＲＭ《エイチアールエム》３９３……だれが乗っていたと思う！　でかサミーと起重機ジャックよ！……歴史的瞬間《しゅんかん》よ……ええ、三十分待って、荷おろしの最中に、サツに電話したほうがいいわ……そうよ、大量の盗品《とうひん》に囲まれているところをね！……ええ、もちろん……じゃあね」

おばちゃんは、受話器を置いた。「ビーストリー・プリーストリー、大きらい。今度こそ、目に物見せてやらなくちゃ！」

おばちゃんは、少女のように笑った。「チョコレートはどこ？　一個《こ》食べる権利《けんり》があるわ！」

「二個でもいいんじゃない」

「そうね、ハリー。さあ、食べましょう！」

翌朝《よくあさ》早く、ハリーはタワーの屋根に上って、白い世界を見おろした。今日は大晦日《おおみそか》。吹雪《ふぶき》もようだ。雪が舞《ま》い、頬《ほお》が氷でたたかれる。あたりはうす暗く、神秘的《しんぴてき》で、ワクワクする。暖かいかっこうをして、外に飛び出し、雪だるまのようになって、ミセス・グッドの暖かいキッチンにもどろう。

突然《とつぜん》、冒険《ぼうけん》したい気持ちは消えうせた。ヘッドライトをつけた二台の車が、屋敷《やしき》に通じる曲がりくねった道を、スピードをあげて走ってくる。とっさに身をかくし、手すりのすきまからのぞいた。

車は近づいてくる。半分、木にかくれている。ハリーは、深く息を吸《す》いこんだ。一台は、赤色灯《せきしょくとう》をつけたパトカー。もう一台は、大きな、明るい黄色の、高級車だ。

二台は、前庭で止まった。ドアが開いた。パトカーから、年配らしい警察官《けいさつかん》が二人おりた。ロールスロイスからは、プリーストリー大佐《たいさ》とゲシュタポ・リルがおりた。ドアがバタンと閉まった。雪が舞う中、四人はスタスタと歩いてくる。

ドンドンドン！　イライラしたように玄関《げんかん》のドアをたたく。ビ――ッ！　ドンドンドン！

ドアが開いた。怒《おこ》ったような声が、ハリーのところまで聞こえてくる。だれかが、おだやかに答える。かみつくような声が、あたりに響《ひび》きわたる。ドアが大きく開いた。玄関ホールの明かりが、外にもれる。ハリーは、下をのぞいた。四人の訪問者は、中に消えた。

ハリーは、フードを耳のあたりまで、引っ張った。ハリーをさがしているのではなさそうだ。この前は、二台の車いっぱいに警察官が乗ってきて、屋敷中くまなくさがしていたもの。これは、ブリジットおばさんが警察に電話したからだ。黒いトラックが到着してから三十分後に、おばさんは、でかサミーと起重機ジャックが、フェロン・グランジに荷物を運んできたことを、匿名《とくめい》で通報《つうほう》したのだ。

注意を引きたくなかったんだ。プリーストリー大佐には、地元の警察にも有力な知り合いがいる。おばさんは、刑務所《けいむしょ》を出たばかりの、ミスター・トーリーを巻きこみたくなかった。

長靴《ながぐつ》をはいて、できるだけ急いで屋根からおりて、ハリーは螺旋階段《らせんかいだん》をかけおりて行った。自分の部屋を通《とお》り越《こ》して、片手《かたて》を壁《かべ》につけながら、グルグル回った。目を回しながら、タワーのドアを開けて、吹雪の中に飛び出した。

目まいが収《おさ》まるのを待って、ハリーは雪だまりをかけ抜《ぬ》け、屋敷の裏《うら》にまわった。バスルームの壁から、排水管《はいすいかん》が出ている。前にドットと排水管を登ったことがある。ざらざらの石壁に足をつっぱり、排水管を固定する金具に足をかけてだ。しかし、長靴で登ったことはない。ハリーは、すばやく雪をけ飛ばし、凍りついたパイプをにぎり、登り始めた。

足がすべる。膝《ひざ》が痛《いた》い。指がヒリヒリする。しかし、一分後には、雪の積もった窓枠《まどわく》に立っていた。ハアハア言いながら、上の窓をおろし、頭から先に入った。ちょっとの間、お腹《なか》でぶらさがった。足をばたつかせると、手がトイレの水槽《すいそう》にとどいた。ドスン、とおりたが、近くにはだれもいないはずだ。大急ぎで窓を閉めた。長靴をぬぎ、バスルームの戸棚《とだな》に放りこんだ。

ドアが開いていた。大声が聞こえてくる。訪問者はホールにいるようだ。ドアを大きく開けた。だれもいない。ハリーは、そっと廊下《ろうか》を進んだ。

三十秒《びょう》後、ハリーはおどり場にかがんで、クリスマスのかざりがついた階段の手すりから下をのぞいた。

ホールには六人立っている。おばさん二人と、四人の訪問者だ。

プリーストリー大佐は、長いツイードのコートを着ている。お気に入りのショウガ色のチェックだ。同じ素材《そざい》の鳥打帽《とりうちぼう》もかぶったままだ。カンカンに怒っている。

「おまえたちの仕業《しわざ》だってわかっているんだ！　否定《ひてい》しないじゃないか。こんなこと警察に通報する人間なんか、おまえたち以外にいるわけがない」

きれいな色の長いカフタンを着たブリジットおばさんは、返事しなかった。

「わたしのような地位にある人間が、高等裁判所《さいばんしょ》の判事《はんじ》で、軽犯罪裁判官《けいはんざい》で、フェロン・グランジのように美しい地所の持ち主が、なんで好きこのんで、犯罪に手を染《そ》めるというのだ！　でぶモンティ！　起重機ジャック！　でかサミー！　どうして切《き》り裂《さ》きジャックじゃないんだ！　答えろ！」

「ああ、けれど、それが大佐の頭のいいところで」

ブリジットおばさんが言った。「だれが、大佐のような地位にある人を疑《うたが》いますか？」

「それに、大物になればなるほど、地位は安全になるんじゃないかしら？」

フローリーおばちゃんの室内着は、ローズピンクのシフォンだ。髪《かみ》の毛《け》を直す時間はあったらしい。口紅《くちべに》も軽くぬっている。

「そうですよ」

とブリジットおばさん。「フェロン・グランジを買うお金が、どこから出たか、なぞですね。百五十万ポンド？　サファイア団《だん》を刑務所に送ったときは、そんなにお金がなかったはずです。判事って、そんなに高給取りですか？　維持費《いじひ》はどうなさっているの？」

「ヨットや競走馬やロールスロイスもお持ちになっていらっしゃるわね」

とフローリーおばちゃん。「モンテカルロで遊ぶお金や、大パーティーや慈善《じぜん》事業の資金《しきん》はどうなさっていらっしゃるの？」

「わたしたち、大佐のこと興味《きょうみ》深く拝見《はいけん》してきました、パーシー・プリーストリーさん。ずっと、情《じょう》報《ほう》を集めていました」

「あたしたち、知っていますよ！」

フローリーおばちゃんが、ぞっとするような口調で言った。

ブリジットおばさんが言った。

「もし、わたしたちに、証拠《しょうこ》が集まらない前に告発させ、名誉毀損《めいよきそん》の罪《つみ》を着せようとしているのなら、もう一度お考えになったほうがいいですよ。これまでです。警察が、フェロン・グランジを屋根裏から地下室までさがして、盗品《とうひん》は見つからなかったのでしょう。それは、否定しません。でも、あなたの地位を考えたら、警察がよくさがしたとは思えませんね。さらに、この十年間、あなたは、この国で有名なギャングの指導者《しどうしゃ》であり、防護壁《ぼうごへき》となってきました。ずっと、犯罪者の仲間になって、自分の地位を利用して、便宜《べんぎ》を与《あた》えてきましたね。それにゆうべ、あのくもりガラスのついた引っ越し用のトラックを、さっき名前を挙《あ》げた悪人が運転していたのを、わたしたちは見ました。今月の二十日にマーロー伯爵邸《はくしゃくてい》から盗《ぬす》まれたものを積んできたと思います。確信《かくしん》はありますが、告発はしません。あなたは、わたしが考えていることだけで、わたしを逮捕《たいほ》できませんよ」

プリーストリー大佐は、怒《いか》りで地団駄《じだんだ》ふんだ。顔が真っ赤だ。目が飛び出し、太った手をにぎりしめている。ブリジットおばさんをなぐるぞ、とハリーは思った。

「この女は頭がおかしいんだ!」

大佐は二人の警察官に向かって、吐《は》き出《だ》すように言った。「おまえは、気がくるってる! ここにいる者たちは、みんな頭が変だ! ヘン! みな知っているさ! トラックってなんのことだ? トラックなんかなかったぞ!」

「わたしたち、見ました」

ブリジットおばさんが、おだやかに言った。

「わたしたち? この老いぼれども! 前科者たちじゃないか。わたしが刑務所に送ったやつらだ。正当な刑期でな。またぶちこんでやる! 終身刑だ! ドアに鍵《かぎ》をかけて、鍵を捨《す》ててやる! みんなが、わたしの言葉と、おまえの言葉と、どっちを信じると思う?」

「トラックが門を通るところを写真に撮《と》ったわ」

とフローリーおばちゃん。「起重機ジャックもでかサミーもね」

「写真を撮っただと! 信じられないね」

「まだ、現像《げんぞう》していないけれど、ちょっと待ってくれたら、エンジェルに現像してもらって、大きく引きのばしてもらうわ」

おばちゃんは、上官のほうに向かって、勝《か》ち誇《ほこ》ったように微笑《ほほえ》んだ。「レイランド社のロードランナー、150BHP。ご興味あるかしら、警部さん。16フッターです。くもりガラスのついた黒い車体。文字やロゴはありません。HRM393」

「写真だと！　わたしをスパイしていたのか？」

大佐がかみつくように言った。

「スパイですって？」

むじゃきに、おばちゃんは、青い目を見開いた。「どうして、スパイなんかしなきゃいけないの？　それに、もししたとしても、害なんかないじゃありませんか。あなたのように、りっぱな方が。あんなリッチな暮《く》らしをして、尊敬《そんけい》を集めている方が」

「エヘン！」

警部は、ブリジットおばさんに向いた。「あなたが、おっしゃっていることは、ミス……エー……バートン、大変な意味がありまして。ご存知《ぞんじ》でしょうが」

「もちろんです。わかってやっております。しかし、今の段階では、これ以上お話しすることはありません、警部さん」

警部は、おばさんをじっと見た。

「確認《かくにん》しましょう。もたらされた情報に基《もと》づいて、十二名の警察官で、フェロン・グランジを上から下までくまなく捜査《そうさ》いたしました。プリーストリー大佐は、あのような夜中に起こされて、お腹立《はらだ》ちではありましたが、ご説明申し上げましたら、ご協力いただけました。しかし、マーシュ・ハウスの盗難《とうなん》に結びつくようなものは、まったく発見できませんでした」

ブリジットおばさんは、何も言わない。プリーストリー大佐は、ニヤッとした。

警部は、大佐に向いた。

「しかし、このトラックにつきましては、見なかったとおっしゃいましたな」

「見なかった。わたしの知る限《かぎ》りでは。しかし、こいつらが写真を撮ったというのなら、そういうことがあったのだろう。使用人の友だちかもしれん。パーティーか何かしたんだろう」

大佐は、吸《す》いかけの葉巻《はまき》をさがし、金色のライターで火をつけた。「友だちを呼ぶことは、あまり好まんが」

煙《けむり》を吐いた。「だれが何をしているのか、いちいち見張っているわけにもいかんからな」

煙が頭のあたりまで上がった。「帰ったら、確認しよう」

「でも、パーシー、そんな必要はないわ」

ゲシュタポ・リルは、黒いスノースーツを着ている。血のように赤いベルトをしめ、血のように赤いブーツ。金髪《きんぱつ》が、輝《かがや》いている。「ここで、なんの話をしているの？　トラックですって！　使用人の友だちが乗ってきたのかもしれないわ。ピザの配達かもしれないし。雪道に迷《まよ》ったのかもしれないでしょ。その中に盗品が入っていたという証拠なんかないじゃない。ばかばかしい！　あなたが、そこに盗品を積んでいなかった、と証明する必要はないわ。この人たちが、積んであったと証明しなくちゃ」

ゲシュタポ・リルは、腕《うで》を、プリーストリー大佐の腕にからませた。

「二人の犯罪人のことだけれど、ミス・バートン。わたしには関係ないわ。わたしの婚約者《こんやくしゃ》にもね。裁判所で、判決を言いわたすのなら話は別《べつ》だけど」

ブリジットおばさんと、フローリーおばちゃんはだまっている。

「ほら、ごらんなさい！」

ゲシュタポ・リルは、勝ち誇ったように笑った。「証拠がないじゃない。さかうらみした、しわくちゃな年寄《としよ》りたちの妄想《もうそう》よ。この魔女《まじょ》たちのようなね」

「なんてこと言うのよ！」

とフローリーおばちゃん。「それも、人の家に来て。年寄り！　頭がおかしい！　前科者！　しわくちゃ！　魔女！　けっこう。あんたなんか、甥《おい》のベビーシッター兼家政婦《けんかせいふ》だったじゃない。今は、甥の先生！　まったく、びっくりね！」

「そうそう、逃亡中《とうぼうちゅう》の甥についてだが」

プリーストリー大佐が言った。「初めて口にしたな。どこにいるのかね？」

フローリーおばちゃんは、ホールにかかった鏡のほんの少しの動きに気づいた。ハリーが、階段の上にいるのが、鏡に映《うつ》っている。つい夢中《むちゅう》になって、顔と肩《かた》を出してしまったのだ。おばちゃんは目を見張った。だれかが上を向いたら、見つかってしまう。おばちゃんは、ハリーにかくれるように、体の後ろで手をふって合図した。

「失踪《しっそう》した甥については、不思議なことがあります」

ブリジットおばさんが話している。「どうして、あんな明け方に、予告なしにむかえに来たのか？ どうして、連れて行かれたのか？ どうして、ソーシャルワーカーは、甥をフェロン・グランジに直《ちょく》接《せっ》連れて行ったのか？ どうして、そこに閉《と》じこめられたのか？ どうして、けがをしたのか？ どうして、膝を脱臼《だっきゅう》したまま百六十キロも遠くに連れて行かれたのか？ どうして、グリムスラッシュ刑務所に犯罪者のように収監《しゅうかん》されたのか？」

「答えはかんたんさ」

プリーストリー大佐が答えた。「少年は逃《に》げようとした。つかまったとき、ピッキングの道具を持っていた。あの子の書類にサインしたのは、わたしだから——」

「待ってちょうだい、パーシー」

ゲシュタポ・リルが、腕を離《はな》した。フローリーおばちゃんのほうを見ている。「どうして、そんなに手をバタバタふっているの？ 何をしているの？ だれかに合図を送っているの？ だれかいるの？」

ホールを見回した。「ハリーがいるんでしょう！」

ゲシュタポ・リルは、階段に走った。ハリーは間一髪《かんいっぱつ》で身をかくした。

「なんのことですか？　手首が痛いだけですよ」

フローリーおばちゃんはとぼけた。

ゲシュタポ・リルは、おばちゃんを無視《むし》した。

「上にいるのよ！　わかっているわ！」

ゲシュタポ・リルは、階段をかけ上がった。ハリーが廊下をかけると、ハギーが寝室《しんしつ》から現れた。ハギーは毎朝、レスリングの衣装《いしょう》を着る。今日は、日本の空手着《からてぎ》姿だ。帯《おび》をしめ、背中《せなか》には大きなドラゴンが描《か》いてある。

ハリーは、ハギーの横を通り抜け、ベッドの下にかくれた。

ハギーはびっくりしたが、説明する必要はなかった。ゲシュタポ・リルが階段の上に現れた。

「つかまえてやる！」

ゲシュタポ・リルは、ふるえる鼻声で怒鳴《どな》った。「いぶりだしてやる！」

階段の上でキョロキョロすると、廊下を突進《とっしん》してくる。

ハギーは、ドアを閉めた。膝を曲げ、腕を広げて、廊下をブロックした。千人の敵《てき》も圧倒《あっとう》する光景だ。

「アア！　あなた！」

ハギーが怒鳴った。男の声のように低い。「ハリーのお返しをしてあげます！　いらっしゃい！」

と、手招《てまね》きした。「両足を折ってあげます！　両手、引き抜いてあげます！」

ゲシュタポ・リルは、勢《いきお》いをそがれた。

二人はにらみ合った。

両者とも動かない。

と、ハギーが突進した。

悲鳴をあげて、ゲシュタポ・リルは逃げる。怒れるドラゴンがあとを追う。

「アアアアアー！」

ハギーは、階段の手すりに身を乗り出し、巨大《きょだい》なこぶしをふり回した。「待ちなさい！　必ず目に物見せてあげます！」

「パーシー、助けて！」

ゲシュタポ・リルは、つまずいて、階段を落ちていく。あと数段のところで、完ぺきにバランスをくずした。

「アァァァア！」

頭から、床にぶつかった。

きもをつぶしたプリーストリー大佐は、フィアンセから、おどり場の怖《おそ》ろしい生き物に目を移《うつ》した。

「ハア！」

ハギーが、見おろした。「かわいいカップルですね！」

ベッドの下に寝《ね》そべりながら、ハリーは叫《さけ》び声《ごえ》を聞いていた。ハギーが助けてくれた！　ほっとして、寝返りを打ち、がんじょうなベッドのスプリングを見つめた。それから、ポケットに手を突《つ》っこんで、キャラメルを探《さが》した。

26 吹雪

「ねえ、フローリーおばちゃん。行こうよ。お願い！」

大晦日《おおみそか》の夜だった。昼間は小止みになっていた雪も、またふりだした。北東の風に吹《ふ》かれて、玄関《げんかん》前《まえ》に雪だまりができた。ふりしきる雪が、窓《まど》からこぼれる明かりに照《て》らされている。

暖炉《だんろ》の上の時計が十時三十分を告げた。

ハリーは、フローリーおばちゃんと、かざりつけられた客間に座《すわ》っている。棚《たな》という棚にはクリスマスカード。部屋のすみには、大きなクリスマスツリー。モノポリーのボードがわきに置いてある。二人の間のコーヒーテーブルには、カードや色とりどりの得点票《とくてんひょう》が置いてある。ハリーのほうは小さな山、おばちゃんのほうは大きな山だ。煙突《えんとつ》から風が入ってきて、火花や炎《ほのお》を飲みこむ。さっき、キッチンに用事があって席をはずしたミセス・グッドをのぞくと、この家の中には、ハリーとおばちゃんしかいない。

「ずるいよ！」

ハリーが大声を出した。「ぼくが行かないなんて！　フェロン・グランジに行ったことがあるのは、ぼくだけなんだよ！　決行するなら、ぼくが役に立つはずだよ！」

フローリーおばちゃんは、葉巻《はまき》の灰《はい》を落とした。

「ハリーが、死ぬほど行きたがっているのは、知ってるわ。でも、ブリジットが説明したでしょ。あいつは、新年の大パーティーを主催《しゅさい》しているの。マックスは、友人の俳優《はいゆう》の弟として招待《しょうたい》されたのよ。なんて名前だったかしら。いつもテレビに出ているわ。マックスは、屋敷《やしき》の下見をして、なんか所か、窓の鍵《かぎ》をはずしておくわけ」

「知ってるよ」

ハリーはイライラしたように言った。「それで、客が帰って、みんな寝静《ねしず》まったら、しのびこんで、警察《けいさつ》が見つけられなかった盗品《とうひん》をさがすんでしょ」

「見つからなかった、って警察が言ったのよ」

「うん。それならよけい、ぼく、行きたい！　おばちゃんもでしょ！　これこそ冒険《ぼうけん》だよ。吹雪《ふぶき》の中の冒険！　それに、ぼく、あそこの屋敷中知ってるよ。二階、一階、裏階段《うらかいだん》、キッチン、図書室、サンルーム、寝室《しんしつ》。ぼく役に立つよ！」

「ええ、わかっているわ、ハリー。とても理屈《りくつ》にあっているわよ。でも、ブリジットが言ったでしょ。

もし、つかまったらって。ハリーを巻《ま》きこみたくないの。ブリジットがリーダーよ」

「でも、おばさんたち、つかまらないよ。ぼくが行っても、行かなくても、変わりないじゃない。もう、巻きこまれているでしょ。ぼく、逃亡者《とうぼうしゃ》だよ。もし、おばさんたちがつかまったら、ぼくだって、連れて行かれるよ。でしょ？　だから、手伝いたいの。ぼくが原因《げんいん》なんだから。行かなくちゃ！」

「口がうまいわね」

フローリーおばちゃんは、自分を元気づけるように、カクテルを飲んだ。「ハリーが言う通りだわ。でも、これから合流するとして、どうやって行くの？　車を持っていかれちゃったのよ」

「コマンドがあるじゃない！」

ハリーは、ピョンと立ち上がった。「かっこいい！　雪の中をバイクで走るんだ！　パーティーだから、門は開いているでしょ！　ひと晩中《ばんじゅう》、人の出入りがあるよ。バイクを藪《やぶ》にかくして、草地を通って行こう。吹雪だから、人に見られる心配はないよ。それから、裏にまわって、車で待っているみんなと合流しよう」

「ええ。でも、車はどこで待っているの？」

「知ってるじゃない！　ブリジットおばさんが言ったよ！　使用人が、客の車を見ているって。マックスが屋敷に入るとき、使用人も連れて入る。だれもいなくなったら、みんなは、明かりを消した車を運転して、馬小屋に行き、メルセデスを木陰《こかげ》にかくす。だから、ナッティが、車体を白くスプレーして、くもりガラスに変えたんでしょ。だれかに見つかったら、パーティーを抜《ぬ》け出《だ》してきた、恋人《こいびと》のふりをするんでしょ」

ハリーはくすくす笑った。

「誘惑《ゆうわく》されるわね」

おばちゃんは、考え深げに葉巻を吸《す》った。頬《ほお》が赤くなった。

「お願い、フローリーおばちゃん！ 行こうよ！」

ハリーは、おばちゃんの腕《うで》をつかんだ。「バイクに乗って！ 雪の中を！ 大晦日の夜中に！ ビーストリー・プリーストリーとゲシュタポ・リルに仕返しをしてやろう！ かっこいい！」

「ああ、あたし、おばかさんだわ！」

おばちゃんは、目を上げた。こわいもの知らずの青い目だ。「わかったわ。毒食わば皿までね。準《じゅん》備《び》していらっしゃい」

「ヤッホー！」

ハリーは、チョコレートをつかむと、ソファを乗《の》り越《こ》えて、ドアに突進《とっしん》した。

ちょうどそのとき、ミセス・グッドが入ってきた。ココアの入ったポットと、バターをぬったトーストを山盛《やまも》りにしたトレイを持っている。もう少しで、正面衝突《しょうとつ》するところだった。

「まあ、どうしたの、うれしそうな顔をして！ 何が起こったの？」

「ぼくたちも、みんなのところに行くんだ！　バイクで！」

「そんな！」

ミセス・グッドは、立ち止まって、賛成《さんせい》できないというふうに、顔をしかめた。「もう少し、常識《じょうしき》があると思っていましたよ」

フローリーおばちゃんは、バツが悪そうに笑った。

「ダメですよ！　こんな吹雪の日に、バイクでなんて！　とんでもない」

ミセス・グッドは、テーブルからカードをどけた。「でも、そんな気がしていました。このトレイにのって、屋根からすべりおりないだけ、ましかもしれませんね」

フローリーおばちゃんは、顔をしかめた。

「だれも、わたしの言うことをききませんからね」

ミセス・グッドは、お皿やカップをカチャカチャいわせた。「いらっしゃい、ハリー、それにフローリーも。座って。外に出る前に、このおいしいトーストとココアをお腹《なか》に入れていってください」

ハリーとおばちゃんは、いいつけにしたがった。


雪で先が見えない。一分間に六回も、ハリーは手袋《てぶくろ》でゴーグルをふいた。

パワフルなモーターバイクは、蛇行《だこう》し、雪だまりですべった。タイヤは、木の下の雪の積もっていない地面に出会うと、飛び上がる。ハリーの足も飛び上がる。ヘッドライトに照《て》らされるのは、まるで白い壁《かべ》のように暗がりを舞《ま》う数え切れない羽のような雪。フローリーおばちゃんは、ライトを下向きにし、雪の上の、二十メートル先のタイヤのあとを照らし出す。

幹線《かんせん》道路は除雪車《じょせつしゃ》が雪かきしたあとに、トラックが砂《すな》や塩をまいていた。しかし、ふりしきる雪の前にはなんの役にも立たない。一時間すると、三センチ積もり、二時間すると、生垣《いけがき》や門に雪だまりができる。

フローリーおばちゃんは、スピードメーターの雪をはらった。時速五十キロ出している。雪だまりに突《つ》っこみハンドルを取られたが、体勢《たいせい》を立て直した。

おばちゃんは、マン島国際《こくさい》オートバイ・レースで優勝《ゆうしょう》している。世界一のライダーだ。

ハリーは、鼻や口をスカーフでおおっている。外に出ている頬骨《ほおぼね》が痛《いた》い。でも、そんなの気にならなかった。ハリーは、おばちゃんにしがみついた。

「すごい！」

吹雪にかき消されて、おばちゃんの返事が聞こえない。

大きな雪だまりにぶつかり、ハリーはつんのめった。バイクは、あばれ馬のように飛びはねた。フローリーおばちゃんは、バイクを道路にもどした。また、バイクがうなり声をあげて進む。

十分後、フェロン・グランジに続く道まで来た。除雪車《じょせつしゃ》が、交差点で方向転換《てんかん》している。プリーストリー大佐《たいさ》の使用人が、客のために、雪かきをしている。フローリーおばちゃんは、見つからないように、雪を積み上げたすきまを、スピードをあげて、通り過《す》ぎた。

門に来た。古い石のアーチに雪が積もっている。鉄の門は開いていた。石のライオンやグリフィンの上のセキュリティ・カメラは静かだ。ヘッドライトが雪をうかび上がらせる。

おばちゃんは、ヘルメットの前をふき、あたりを見回した。

「ハリーが言うように、バイクはここに置いたほうがよさそうね。玄関まで乗ってったら、目立つわ」

アーチの向こうの、私道《しどう》の始まりに藪がある。芝生《しばふ》のまわりにも常緑樹《じょうりょくじゅ》や夏に花の咲《さ》く藪がある。

「ここがいいわ」

フローリーおばちゃんは、ヘッドライトのスイッチを切った。真《ま》っ暗闇《くらやみ》になった。雪が舞いおりる。

コマンドのギアを1にし、門をくぐって横にそれ、ローレルやアザレアをすり抜けて進む。

車が一台、やって来る。おばちゃんは、バイクのスイッチを切った。車は門をくぐった。レンジローバーだ。雪をけ散らし、ブナの並木道《なみきみち》を、吹雪の中に消えていった。風の音しか聞こえない。

フローリーおばちゃんは、危険《きけん》をおかしてヘッドライトをつけた。広い藪には、雪が積もっている。どこにも行けない。

「ここでいいでしょ」

おばちゃんは、スタンドを立てた。「地面が凍《こお》っているわ」

二人は、ヘルメットをぬぎ、ジャケットの雪をはらった。フローリーおばちゃんは、よれよれの革《かわ》のバラクラバ帽《ぼう》（耳のおおいのある帽子）をポケットから取り出し、別《べつ》のポケットからは、ずっしり重い懐中電灯《かいちゅうでんとう》を取り出した。ハリーは、ハギーがクリスマスプレゼントに編《あ》んでくれた、ポンポンつきの毛糸の帽子をかぶった。

「さあ、どっち？　草地を横切る？　それとも、木陰《こかげ》にかくれながら道沿《ぞ》いに行く？」

「草地を横切ろう。そのほうが安全だ」

「それに野性的《やせいてき》ね」

バラクラバ帽をかぶると、昔のパイロットみたいに見える。「いいわ。進んで」

ハリーは、草地に向かった。雪が舞っている。懐中電灯をつけても、ふりしきる雪と雪が積もった灰色の木しか見えない。ハリーは、手すりをくぐって草地に入った。

吹きっさらしに出たので、風が強くなった。ハリーは、襟《えり》を立て、帽子のへりをおろし、体をかがめて吹雪の中を突き進む。雪は太ももまである。雪が、目や口にへばりつく。北極のような風にさらされて、頬が痛い。

五分後、方向がわからなくなった。

「もうちょっと左よ」

フローリーおばちゃんは、ほがらかに言った。「冬らしい晩ね。ちょっと待って。ミントチョコをお食べなさい」

荒野《こうや》の行軍《こうぐん》だった。溝《みぞ》を越え、有刺《ゆうし》鉄線を乗り越えた。と思ったら、次の草地がある。雪しか見えない。ときどき、黒い、ねじ曲がった木にぶつかる。

長いこと歩いて、生垣にぶつかった。生垣沿いに歩いて、木戸をさがした。白い牛がいた。木箱に入った干草《ほしくさ》を食べている。ハリーは、懐中電灯を向けた。おそろしいツノはついているものの、おとなしい生き物だ。興味津々《きょうみしんしん》で闖入者《ちんにゅうしゃ》を見ている。寒くて、体や息から湯気があがっている。

ハリーとおばちゃんは、牛の群《む》れを通り抜け、木戸によじのぼった。三番目の草地がある。

「ちょっと待って、ハリー。懐中電灯を貸《か》して」

ハリーは、立ち止まった。

おばちゃんは、そでの雪をはらい、腕時計を見た。「十二時十分。明けましておめでとう、ハリー！」

ハリーは、あたりを舞う雪を見つめた。

「明けましておめでとう、フローリーおばちゃん！」

雪まみれのパイロットは笑って、氷のようなキスを、ハリーの頬におしつけた。

「新年の抱負《ほうふ》を言うわね。大佐に死を！　まあ、追いはらうってとこかな」

目は陽気だったが、化粧《けしょう》がくずれている。マスカラが、あごまで流れ落ちている。手袋で、それをぬぐった。

「大佐に死を！」

ハリーが叫《さけ》んだ。「それから、ゲシュタポ・リルにも！」

「そうよ！」

二人は、先に進んだ。

雪が小止みになってきた。ハリーはほっとした。そのとき、まったく予期しない方向に——背後《はいご》に——にぶい光が見えた。二人は、そっちの方向に進んだ。

フェロン・グランジの窓は、明るかった。吹雪にもかかわらず、前庭や道路のはずれには、車がたくさん止まっていた。高級車ばかりだ。

ハリーとフローリーおばちゃんは、松《まつ》の枝《えだ》の下で、雪がやむのを待った。北極のような荒々《あらあら》しさは、クリスマスカードのようなシーンに変わっている。

「わたしたち、古いかかしみたいね。馬小屋はずっと向こうよ。かくれながら行きましょう」

塀《へい》や生垣の後ろや、小山にかくれて、二人は屋敷をまわり、暗がりにある馬小屋に移動《いどう》していった。

「何か見える？」

先には、こんもりと木が茂《しげ》ったところがある。

「ううん」

さらに行くと、左に馬小屋、右に林があった。

枝は黒いし、地面は白い。木の間に、白いかたまりがあるような気がした。あれかな？　のぞいてみた。

「フローリーおばちゃん、ここだよ」

車があった。二人は、そろそろと進んだ。雪の下で、枯《か》れ枝《えだ》が折れる。

運転席の窓が開いた。

「なんの用だ？」

ハリーは飛びのいて、身がまえた。知らない声だ。うっとうしそうな、攻撃的《こうげきてき》な声。

「五分も楽しめないじゃないか。あっち行け！」

「まあ、おだまりなさい、ミスター・トーリー。あたしとハリーよ。さあ、開けてちょうだい。外はシベリアみたいだわ！」

27

月夜の襲撃

「起きて、ハリー」

「ウーン」

「目を開けて！」

「なあに？」

「いっしょに来たいの、それとも眠《ねむ》りたいの？」

「ぼく――」

体がこわばり、頭がボーッとしている。真っ暗でぎゅうぎゅうづめだ。

「どこ――？」

そうだ、思い出した！　メルセデスの後部座席《ざせき》だ。眠っちゃったんだ。

「今何時？」

ハリーは、目をこすった。

「四時になるところだよ」

ブリジットおばさんは、きびきびしている。

「四時！　みんな――？」

「そう、客はみな帰った。二組だけ、泊《と》まることになった。三十分前に、家中の明かりが消えたよ」

後部ドアが開いた。凍《こお》るような風が吹《ふ》きこんできた。馬小屋で待っていたハギーたちが、外に立っていた。

「ハリー、ジャケットはどこ？　運動靴《うんどうぐつ》を持ってこなかった？」

「ううん」

「じゃあ、長靴でいいわ。でも、しのびこむ前にぬぐのよ。漁師《りょうし》みたいに長靴をはいたまま廊下《ろうか》を歩きまわるわけにいかないから」

車の外に全員集合した。空には雲がない。雪の上に、満月が光を投げかけている。

「何をするのかわかっているね」

ブリジットおばさんが、低い、だが、決意に満ちた口調で言った。「マーシュ・ハウスから盗《ぬす》んだ品を探《さが》すんだ。ほかのものには目をくれるんじゃない。盗みはダメだよ。現金《げんきん》や宝石《ほうせき》に費《つい》やしている時間はない。目的は一つだけ。プリーストリーと、化け物フィアンセを追いはらうんだ。今夜こそ、あいつが裏《うら》の顔を持つ悪人だと、世の中に知らせるんだ」

「そして、ハリーをラグ・ホールに連れもどすのよ」

と、フローリーおばちゃん。

「言うまでもないが、盗品《とうひん》は、どこか秘密《ひみつ》の部屋にかくしてあるだろう。どこを探すかわかっているね。鍵《かぎ》のかかった部屋、指の跡《あと》がついた壁板《かべいた》、跳《は》ね上《あ》げ戸、ひっかき傷《きず》——屋敷《やしき》の中にはないかもしれない。四人は外を探すんだ。馬小屋、物置、ガレージといったところを。そっちは、フローリー、ドット、ミスター・トーリーそれにナッティだ。ナッティはすぐにもどるからね。今、番犬のところに行っている」

「ああ、来た。これで全員そろった」

マックスが言った。

人影《ひとかげ》が身をかがめてやってくる。そのあとから、ドーベルマンとジャーマンシェパードがくっついてくる。キッチンで、赤い肉をガツガツ食べていた、あの犬たちだ。あのときは獰猛《どうもう》だったのに、ナッティにすっかり手なずけられている。ナッティはドーベルマンの胸《むね》をなでた。

「いい子だ」

凶暴《きょうぼう》な犬は、雪の上にあお向けになり、子犬みたいに足をバタバタさせた。

「だいじょうぶかい?」

ブリジットおばさんがきいた。

「自分の目で見てみなせえ。おとなしいもんだろ。念《ねん》のために、あっしのそばに置いとくがね」

「わかった。さあ、しのびこむよ。四人は外に残っておくれ。残りは――」

おばさんは、別《べつ》のほうを向いた。「OK《オーケー》、マックス。どこから入るんだい？」


とても寒かった。歩くたびに粉雪《こなゆき》がキュッキュッと音をたてる。凍《こお》った息が頭の上にたちのぼる。客の乗ってきた車はいなくなってしまった。道に三台だけ止まっている。広大な前庭の噴水《ふんすい》は止まっていた。手すりには雪が積もっている。前庭に出ると、ハリーは落ち着かなかった。満月が、サーチライトのように照《て》らしている。

フェロン・グランジからは、窓《まど》に反射《はんしゃ》した月の光と、クリスマスツリーの明かりしか見えない。屋敷は、空に向かってそびえたっている。

「こっちだ」

マックスが曲がった。屋敷の陰《かげ》を歩いていき、小さなサッシ窓の前で止まった。桟《さん》の雪をはらう。

「警報装置《けいほうそうち》はどうなってるんだべ？」

フィンガーズが言った。

「パーティーのために切ってある」

マックスは、指を窓枠《まどわく》に当てて、引き上げた。動かない。もう一度。

「ちきしょう。鍵をかけたのかな？」

「たぶん、凍っただけだべ」

フィンガーズが言った。「窓が開かないことなんか、しょっちゅうあるべ。頭を使わにゃ。ちょっくらどいてけろ。たぶん、二人の力なら――」

二人は、力を入れた。まだ開かない。さらに力をこめる。カチッ！　氷が割《わ》れて、上に跳ね上がった。フィンガーズが指をはさまれた。

「アー！　イー！　早く！」

指が離《はな》れた。「ウー！　アー！　痛《いた》いのなんのって！」

フィンガーズは、残っている指をふった。

「静かにしなさい！」

ハギーがしかった。「ずっと向こうまで聞こえるじゃありませんか」

フィンガーズは、ハギーをうらめしそうに見ると、指をくわえた。

中からの暖《あたた》かい空気が、みんなの顔にかかった。

「よくやった！」

ブリジットおばさんは、あたりを見回した。「さあ、みんな、準備《じゅんび》はいいかい？　入るよ」

ハリーは、長靴をぬぎ捨《す》て、靴下を上げた。

一人が組んだ手に、もう一人が足をのせたり、だれかの背中《せなか》にのっかったりして、一人ずつ窓から入っていく。ブリジットおばさん、ハギー、マックス、エンジェル、フィンガーズそしてハリーの六人は、フェロン・グランジの、暗いせんたく室に立った。

冷たい外から入ると、ほっとする。乾燥機《かんそうき》や、せんたく物の山の向こうに、ドアが少し開いているのが見える。フィンガーズが、ドアを広く開け、顔を出して右左を見る。真っ暗だ。なんの音もしない。

「だれもいねえべ」

みんな、ペンシル型の懐中電灯《かいちゅうでんとう》を持っている。全員すばやくせんたく室から出ると、廊下をしのび足で歩く。スミシーとベンがソーシャルワーカーと話をしていたキッチンを通り過《す》ぎ、犬のいた部屋を過ぎ、この前まちがって入った食器室を過ぎた。タバコやワインや香水《こうすい》やごちそうのにおいがする。

板壁の玄関《げんかん》ホールに出た。霜《しも》のおりた高窓から月の光がさしている。音が聞こえる。低いリズミカルな音だ。大階段《だいかいだん》を上がった二階の奥《おく》の寝室《しんしつ》で、だれかがいびきをかいている。

「いびきをかいてるべ！」

「プリーストリー大佐《たいさ》は夢《ゆめ》の中だね」

ブリジットおばさんが言った。

「行って、首しめてやります」

ハギーの目に、懐中電灯の光が反射した。「そして、帰ります。いいでしょう？」

「ダメだよ！　おりこうにしな、ハギー！」

とブリジットおばさん。

赤いマフラーからひげが突《つ》き出《で》たエンジェルは、壁にかかった古い肖像画《しょうぞうが》や現代画に光を当てた。

「見てみるがのお！　ご先祖様《せんぞさま》の絵をかざったつもりかのお。絵の収集家《しゅうしゅうか》のつもりかのお」

エンジェルは鼻を鳴らした。「がらくただ。倉庫に突《つ》っこんだほうがいい。一枚《まい》は別だがのお」

懐中電灯で照らした肖像画は、刺繍《ししゅう》をほどこした空色のシルクのドレスを着て、犬を連れた金持ちのおばあさんの絵だった。

「いい絵だね」

ブリジットおばさんが言った。

「アイ――。目が高い。ゲインズボローだがのお。いくらはらったんだかのお？」

「大金だよ、きっと」

「そうだといいがのお。ヘッヘッヘッ！　十五年前のオレの作品だがのお。いいできだがのお」

みんな静かに笑った。

頭上のシャンデリアからは、ヤドリギの束《たば》がぶらさがっている。

「アー、ハギー」

フィンガーズが見上げた。「明けましておめでとう！」

うやうやしく抱擁《ほうよう》すると、爪先立《つまさきだ》ちして、ハギーの柔《やわ》らかくてちょっとひげのはえた頰《ほお》にキスした。

「そうです。明けましておめでとう！　明けましておめでとう！」

急にパーティー気分になった。抱《だ》き合《あ》って、握手《あくしゅ》する。フィンガーズは、手を上げて、残っている指を使って、フラメンコダンサーのように指を鳴らす。一方、巨大《きょだい》な紫色《むらさきいろ》のスノースーツを着たハギーは、足をすばやく動かして、ロシアのダンスだ。みんなの懐中電灯の光がホールを照らす。

「シーッ！　みんな、シイーッ！」

ブリジットおばさんが、手をふって警告《けいこく》した。「パーティーはおしまいだ」

ハリーの足は、凍《こご》えきっている。ふるえながら、この前、フェロン・グランジに来たときのことを思い出していた。衣装部屋《いしょうべや》で暴《あば》れたこと、階段をこっそりおりたこと、ゲシュタポ・リルの車が近づいてくるのを見たこと、図書室やサンルームから逃げたこと、足を引《ひ》っ張《ぱ》られてころがり落ちたこと、膝《ひざ》の痛み、グリムスラッシュ刑務所《けいむしょ》へのドライブ……。たった二週間前のことだが、はるか昔に感じられる。

ブリジットおばさんが言った。

「さあ、ふた手に分かれよう。ハギー、エンジェルそれにマックスはホールとこの階段、地下室——ここが一番あやしい——それからキッチンを探すんだ。わかったかい？　フィンガーズ、ハリーとわたしは残りの一階部分だ。ここで落ち合おう」

おばさんは時計を見た。「四十五分間。それで見つからなかったら、二階に移動《いどう》する」

第一のグループが行ってしまうと、ハリーの心臓《しんぞう》がドキドキし始めた。暗闇《くらやみ》から見られているような気がする。懐中電灯がものすごく明るく感じる。

ブリジットおばさんが、ドアをおした。葉巻の強いにおいや食べ物や酒のにおいがする。フェロン・グランジで一番大きい部屋だ。パーティーはここで催《もよお》されたのだ。窓際《まどぎわ》に大きなクリスマスツリーがかざってあり、残り火が輝《かがや》いている。ダンスのために、テーブルが壁際に寄《よ》せてある。いくらか片《かた》づけたようだが、まだ雑然《ざつぜん》としている。いたるところに、ビンやグラスが置いてある。シャンペングラス、ウイスキーグラス、ワイングラス、ビールのジョッキ。まだ中身が残っているものもあれば、カーペットにころがっているものもある。灰皿《はいざら》は山盛《やまも》り。窓の桟にまで、食べかけの皿が置いてある。

「お楽しみだったようだね」

ブリジットおばさんが、そっけなく言った。

「ウー！」

突然《とつぜん》、声が聞こえ、みんな凍《こお》りついた。「ヌー！」

テーブルの間に、黒いものが横たわっている。みんな、武器《ぶき》を手にした。ビン、イス、重いロウソク立て。ジリジリと近づくと、懐中電灯の明かりを当てた。

男が寝《ね》ていた。グデングデンに酔《よ》っぱらっている。若《わか》い男だ。シルクの折《お》り襟《えり》つきのタキシードを着ている。黒い蝶《ちょう》ネクタイはたれ下がり、シャツの一番上のボタンがはずれている。みんなが見つめる中で、いびきをかき始めた。

「だいじょうぶそうだね」

ブリジットおばさんは、持っていたイスをおろし、ハリーのほうを見た。「さあ、かくし扉《とびら》や、秘密の部屋を探《さが》すんだ。このカーペットは、動かせないタイプだね。床《ゆか》には何もない。けれど、かざり棚《だな》や壁はどうだろう？」

フィンガーズが、口いっぱいにパーティの残り物のカシューナッツをほおばりながら言った。「壁板が動きそうなところを見つけるんだ。かくし金庫があるかもしれねえべ」

みな、散らばって歩き回った。棚や鏡を調べたり、隅《すみ》をのぞきこんだり、爪《つめ》で壁かざりを引っかいたり。

ハリーは、テーブルのごちそうをつまんだ。チョコレート、トリュフ、それに、ブリジットおばさんが見ていないうちに、シャンペンをちょっぴりなめてみた。

「ここには、ねえべ」

フィンガーズが言った。

「そうだね」

とブリジットおばさん。「こんなに大きな窓があって、高価なじゅうたん敷《じ》きの客間には、ありそうもないね。図書室のほうが、可能性《かのうせい》がある」

おばさんは、あたりを見回した。「どっちに行けば――」

「ぼく、案内するよ。すぐそこだよ」

ハリーは、廊下を走って、大きな、磨《みが》き上《あ》げられたドアの前で、急停止《きゅうていし》した。どこからも、明かりは見えない。鍵穴《かぎあな》をのぞいてみた。真っ暗だ。

「だれもいないかい？」

ハリーはゲップをして、うなずいた。

「さあ、行くよ。音を出さないように気をつけて」

そうっと、ハリーはドアノブをにぎって、回した。ドアは開かない。おしてみた。

「鍵がかかってる！」

「見せてみなせえ」

フィンガーズが代わった。「ああ、鍵がかかってるべ。重いドアに鍵。さあ、どう思う？　極悪《ごくあく》プリーストリーは、仲間から何をかくしているんだべ？」

フィンガーズは、探《さぐ》り針《ばり》のセットを取り出した。「さあ、見てみるべ」

探り針が、かすかに音を立てた。フィンガーズが、針をわずかにおす。カチッ、鍵が開いた。

「さあ、いいぞ、ブリジット。開けゴマだ！　シンドバッドがまたやったべ」

フィンガーズがドアノブを回すと、ドアが開いた。

「天才だよ！」

ブリジットおばさんは、フィンガーズのしわしわの額《ひたい》にキスし、部屋に入った。

ハリーが、後ろ手にドアを閉《し》めた。

図書室は変わっていなかった。暖炉《だんろ》に火はなく、カーテンが引かれているのがちがうだけだ。ここには、月明かりがさしていない。

「ここのような気がするね」

ブリジットおばさんは、懐中電灯で照らしていく。革張《かわば》りのイス、本がぎっしりつまった本棚、すばらしい樫《かし》の壁板。「鍵がかかった重いドア、ビロードのカーテン。フーム……ハリー、床を調べて——敷物、テーブル、イスの下も全部だよ。フィンガーズは、壁板。わたしは、本棚を調べる」

ハリーは、言われたとおりにした。黄金色の寄木《よせぎ》の床だ。次々とアフガン織《おり》のじゅうたんをどけていく。かくし扉はない。力をこめて、重いイスをどけた。はいつくばって、テーブルの下を調べた。

拡大鏡《かくだいきょう》は持っていなかったが、シャーロック・ホームズのように暖炉を調べた。

ほかの二人にも、収穫《しゅうかく》はなかった。フィンガーズの懐中電灯が、壁板の継《つ》ぎ目《め》を照らす。ブリジットおばさんは、法律《ほうりつ》の本のつまった本棚を床から天井《てんじょう》まで調べた。

何も見つからない。おばさんは、額にぶら下がった髪《かみ》の毛《け》を上げて、腕時計を見た。

「ここにあるはずだよ。感じるんだ」

「オラもだ」

フィンガーズがぶかぶかのズボンを、引っ張り上げた。「首の後ろがチクチクするし、手に汗《あせ》をかいてる。絶対《ぜったい》まちがいねえべ。近くに金庫がある」

「でも、どこに！」

ハリーは、思い出したことがあった。

「ブリジットおばさん、ぼくがこの部屋に逃《に》げこんだとき、大佐がものすごく怒《おこ》ったって言ったでしょ」

ブリジットおばさんが、じっと聞いている。

「あの時、大佐は、このへんで何かしていたの。暖炉の横のあたりで」

ハリーは、懐中電灯で示《しめ》した。「ここらの本を、ここで抱《かか》えてた。ドアに背を向けていたから、はっきりとは見なかったけれど。でも、すごい剣幕《けんまく》だった！」

「すごいよ、ハリー！　どれどれ――」

おばさんが、大急ぎでハリーのそばに来た。「ここの本かい？」

「うん、そう思う。その下の本かもしれないけど」

「これを持ってて」

おばさんは、厚《あつ》い本を十冊《さつ》ぐらい引《ひ》き抜《ぬ》き、奥《おく》をのぞいた。「いや、何もないよ。あっ、待って」

さらにかがんだ。「ない。だが――」

角《かど》に手をつっこんだ。「ハリー、大佐はほかに何か持っていなかったかい？　たとえば、ペンとか？」

「ウーン、覚えてない」

「ここに節穴《ふしあな》があるんだよ。本棚は樫でできているのに、ここだけ松の木だ。なぜだろう？」

おばさんは、懐中電灯であちこちを照らした。「テーブルの上に、ボールペンか鉛筆《えんぴつ》はないかい」

ハリーは、本をおろした。カットグラスでできたペン皿に、安物の青いボールペンが置いてある。それを取ってきた。

「完ぺきだ」

ハリーは、おばさんの肩越《かたご》しにのぞいている。棚の上のすみ、上の棚の陰《かげ》にかくれたところに節穴があった。本をどけた跡《あと》は、少しほこりっぽいのに、そこだけはツヤツヤしてなめらかだ。

ブリジットおばさんは、ボールペンをしっかり持ち、おしりのほうを節穴に突っこんだ。

ハリーは、息をひそめた。

何も起こらない。——さらにおす。

まだ、何も起こらない。——ギュッとおしこんだ。

カチャッ！

背の高い本棚がふるえた。おばさんの手の下の板の端《はし》が動いた。

「ここだ！　ハリー！　見つけたよ！」

ブリジットおばさんの目がキラキラ輝いている。

おばさんが立ち上がると、三人は本棚をつかんだ。

「静かに！　静かに！」

三人は、引っ張った。幅《はば》一メートルもある本棚が、ドアのように開き、真っ暗な空間が出現《しゅつげん》した。

冷たい空気が顔に当たる。

フィンガーズは、開いたところを懐中電灯で照らした。ハリーは、息を呑《の》んだ。

アラジンの洞窟《どうくつ》だ。図書室の半分ほどの部屋が、天井まで宝物でいっぱい！　懐中電灯の光が動き回る。きらめくシャンデリア、絵画。高級時計、宝石のついた刀、タペストリー。真珠《しんじゅ》の首かざり、オパール、トルコ石が、蓋《ふた》の開いた宝石箱からあふれている。革張りの本、古い巻物《まきもの》。ベルベットの布《ぬの》の上には、ネックレス、ブローチなどが白く、あるいはルビーように燃《も》えあがっている。

「こりゃ、たまげた！　ブリジット、魔法《まほう》でもかけたべか！」

フィンガーズが感嘆《かんたん》の声を上げた。

「開けゴマだね、まったく！」

ブリジットおばさんは、にっこりして、スカーフの下につけたカメオにさわった。

三人は、宝物の洞窟に入って行った。

28 パジャマ姿の悪党

ハリーは、みんなをむかえに行った。爪先立《つまさきだ》ちで、静まり返った家の中を走る。窓《まど》の外の雪が月に照《て》らされ、暗闇《くらやみ》を際立《きわだ》たせる。角《かど》ごとに、あるいはすべてのドアの後ろに、悪人がひそんでいるような気がする。ベン、ゲシュタポ・リル、切《き》り裂《さ》きジャック。階段《かいだん》の上で、ハリーは、キッチンと真っ暗な食器棚《しょっきだな》を見た。覚悟《かくご》を決めて、地下におりていった。

壁《かべ》は、地下牢《ちかろう》のように石でできている。ほこりとワインのにおいがする。部屋が続く。作業机《づくえ》、古い自転車、積み上げられた薪《まき》、壁にかかったワナのそばを通り過《す》ぎた。

「ハギー！　エンジェル！」

声がかすれている。

懐中電灯《かいちゅうでんとう》の光がやって来た。つやのある髪《かみ》の毛《け》にクモの巣《す》をくっつけたマックスが、ワインラックのすきまからのぞいた。エンジェルはジャガイモ袋《ぶくろ》の間から立ち上がった。

「どうした？」

「見つけたよ！」

「なんだって！」

「見つけた！　図書室で。すごいよ！　ブリジットおばさんが、おいでって」

ハギーもやって来た。

みんな、ホールにもどった。高窓から月光が差しこんでいる。ハリーのあとに、ずんぐりして、ひげをはやしたエンジェル、タキシード姿《すがた》のマックス、巨大《きょだい》なハギーが続く。

ハリーは、図書室のドアを開けた。みんな、あっけにとられて、入り口に立っている。

「どう思うべ？　オラあ、生まれてこのかた、こんなの見たことがねえべ！」

図書室のドアを閉《し》めて、秘密《ひみつ》の部屋に入った。

「マーシュ・ハウスから盗《ぬす》んだ物ばかりじゃないね」

ブリジットおばさんが、指さした。「このロウソク立ては、タートル卿《きょう》のものだ。あの、有名なサソリのブローチは、フィッツ・ホランド家のコレクションだった。数か月前に盗まれた物だよ」

「オラが知ってる物もたくさんあるべ。あれはキララン・ダイヤモンドだ。その指輪と金の皿は、ヨークウェイのミセス・サイモンズのものだべ」

フィンガーズが言った。

「ダイヤモンドなんかどうでもいいがのお。この絵を見てくれのお。目の保養《ほよう》だがのお！」

エンジェルが懐中電灯で照《て》らした。「モディリアーニ、セザンヌ、ブラック、ターナー。これはフラ・アンジェリコ――ローマから消えた絵だ。すばらしい！　百万ポンドの値打《ねう》ちもんだがのお」

エンジェルは、きたないハンカチで眼鏡《めがね》をふいた。「どの画廊《がろう》にも売れないがのお。個人の収　集家《しゅうしゅうか》行きだがのお」

ハリーが、じっと見ている。

「ぼく、それを知ってる！」

ハリーは指さした。「ハンプステッドのぼくの家にあったんだ。階段のおどり場にかざってあった。あれも、階段のとちゅうにかけてあったものだよ」

「ほんとか！」

エンジェルの目が、青い魚のように泳いだ。

「ほんとだよ！　あそこにあったのに……ぼくが出てくるまで」

エンジェルは黙《だま》って、ブリジットおばさんを見た。

おばさんは、見つめ返した。目がサファイアのように輝《かがや》いている。

「だれの作品だい？」

「ああ、それはスタブスで、あっちの風景画はコローだ」

「なんと、まあ！」

ハリーは、絵を見比《みくら》べている。

「高いの？」

エンジェルが、ハリーの肩《かた》に手を置いた。

「コローは、金のためにこの絵を描《か》いたんでねえがのお。美のために描いたがのお。見てみな！」

「ヤー、ヤー！　美しいべ。すんばらしい芸術家《げいじゅつか》だべ！　だども、ハリーが知りてえのは、これで、いくつパンが買えるかってことだべ？」

フィンガーズが言った。

ブリジットおばさんが、パッとエンジェルのほうを向いた。

「専門家《せんもんか》に見せるまでわからないだろ。だが、ハリーの父親は死んで、破産《はさん》したんだ、覚えているかい？　多額《たがく》の借金が残っている」

会話の半分だけ聞いていたハギーが言った。

「この絵が、ハリーのですか？」

ハギーはハリーの肩を抱《だ》いた。「あの女、ハリーの絵を盗んで、ここに持ってきたのですか？」

「そのようだね」

とマックス。

「オー！　ますます悪い女ですね。ご両親が亡《な》くなったばかりなのに！　あの女！　わたしが――」

ガチャン！　突然《とつぜん》、図書室のドアが開いた。

ハリーの心臓《しんぞう》は飛び出しそうになった。みな、いっせいにふり向いた。

懐中電灯の小さな明かりしかなかった暗闇に、明かりが入ってきた。まぶしい！

プリーストリー大佐《たいさ》が、入り口に立っていた。銃身《じゅうしん》が二つあるショットガンを持っている。廊下には、使用人たちがむらがっている。

「ブリジット・バートン。気づくのがおそかった。わたしとしたことが、うかつだった！」

大佐は、吐《は》き出《だ》すように言うと、図書室に入ってきた。使用人たちもついてくる。

「ちきしょう！　この悪人ども！」

「おや、大佐！　すてきな本棚《ほんだな》だこと！」

ブリジットおばさんは、秘密の部屋から堂々と出てきた。老眼鏡《ろうがんきょう》に光が反射《はんしゃ》した。

大佐のショウガ色の髪が額《ひたい》にこぼれた。黄色いシルクのパジャマを着ている。胸《むね》には、今にも飛びかかろうとしているトラの絵がついている。

「よけいなことだ！」

大佐はマックスに気づいた。「ここで何をしているのです？　たしか、あの方のお兄さん――」

「いや、ちがいます」

マックスは、すまなそうに笑った。

「どちらかというと、コンサートを企画《きかく》した、ミスター・エドワード・マンとしてご存知《ぞんじ》でしょう」

ブリジットおばさんが言った。「それに『クリスマス・キャロル』のスクルージ。でも、あなたがおっしゃったように、よけいなことですね。こちらのほうが、よっぽど、おもしろい」

おばさんは、背後《はいご》の盗品《とうひん》の山に目を向けた。光を浴《あ》びて、キラキラと輝いている。「極悪人《ごくあくにん》、プリーストリー！　何をしようとしていたんだい？」

大佐の顔は、怒《いか》りで赤と白のまだらになり、目が飛び出し、頬《ほお》がヒクヒクしている。

「お友だちが驚《おどろ》くだろうね！」

ブリジットおばさんは続けた。「プリーストリー大佐、高等裁判所《さいばんしょ》の判事、軽犯罪裁判官《けいはんざい》、熱心な慈善《じぜん》事業家、大地主、社交界の名士、そして、有名人を友人に持つ男」

「警告《けいこく》するぞ！」

大佐はショットガンを突《つ》き出《だ》した。

「おやまあ、新聞が喜ぶよ」

後ろには使用人が八人いる。みな、パジャマにガウンをはおり、武器《ぶき》を持っている。棒《ぼう》、ビン、肉切り包丁《ぼうちょう》。スミシーやベンもいる。ならず者の顔だ。

プリーストリー大佐は、感情《かんじょう》をおさえた。

「新聞が、この話を信用するなどと、どうして思うのかね？」

「わたしたち六人が、黙っているなんて期待しないだろうね。あんたの、この、チャーミングな使用人たちもね。現実《げんじつ》を直視《ちょくし》しな、プリーストリー。ゲーム終了《しゅうりょう》だよ」

「そうかな？　この男たちの心配はいらんぞ」

プリーストリー大佐は、ちらりと後ろを見た。「ひと言ももらさんよ。な、おまえら？」

使用人たちは、凶悪《きょうあく》な顔でうなずいた。

「言いません！　絶対《ぜったい》に！　ひと言も！」

「さて、おまえらをどうするか――」

大佐は、腹黒《はらぐろ》そうな笑みをうかべた。「頭を使うんだよ、ミス・バートン、頭をね」

「どういう意味だい？」

「この小さな問題を解決《かいけつ》するのは、たいして難《むずか》しくない」

「そうかい？」

「わたしの頭に、即座《そくざ》に、三つ解決策《かいけつさく》がうかんだね」

「どんな？」

「最近よく、交通事故《じこ》の話を聞くじゃないか」

大佐は悲しそうに言った。「君たちは、車で来たんだろ？　雪道はすべりやすい。ぶつかる危険《きけん》は高いな。車が火をふけば、ほとんど焼けてしまう。特《とく》に、ガソリンが満タンだったら」

「そんなこと、できないよ！　六人もいっしょになんて！　こんなに目撃者《もくげきしゃ》がいるのに！」

トラの絵の下の大佐のお腹《なか》は、ビーチボールみたいだ。

「わたしの力を知らないようだな」

大佐は、親指を後ろに向けた。「こいつらは、平然としてやるよ」

この言葉を証明《しょうめい》するように、使用人たちがニヤニヤしている。

「だが、ちょっと目立つかな。わたしたちは、野蛮人《やばんじん》ではないのでな。暴力《ぼうりょく》を使う必要はない」

大佐は、口ひげを直した。「それより、パンチをくらわして、二、三日眠《ねむ》っていてもらおうか。盗品のように箱づめにして、外国に送るんだ。……だが、嵐《あらし》に巻《ま》きこまれて、海に落ちるかもしれん」

大佐は、目をむいた。「いや、彼《かれ》らはここに来ませんでした。お役に立てなくて残念です」

スミシーが笑った。

「こいつら、どっかおかしいべ！」

フィンガーズが言った。

「もう一度言ってみろ！」

プリーストリー大佐は、フィンガーズにショットガンを向けた。

「三番目の方法は？」

「ここに、ハリー・バートン少年がいる。こっちにおいで、坊《ぼう》や」

ハリーは、あとずさった。

「こっちに来い！　それとも、おばちゃんを撃《う》ってやろうか？」

ハリーは、そろそろと進んだ。頭の雪がとけて、服が濡《ぬ》れている。

プリーストリー大佐は、ハリーのジャケットをグイと引《ひ》っ張《ぱ》った。

「ミス・バートン、おまえを黙らせるには、これが一番のようだ。警察《けいさつ》は、この子がどこにいるのか知らない。行方不明だからな。この子を連れて行こう。国内でも、海外でも、絶対に逃《に》げだせない場所を知っているからな。アフリカ！　南アメリカ！　今夜のことを言わなければ身の安全は保障《ほしょう》する。だが警察が聞きに来た瞬間《しゅんかん》――」

大佐は、のどを手で切るしぐさをした。「カー！」

シーン。

ハリーは、ブルブルふるえて、大佐を見つめた。大佐とドアの間に、二人の使用人が立っている。

「さて、さしあたりどうしようか？」

プリーストリー大佐は考えた。「しばりあげて、さるぐつわをかませるか」

向きを変えた。「ベン、その引き出しに、ひもとポケットナイフが入っている。スミシー、ダイニングルームから、ナプキンを六枚《まい》もってこい。それを、かませる」

「アアアア！　アアアアア！　アアアアア！」

フィンガーズが叫《さけ》び始《はじ》めた。

「やめろ！　黙れ！」

プリーストリー大佐が怒鳴《どな》った。

「アアアアア！　アアアアア！」

マックスが目を輝かせ、いっしょに叫び始めた。

「アアアアア！」

エンジェルも叫ぶ。

「やめろ！　やめろ！」

プリーストリー大佐が、怒《いか》りくるっている。

「オォォォォ！　オォォォォォ！」

ハギーの声がとどろく。男の声より、太いし、声量がある。

「アアアアア！」

ブリジットおばさんも加わった。

ものすごい音量だ。

「やめろ！　やめろ！」

わけがわからなくなって、プリーストリー大佐は、みんなの頭の上に、警告に一発撃った。

バン！

絵が飛び上がり、弾丸《だんがん》が天井《てんじょう》にめりこんだ。大量のしっくいが、肩の上に落ちてきた。ほこり、煙《けむり》、そしてきつい火薬のにおいがする。

マックスは、落ち着いて、大佐を見つめ、また叫び始めた。

「アアアアア！　アアアアア！」

「オォォォォ！」

「アアアアア！　アアアアア！」

「アアアアア！」

もう、むちゃくちゃだ。使用人たちは、右往左往《うおうさおう》するばかり。

今だ！　ハリーは、ウナギのように体をくねらせ、後ろの男の棒をうばった。しゃがむ。足の下を抜《ぬ》ける。手をすり抜け、ドアに向かう。

「イテッ！」

「つかまえろ！」

大佐が叫んだ。

「行け、ハリー！　走れ！」

「アアアア！　アアアアア！」

バン！　ハリーの後ろで、二発目が炸裂《さくれつ》した。

何が起こったのかわからない。が、とにかく突っ走る！　ベンとスミシーが追いかけてくる。一人は、縞《しま》のパジャマ、もう一人は、ボクサーショーツで、ゴリラのような胸毛《むなげ》が出ている。

ホールに着くと、数人が階段をおりてきた。眠りを妨害《ぼうがい》された、プリーストリー大佐の客だ。

「いったいなんの騒《さわ》ぎだ？」

先頭の男がきいた。

「止めてくれ！」

ベンが叫んだ。「泥棒《どろぼう》だ！　その子どもは、泥棒の一味だ！　急げ！　つかまえろ！」

磨《みが》いた床《ゆか》がすべりやすい。ハリーは、棒で客の肩をなぐった！

客は、声を上げ、肩をおさえた。

だが、別の客が後ろにいた。なぐろうとしたとき、ジャケットをつかまれ、ドサッと落とされた。棒がもぎとられた。

「すごい！　ありがとうございます！」

客に礼を言い、ベンはハリーを見おろした。「もう一度やってみな。どういうことになるか！」

それから、ハリーを引っ立てた。「いっしょに来な。図書室にもどるぜ。大佐がご用だ！」

「何があったんだね？」

一番目の男が、肩をさすりながら、大声できいた。

図書室からは、格闘《かくとう》する音が聞こえる。叫び声、怒鳴り声、ぶつかる音。家具がこわれ、ガラスが割《わ》れる。ドアからはビンが飛び出し、廊下の壁にぶつかって、割れる。

「こんでもくらえ！」

「アー！」

「こんちくしょう！」

「放してくれ！」

ガシャン！

「やめろ！」

ボカッ！　ドサッ！

「ネズミ野郎《やろう》！　けだもの！」

フィンガーズが、後ろ向きに飛び出してきた。ぶかぶかのズボンを上げ、また部屋に飛びこんでいく。

目のすみで、ハリーは階段の一番上で何かが動くのをとらえた。ゲシュタポ・リルだ。しゃれた赤いガウンを着ている。テンのようにずるがしこい女は、あとずさりして、廊下に消えた。

「強盗団《ごうとうだん》だ！」

ホールの客たちが叫んだ。「お気の毒なプリーストリー大佐！　助けに行こう！」

ハリーは、なぐった男の顔を思い出した。毎晩《まいばん》テレビで見る、有名なニュースキャスターだ。

「泥棒はこいつらだよ！　プリーストリー大佐は、大きな――」

「だまれ！」

ベンのこぶしが、ハリーの頭にあたった。

スミシーが客たちに言った。

「もうだいじょうぶです。お部屋におもどりください」

「いや、わたしたちは――」

痛《いた》む肩をおさえて、ニュースキャスターは、ほかの客といっしょに、さわぎに向かってかけ出した。

「ここでお待ちください！」

ベンが奥《おく》さんたちに大声で言うと、ハリーの上着をつかんで引きずりながら、客のあとを追う。

図書室はメチャメチャだ。重い家具がひっくり返り、棚が倒《たお》れ、カーテンが落ちている。本が床中散らばっている。

雑然《ざつぜん》とした床に寝《ね》ころんでいる者がいる。動かない者、なぐられた頭をさすっている者。

テーブルやイスの背《せ》に乗ってまだ戦っているのがいる。棒や電気スタンド、値段《ねだん》のつけようがない高価な壺《つぼ》、火かき棒などをふり回している。

ブリジットおばさんは、ボクサーのように腰《こし》を落とし、通りがかりの使用人に強烈《きょうれつ》なパンチを浴《あ》びせた。使用人の頭が後ろに吹《ふ》っ飛《と》び、びっくりして目を白黒させると、ひもの切れたあやつり人形みたいに、グニャリと床に倒れた。

戦闘《せんとう》の真っただ中で、ハギーが大暴《おおあば》れしている。

「そこの、あなた！　いらっしゃい！」

スミシーの腕《うで》をつかんだ。

「やめてくれ！　たのむよお！」

「ダメです！」

一瞬のうちに、まるでミサイルのようにスミシーは宙《ちゅう》を飛び、壁にかかっていた絵を直撃《ちょくげき》した。

人間とこわれた絵は、いっしょに墜落《ついらく》した。

ハギーが、手をポンポンとたたいた。

「次はだれですか？」

「次はないよ！」

戸口から氷のような声がした。みな、ふるえあがった。

ゲシュタポ・リルが立っていた。美しい金髪《きんぱつ》。すそにダチョウの羽がついたしなやかな赤いガウン。

真っ赤なスリッパ。左手には、ルビーのキセル。そして右手に持っているのは、マシンガンだ！

指が引き金にかかっている。

29　黒あざの戦士

「ゲームはおしまいよ」

ゲシュタポ・リルはやさしく言った。「さあ、起きて。負傷者《ふしょうしゃ》を連れて、ホールに行くのよ。お客様が待ってらっしゃるわ、パーシー。ここは、あとで片《かた》づけましょう」

ゲシュタポ・リルは、ブリジットおばさんをにらんだ。「あたしがこれを使わないなんて考えないでよ！」

体をよじって、引き金を引く。

タ、タ、タ、タ、タ、タ！

ものすごい音だ。図書室の壁《かべ》に連続した穴《あな》があいた。

「おわかり？」

タバコを吸《す》うと、青い煙《けむり》が鼻から出た。「こちらにどうぞ」

ゲシュタポ・リルは、みんなが通れるように、わきにどいた。

足を引きずり、息も絶《た》え絶《だ》えの者。目が腫《は》れ上《あ》がった者、歯が欠けた者。戦士たちは、ゲシュタポ・リルの前を通り過《す》ぎる。負傷者は、フェロン・グランジ側の人間だけだ。ラグ・ホールの戦士の目には、まだ戦う気力がある。使用人たちは、ボタンがはじけ、パジャマはやぶけ、膝《ひざ》をついて、意《い》識《しき》を失った仲間たちを、かつぎ起こしている。

じきに二十人以上が、大ホールに集まった。明かりがついた。階段《かいだん》の上では、クリスマスの壁かざりや風船が風にゆれている。

「どうなっているのですか？」

ニュースキャスターが、三回目の質問《しつもん》をした。「あの、宝物《たからもの》のある部屋はなんですか？」

この質問に、いっせいに答えがあがった。

「強盗団《ごうとうだん》……警察《けいさつ》……盗品《とうひん》……前科者……腹黒《はらぐろ》いうそつき……ジキルとハイド……悪人……」

タ、タ、タ、タ、タ、タ！

二度目のマシンガンの音に、シーンとなった。煙を吐《は》く薬きょうが、ホールに散らばった。

「静かにしな！　全員だよ！」

ゲシュタポ・リルは、銃身《じゅうしん》で合図した。「パーシー、ここに来て。残りはみんな、階段に行きな」

ベンが、ゲシュタポ・リルのほうに向かった。

「おまえもあっちだよ」

「しかし、おれたちゃ、味方だぜ。ずっと——」

「階段の上に行きな、このまぬけ！　客もみんなだ。そうだよ、奥《おく》さん方もね。パーシーとわたしは、こっち側。ほかは、あっち側。わかったかい？」

プリーストリー大佐《たいさ》は、みじめなかっこうだ。片目が開かない。ブリジットおばさんの、パンチのおかげだ。ひどく足を引きずり、片手でパジャマを持っている。ゴムが切れたのだ。しかし、悪の精《せい》神《しん》は健在《けんざい》だ。敵意《てきい》まるだしのネズミのような片方の目で、広い階段にいる人間をにらみつけている。

「ゲームはおしまいよ、パーシー。現実《げんじつ》を直視《ちょくし》しなくちゃ。みんな、あのイタチのせい。ユージーン・オーガスタス・バートン！」

ゲシュタポ・リルは、ハリーに銃口を向けた。「おまえなんか大きらいだよ！　ぶっ飛ばしてやる！」

轟音《ごうおん》が響《ひび》きわたり、手すりが蜂《はち》の巣《す》になった。薬きょうから煙があがる。火薬のにおいがツンとする。

「わたしたちが、これからどうするつもりか教えてあげるよ」

ゲシュタポ・リルは、タバコを抜《ぬ》くと、キセルをガウンのポケットに入れた。

「おまえたち、しばらく、地下室に行ってもらう。わたしとパーシーはちょっとドライブするのでね」

みんな、ウサギがテンを見るように、ゲシュタポ・リルを見ている。

ハリーは、ブリジットおばさんといっしょに、一番後ろに立っていた。

おばさんが、ハリーの手にさわった。

「上を見ちゃいけないよ」

おばさんの口は動いていない。

数秒《びょう》じっとしていたが、ハリーはまつげの下からのぞいてみた。

ドットが片足を手すりに引っかけ、おどり場に立っていた。真下にゲシュタポ・リルがいる。


プリーストリー大佐が、ニヤリとした。

「その通り。ちょっとドライブだ。また、会えるかもしれんがな！　年寄《としよ》りの前科者たち！　どうかな。ハッ！　この道に入ったその日から、逃《に》げ道《みち》は考えてあるさ。スイスの銀行に五百万ポンド預《あず》けてある。もう、イギリスには住みたくないね。陰気《いんき》で、退屈《たいくつ》で、古くさいじゃないか。いつも寒くて、湿気《しっけ》がある。このあたりで、変化がほしいよ。暖《あたた》かい海と、太陽の光――最高だね！」

「だから、おりこうにしているんだよ」

ゲシュタポ・リルが、地下室の入り口近くに立っている使用人に、身ぶりで命令した。

使用人は、入り口に行き、ドアを開けた。

「おまえが先に行くんだよ」

うらめしそうな目をして、使用人は階段をおりて行った。

「けっこう」

ゲシュタポ・リルは、にっこりした。「さあ、一人ずつだよ。もし、撃《う》つつもりがない、なんて思っているのだったら、ためしてごらん」

一列になり、全員ホールを横切って、地下室のドアをくぐり、暗闇《くらやみ》に消えていった。

突然《とつぜん》、ロビーの向こうの玄関《げんかん》で、扉《とびら》がドンドンとたたかれた。

「開けろ！　警察《けいさつ》だ！」

みな、びっくりしている。ゲシュタポ・リルがふり返った。同時に、ドットの、もう片方の足が手すりを越《こ》えた。バランスを取ると、サルのように落ちていく。上から襲《おそ》われるなどとは夢《ゆめ》にも思っていない、女めがけて。

ゲシュタポ・リルは、悲鳴をあげて倒《たお》れた。マシンガンが、のばした手の中で、飛びはねる。
タ、タ、タ、タ、タ、タ！
弾丸《だんがん》が滝《たき》のように、ビュンビュンと、廊下《ろうか》を飛んでいく。

信じられないような速さで、ブリジットおばさんが、階段をかけおり、煙を上げる武器《ぶき》をつかみ、ゲシュタポ・リルからねじり取った。弾倉《だんそう》を引きはがし、マシンガンを三、四回たたきつける。機関部がゆがみ、銃身が曲がった。おばさんは、力いっぱい銃を放り投げた。

しばらくすると、ドアをたたく音は止まり、ガラスが割《わ》れる音がした。

「よかった、警察だ！　やっと、まともなのが来た」

ニュースキャスターは、ホールを大またで横切り、玄関につながるステンドグラスのドアを開けた。

玄関わきの長い窓《まど》が割れている。そこをくぐって入ってきたのは、ものすごいおばあさんだ。ビョウのついた革《かわ》ジャンを着ている。かぶっているのは、これまたものすごく古い飛行帽《ひこうぼう》。明るい黄色の巻《ま》き毛《げ》がはみ出ている。おばあさんは、ちょっと止まって、大きな青い目で、ニュースキャスターを見つめると、にっこり笑った。

「こんばんは」

おばあさんは、窓から飛びおり、玄関のドアを開けた。坊主頭《ぼうずあたま》の大男が立っている。猫背《ねこぜ》でギャングのような顔つき。獰猛《どうもう》そうな犬を二匹《ひき》したがえている。

ニュースキャスターは外をのぞいた。

「警察はどこです？」

「まあ、警察なんかいないわよ、あなた。あたしたちだけよ」

フローリーおばちゃんが言った。

ナッティは、ロープにつないだ犬に、きびしく命令した。

「おとなしくしろ！」

ドアの向こうでは、また乱闘《らんとう》が始まった。こぶしや武器が飛《と》び交《か》う。床《ゆか》をのた打ち回る者、階段からころがり落ちる者。番犬は、がまんできなくなった。二匹とも、ナッティの手から、ロープを引きちぎった。

ニュースキャスターをなぎ倒し、巨大《きょだい》なジャーマンシェパードとドーベルマンは、さわぎの真っただ中に飛びこんで行った。

ワン！　ワン！　グルルル！

悪魔《あくま》のように、うなる。かみつく。パジャマの袖《そで》やズボンを引《ひ》き裂《さ》く。戦いの場は、パニックになった。

「ワー！　放せ！　足が！　やめろ！　やめろ！」

大混乱《だいこんらん》だ。

この混沌《こんとん》とした中で、一瞬《いっしゅん》、プリーストリー大佐とゲシュタポ・リルは、すきを見つけた。

「パーシー、急いで！」

ゲシュタポ・リルは、廊下に目を走らせた。逃げよう！　ゲシュタポ・リルは、二人突《つ》き飛《と》ばした。一回、二回、三回、大佐のピンク色のこぶしが、フローリーおばちゃんのバラクラバ帽をたたく。二人は、図書室のほうに逃げていく。一人はしなやかなガウン姿《すがた》、もう一人は、胸《むね》にトラがついた、黄色いシルクのパジャマ姿だ。

二人の逃亡《とうぼう》に、ハリーが気づいた。ハリーは、階段に立った。片目に黒あざができ、関節が痛《いた》い。

「逃げるぞ！　つかまえて！」

ハリーは、棒《ぼう》をふり回し、階段をおりていく。

ブリジットおばさんたちが、ハリーの叫《さけ》び声《ごえ》を聞いた。即座《そくざ》に敵《てき》を放し、飛びかかってくる犬をよけて、二人を追いかけ始めた。

しかし、プリーストリー大佐とゲシュタポ・リルは、いいスタートを切った。図書室のドアが開いている。そこに飛びこむと、ドアを閉《し》めた。

ハリーはドアにぶつかった。ドアノブをつかんで、おした。開かない。向こう側でおさえているんだ。力をこめておすと、足がすべる。

図書室の中で、何か重い物を引きずっている。ドアが数センチ開いたが、またバタンと閉まった。

ブリジットおばさんたちが到着《とうちゃく》した。おばさんが、ドアノブをつかむ。十二本の手がドアに置かれた。おす。まだ開かない。力をこめておす。図書室の中から、すごい音がする。

「肩《かた》でおすんだ！　みんなで――よいしょ！」

しかし、開かない。

「ドアの下に、大きなイスか何かがあるべ」

フィンガーズが言った。

「わたしにまかせてください」

ハギーが、墓石《はかいし》のような歯を見せて笑った。腰《こし》を落として、腕《うで》を引く。鍵《かぎ》の上をパンチ！　ドアがこわれた。穴《あな》を大きくする。手を突っこみ、大きな革張《かわば》りのイスをおした。

みな、ドアになだれこんだ。

同時に、部屋の向こう側にある、本棚《ほんだな》が閉まった。タッチの差で、プリーストリー大佐とゲシュタポ・リルは、秘密《ひみつ》の部屋に逃げこんだ。バタン！　本棚は閉まり、重い樫《かし》の板に鍵がかかった。

「すぐに引きずり出してやるよ！」

ブリジットおばさんが叫んだ。「ハリー、ペンはどこだい？」

しかし、図書室の中はメチャメチャだ。家具はひっくり返り、本は散らばり、カーテンはズタズタだった。あの、青いボールペンは見当たらない。

「何か、細いものはないかい！」

とブリジットおばさん。みんなが、探《さが》し回《まわ》る。

「これでどうかしら？」

フローリーおばちゃんが、火箸《ひばし》を差し出した。

「やってみよう」

ブリジットおばさんが、ねじこもうとしたが、ダメだ。

「あそこに、ペンがあるべ」

「太すぎる！」

「あたし、持ってるよ！」

ドットが、安物のボールペンを持って、走り出た。

「よし！」

ブリジットおばさんは、空《から》の本棚にかがみこんだ。慎重《しんちょう》に、節穴《ふしあな》にボールペンを突っこむ。何も起こらない。——もう一度、強くおした。——ダメだ。

「鍵がかかっている！　内側から鍵をかけられるんだ！」

「つかまえてあげます！」

ハギーが、本棚《ほんだな》越しに、とどろくような声で怒鳴《どな》った。「そこから引きずり出してあげます！」

「地下室に薪《まき》があったがのお。オノもあったと思うがのお」

エンジェルのひげがはげしくふるえる。かけ出したと思うと、柄《え》の長いオノとハンマーを持ってもどってきた。

「アー！」

ハギーはオノをつかむと、袖《そで》をめくった。「頭に気をつけてください！」

ハギーはオノをふり回した。本棚がこわれた。もうひとふり。節穴の端《はし》に割れ目ができた。

スコットランド高地生まれのエンジェルの血が騒《さわ》いだ。本棚をハンマーでたたく。さらに本棚の破《は》壊《かい》が進んだ。ドスン！　ガシャン！　ハンマーの頭が樫の木にめりこむ。それを、引《ひ》っ張《ぱ》り出して、また、たたく。板がボロボロだ。すきまから明かりが見える。

一方、ナッティは、犬たちを肉でさそって、食器室に閉《と》じこめた。玄関ホールには、しばりあげられてころがされている者と、階段に腰かけ、頭のけがの手当てをしている者しかいない。使用人たちは逃げてしまった。残りの人間はみな、図書室に集まっている。

だから、だれも知らない。キッチンの後ろ、廊下のはずれから、おしゃれな赤い袖がドアを開け、かけてあったコートやジャケットを取ったのを。その下から、黄色い袖が、長靴《ながぐつ》を二足つかんだのを。

「もうすぐ、つかまえられるわ！」

フローリーおばちゃんが叫んだ。「ちょっと待って、ハギー」

おばちゃんは、鍵穴《かぎあな》あたりのこわれた板をとりのぞいた。

ドサッ！　ボカッ！

エンジェルのハンマーが、破壊を続けている。今度は、板をどんどんけとばしていく。

人が通れるくらいのすきまがあいた。

「エンジェル、オラの頭に気いつけてくれ」

フィンガーズが、頭を突っこんで、見回した。

光り輝《かがや》く宝物が目の前にある。頭上には、電灯《でんとう》がぶら下がっている。頭の上を飛ぶミサイルはない。

アンティークの刀やロウソク立てを持って、突進《とっしん》してくる者もいない。中に入ってみた。

「こりゃあ、ブリジット——だれもいねえべ！」

「なんだって！」

鍵が開き、破壊された本棚が開いた。

フィンガーズの言う通りだった。宝《たから》の山の後ろに、もう一つドアがあって、開いている。

「宝石がなくなっている！　サソリのブローチも、キララン・ダイヤモンドも、全部ないよ！」

「オラを見ねえでけろ！　さわってねえべ！」

フィンガーズが大声で言った。

ハリーは、開いているドアから出てみた。物置になっている。きたないガラスのケースに入れた剥《はく》製《せい》、子ども用の木馬、不要な食器を入れた棚、傾《かたむ》いたよろいなどがある。

ハリーは、そこから通路に出た。真っ暗で、だれもいない。後ろから叫び声と聞き覚えのある音がした。

トゥートゥル！

ハリーは、宝物をかきわけて、図書室にころがり出た。

みな、窓に走り寄った。ハリーは、イスに飛び乗り、みんなの頭越しに見た。強力なヘッドライトが雪を照《て》らしている。

トゥートゥル、トゥートゥル、トゥートゥル、トゥートゥル！

黄色いロールスロイスが走り去った。こっちを見て、笑いながら手をふっている。行ってしまった。ヘッドライトが見えなくなった。エンジン音が遠ざかっていく。

トゥートゥル、トゥートゥル！

警笛《けいてき》が、あざわらうように闇《やみ》にこだました。

トゥートゥル、トゥートゥル、トゥートゥル、トゥートゥル、ティー！

30 古い門

「マックス、あんたが一番足が速い」

ブリジットおばさんは、時間をむだにしなかった。「すぐに、車を！　玄関前《げんかんまえ》で落ち合おう」

ナッティが、マックスに車の鍵《かぎ》をわたした。

「急げ！」

マックスは、図書室の窓《まど》を開け、雪の上に飛びおりた。雪だまりを走っていく。ころんだ。タキシードと蝶《ちょう》ネクタイについた雪をはらい、雪だまりを抜《ぬ》け、月明かりの道を走る。

「電話！　電話はどこだい？」

ひっくり返ったテーブルの後ろで、本にうずもれている電話をハリーが見つけた。

「警察《けいさつ》に電話するんだ！」

受話器を耳に当てた。

「切れてる！」

ゆすってみる。

「貸《か》してごらん」

ブリジットおばさんが言った。「ダメだね。ホールの電話をためしてごらん」

ハリーは、廊下《ろうか》をダッシュで走った。奇跡的《きせきてき》に、ホールの電話は、まだ乱闘《らんとう》の被害《ひがい》を受けていなかった。受話器をひったくる。通じない。

「雪のせいだろう」

ブリジットおばさんもやって来た。「それとも、大佐《たいさ》たちが、線を切ったか。ということは、わたしたちがつかまえなきゃいけないってことだ」

おばさんは、あたりを見回した。「ドット、ミスター・トーリー、ナッティ、エンジェルはここに残って。盗品《とうひん》を見張《みは》るんだ。現状《げんじょう》証拠《しょうこ》を残すためにね。もし、あいつらがもどってきたら、阻止《そし》するんだ。あんたたちならだいじょうぶだろう」

おばさんは、客のほうを向いた。「お客さんがた、何か役に立ちたいと思われるなら、コーヒーでもいれて、それから警察を呼《よ》んでください」

「しかし、電話線が――」

「車を持ってないのかね？　ご近所をたたき起こして、町まで運転するとか。頭を使うんだ！」

おばさんは、ハリーの肩《かた》に手をおいた。「さあ、残りの人間は、車に乗って！」

ロビーをかけ抜ける。暖房《だんぼう》がきいているのと、大暴《おおあば》れしたので、ハリーは汗《あせ》をかいていた。冷たい夜気《やき》が顔に当たった。ポーチには何本もの大きな柱がそびえ、シルエットになってうかび上がっている。空では、凍《こお》りそうな星がまたたいている。

ロールスロイスは門で止まっていた。暗闇《くらやみ》に、赤いテールライトが光る。一方、反対側では、メルセデスのヘッドライトが、木の間にうかび上がった。

ハリーは、家の外を大急ぎで回って、長靴《ながぐつ》を取りに行った。雪だまりを走っているときに、ソックスが片方《かたほう》ぬげた。ちょっと探《さが》したが、あきらめて、はだしで走りだした。

ハリーとメルセデスは、同時にポーチに到着《とうちゃく》した。フローリーおばちゃんが、運転席だ。ほかの者も車に乗りこんだ。雪の中でタイヤがすべる。スピードが出た。体がシートにおしつけられる。

ヘッドライトは上向きだ。道がまぶしい。屋敷《やしき》にいる間に、また雪がふったのだ。帰った客のタイヤの跡《あと》がもう見えない。ロールスロイスのタイヤの跡だけだ。わだちは深くて、曲がりくねっている。フローリーおばちゃんがにぎるハンドルが、飛びはねる。ボンネットに雪が積もり、窓ガラスをおおう。ワイパーがいそがしく動く。

ロールスロイスは、まだ門にいた。ブレーキライトが消えた。ヘッドライトがゆれ、一瞬《いっしゅん》、木のてっぺんに光が当たった。ロールスロイスは外に出て行く。メルセデスの轟音《ごうおん》に混《ま》じって、かすかにトゥートゥル、トゥートゥルという音が聞こえる。

行ってしまった。

鉄の門が閉《し》まった。メルセデスは止まり、みなおりた。

「あんたの出番だよ、フィンガーズ。開けられるかい？」

ブリジットおばさんが言った。

「調整装置《そうち》が必要だべ。だども、やってみるべ」

フィンガーズが手をこすった。「ちょっくら寒いな」

懐中電灯《かいちゅうでんとう》を取り出すと、コントロールボックスの前にかがんだ。「あんりゃま！　こわしていったべ！　見てみんさい！」

プラスチック製《せい》のコントロールボックスは、みごとに破壊《はかい》されている。

ブリジットおばさんが、門を見た。

「ロックがかかったまんまかい？」

マックスが門をゆらしてみた。背《せ》の高い門がガタガタいう。

「動かない。見てくれ！　用心のいいことだ。鎖《くさり》と錠前《じょうまえ》をつけていった」

「まったく、もう！」

とブリジットおばさん。

「ハリーがロックをはずせるべ。オラあ、こっちの箱を直すべ。だども、十分、十五分はかかるべ」

「かかりすぎる。その間に逃《に》げちまうよ！　フローリー、車で突破《とっぱ》できないかねえ？」

フローリーおばちゃんは、首をふった。

「この太い鎖は無理ね。こんながっしりした門じゃ、ラジエーターがつぶれちゃうわ」

みんなしんとした。大佐とゲシュタポ・リルは逃げていく。みなの顔に絶望感《ぜつぼうかん》がうかんだ。

「がまんならない！」

ブリジットおばさんが言った。

「まだ、方法はあるべ。手っ取り早いのが」

フィンガーズが言った。

「なんだって？」

「そうです！　吹き飛ばすのです！　外に行けます！」

とハギー。

「どのくらいかかる？」

「一分三十秒《びょう》から二分」

「じゃあ、すぐやっとくれ。手伝いはいるかい？」

「いんや！　二、三メートル下がっててけろ。ハリー、トランクから道具箱を出してけろ」

ハリーは、大急ぎで車から黒いキャンバス地の道具入れを持ってきた。フィンガーズは、門の前で待っていた。

「オラの懐中電灯を持っててけろ」

フィンガーズは道具入れを開け、中を探《さが》した。針金《はりがね》、ハンマー、ガラス切り、粘着《ねんちゃく》テープ、ノミ、かなてこ、聴診器《ちょうしんき》、黒い毛糸のバラクラバ帽《ぼう》などが入っている。一番大きい物が新聞紙に包まれている。大きな花火のような赤い棒《ぼう》の束《たば》が入っていて、それぞれの端《はし》からはコードが出ている。

「ダイナマイトだ」

フィンガーズは、気軽に言った。「何個《こ》必要だべ？　ちょうつがいに一つずつと、錠前に一つだな」

ダイナマイトを五本取ると、残りをしまった。

「ほい」

ハリーに一本手わたすと、粘着テープを歯で切った。「だいじょうぶだべ。まだ、爆発《ばくはつ》しねえべ。これを、真ん中の鎖の横にくっつけるんだ」

ハリーが、その一本をつけ終わると、フィンガーズはもう四本つけ終わっていた。

「さあ、みんな、藪《やぶ》まで下がってけろ。頭を下げて、耳をふさぐんだ。」

フィンガーズは、ハリーにマッチをわたした。「三十秒の導火線《どうかせん》だ。合図したら、さっきのやつに火をつけて、全速力で走るんだ！　あの藪に向かって。雪でころんじゃなんねえぞ、いいか？」

「うん」

フィンガーズは、自分がつけたダイナマイトに点火する準備《じゅんび》をした。

「いいか？」

「いいよ」

「OK《オーケー》。点火！」

ハリーはマッチをすり、導火線に点火した。月明かりの下で、導火線は、すぐさま、煙《けむり》を出しながら、シュッシュッと音をたてて燃《も》えていく。

ハリーは、大急ぎで走って、藪に飛びこんだ。心臓《しんぞう》がドキドキする。ブリジットおばさんや、フローリーおばちゃんのそばに身を伏《ふ》せ、目を閉《と》じ、耳に手でふたをした。

あっという間だった。闇をつんざき、大地をふるわせる大音響《だいおんきょう》が、平和な新年の朝にとどろきわたった。藪の陰《かげ》にいても、まるで巨人《きょじん》の手でなぐられたような気がした。

ガラガラ！　ガシャーン！

雪や葉っぱが舞《ま》い上《あ》がる。爆発音は、寝静《ねしず》まった村に、果てしなくこだましていく。

みんな、立ち上がった。雪まみれで、煙を吸《す》って、せきをしながら、道にもどった。

ダイナマイトは、その仕事を忠実《ちゅうじつ》に果たした。門は開いた。正確《せいかく》に言うと、門はもうそこになかった。片側《かたがわ》は消えてしまった。もう片側は、巨大な金属《きんぞく》の羽のように、メルセデスの真上にはね上がった。

った。大きな槍《やり》のように、三十メートルも飛び上がり、メルセデスの上に落ちた。フロントガラスとエンジンに突《つ》き刺《さ》さった。

「ありゃりゃ！」

フィンガーズが真っ青になった。

「直撃《ちょくげき》です！　どうして、フィンガーズが水素爆弾《すいそばくだん》と呼ばれるのかわかったでしょう！　どうして指がなくなるのか。まだ、腕《うで》が二本と頭が残っているだけラッキーです！」

ハギーが言った。

ハリーは、見つめた。爆発で門が吹っ飛んだだけでなく、古い石のアーチも落ちている。道には大きな石が散らばり、セキュリティ・カメラが空を見上げている。半分になった石のライオンが、メルセデスのヘッドライトをにらんでいる。

「片づけるのにブルドーザーがいるべ。通れねえべ。道がふさがっちまったべ」

フィンガーズがみんなを見回した。

「すまんこったべ」

「いや、まあ運が悪かったよ！　まあ、門は開いたんだし。警察がつかまえるかもしれない」

みんな同情《どうじょう》している。

「いや、それはないね。逃げられてしまったよ！」

とブリジットおばさん。

「フローリーおばちゃん！」

ハリーが、おばちゃんの袖《そで》を引《ひ》っ張《ぱ》った。「バイクはどう？」

「なんですって、ハリー？」

「バイクだよ！」

「そうだわ、いい子ね！」

フローリーおばちゃんは、みんなのほうを向いた。「コマンドがあるわよ！　ここを通れるわ！」

「どこにあるんだい？」

「その、藪の陰よ」

フローリーおばちゃんが指さした。「ハリー、ヘルメットをかぶって！」

「いや、ハリーはダメだよ！　ハギーか――わたしがいっしょに行く」

フローリーおばちゃんは、足を止めた。「とてもスリップしやすいわ。バイクに慣《な》れた、軽い人でなきゃ。ハリーならだいじょうぶ」

「この雪よ」

爆風でコマンドは傾《かたむ》いていた。フローリーおばちゃんは、バイクを立て、雪をはらった。すぐに準備ができた。おばちゃんは、エンジンをかけ、なぎ倒《たお》された藪から出た。

「警察を呼んでおいてちょうだい」

ブルン！　ブルン！　「わたしたちが行った方向を、教えてね！」

「わかった！　幸運を祈《いの》るよ！　気をつけて！」

フローリーおばちゃんは、陽気に手をふると、アーチが落ちた場所まで数メートル走った。ハリーは足を持ち上げた。バイクは、瓦礫《がれき》をよけて、右へ左へと、蛇行《だこう》する。道路に出た。

「いい？」

「いいよ」

ハリーは、ゴーグルにへばりついた雪をこすり取り、手袋《てぶくろ》をはめた腕をおばちゃんの腰《こし》にまわした。

「しゅっぱーつ！」

31　路上での戦い

バイクはスピードをあげていく。エンジンがうなり声をあげ、雪をけ散らす。さらにスピードをあげて、道路を突《つ》っ走《ぱし》る。ヘッドライトに照《て》らされて、新雪がまぶしい。ガードレールが飛ぶように過《す》ぎていく。

トンネルのような森の真ん中を、轟音《ごうおん》を上げて通り過ぎる。ウサギがあわてふためいて逃《に》げ、ミヤマガラスが驚《おどろ》いて飛び上がると、木々から雪がなだれのように落ちてくる。

ブルゥウゥウン！

また、草地に出た。雲の合間から満月が出た。みな寝静《ねしず》まっているので、民家《みんか》は暗い。

フローリーおばちゃんは、ヘッドライトを消した。月が明るい。必要なら、ヘッドライトなしで運転できそうだ。おばちゃんは、またスイッチを入れた。

分かれ道に来た。フローリーおばちゃんは、スピードを落とした。バイクが傾《かたむ》いて、すべる。角《かど》を

曲がると、バイクは姿勢《しせい》を立て直してスピードを上げ、雪の中を突き進む。

最初の何キロかは、なんの迷《まよ》いもなかった。時として五十メートルもすべりながら、おばちゃんは、ひどいコンディションの道路を、出しうる限《かぎ》りのスピードで走り、追跡《ついせき》を続けた。

ルゥウウウウ！

冷たい風が、ハリーの頰《ほお》を凍《こお》りつかせる。農場を通《とお》り越《こ》し、谷をくだり、凍った川沿《ぞ》いに走り、アーチになった橋をわたり、村を抜《ぬ》ける。道路工事の信号は無視《むし》し、くねくね道をすべりながら進む。

また農場を過ぎた。針葉樹《しんようじゅ》の森を登り、山のてっぺんに出た。

前方に、車のライトが二つ見えた。おばちゃんは、すぐさまライトを消した。

「たぶん、あれよ！」

スピードをあげると、コマンドがゆれる。ハリーは、おばちゃんの肩越《かたご》しにのぞいた。

農場や森や家が見える。起伏《きふく》のある地形だ。

バイクは、どんどん車に近づいていく。うすい色の大きな車だ。テールライトがまぶしくて、よく見えない。すぐそばまで近づいた。ドライバーは、バイクに気づいているのだろうか？

「ヘルメットをおさえて！」

フローリーおばちゃんは、警笛《けいてき》を鳴らした。ビーッ！　ヘッドライトをつける。

大きな黄色いロールスロイスがうかび上がった。すさまじい光がバックミラーに当たった。びっくりして、車体がゆらぐ。

大佐《たいさ》は、バイクを引《ひ》き離《はな》そうとアクセルをふんだ。しかし、バイクは、ピタッとくっついていく。スピードを落として、大佐は、バイクを先に行かせようと、左側のウインカーを点滅《てんめつ》させた。こんなに離れたところで、まさか、このバイクがラグ・ホールに関係あるなどと思いもしなかったのだろう。バイクは、ヘッドライトを上向きにして、真後ろにいる。

ロールスロイスがまたスピードをあげた。それから、またスピードを落とし、とうとう止まった。十メートル後ろで、バイクも止まった。ロールスロイスの窓《まど》が開いた。後ろを見た。ヘッドライトを浴《あ》びて、こちらの姿《すがた》が見えない。

「なんのつもりだ！　追い越したいのか、どうなんだ！」

おばちゃんは、ポケットに入れていた懐中電灯《かいちゅうでんとう》をにぎり、ハリーにささやいた。

「行くわよ」

「ヘッドライトは下向きにするって教わらなかったのか！」

おばちゃんは返事をしない。

「行きましょう、パーシー」

ゲシュタポ・リルが言った。「ほっときなさいよ。若者《わかもの》が遊んでいるだけよ。酔《よ》っぱらっているんでしょ。先を急ぎましょ。窓を閉《し》めて。おお寒い！」

うすいレインコートの襟《えり》を立てた。

「ちょっと待ってくれ。話をつけてくる」

大佐はドアを開けた。緑色の長靴と、黄色いシルクのパジャマにジャンパーだけだ。

ふるえているフィアンセを無視して、大佐はドアを開けたまま、大またでバイクに向かう。

「おい、なぐられたいのか？　ヘッドライトを消せ！」

突然《とつぜん》、目をくらますような明かりの中から、怒《いか》りくるった影《かげ》が、大佐に襲《おそ》いかかった。こん棒《ぼう》のような懐中電灯をふり回している。ビョウがついた革《かわ》ジャンと、大きなヘルメットぐらいしかわからない。懐中電灯が大佐の頭の横をなぐった。とっさに手でよけなかったら、気を失って、雪の上に倒《たお》れていたろう。その影は、叫《さけ》んだ。

「こんちくしょう！　うそつき！　思い知らせてやる！　さあ、ハリー、つかまえるのよ！」

二つ目の影が、出てきた。小さいが、一番目より、怒りをあらわにしている。両わきに金の翼《つばさ》をつけた黒いヘルメットが、大佐のお腹《なか》に頭突《づつ》きをくらわす。手袋《てぶくろ》をはめた手が、胸《むね》や肩をたたく。

クラクラしながらも、攻撃《こうげき》をよけ、大佐はヨロヨロと車にもどった。二本の手が、ジャンパーをつかむ。大佐は、その手をふり切り、思い切り突き飛ばして車に逃げこみ、ドアをバタンと閉めた。

怒れる二人は、開いた窓から、大佐の耳をなぐった。大佐は、ボタンをおした。窓がうなりをあげて、閉まる。

「つかまえてやる、プリーストリー！」

懐中電灯を持った攻撃者が言った。「かんたんに逃げられると思わないでちょうだいよ！」

ブーツがドアをける。女の声だ。ヘルメットの中で、大きな青い目に、巻《ま》き毛《げ》が乱《みだ》れかかった。

「フローリー・フォックス！　それに、あのガキ！」

「なんですって！」

ゲシュタポ・リルが、ふり向いた。

「追って来たんだ！」

「まあ、よくも来られたわね！」

ゲシュタポ・リルは、毒のある目で見た。

ハリーは、武器《ぶき》にするために、ヘルメットをぬいだ。ゴーグルを上げると、元気な顔が現《あらわ》れた。だが、片目《かため》に黒あざができ、腫《は》れ上《あ》がっている。

「窓をほんの少し開けて、パーシー」

ゲシュタポ・リルはすきまに指をかけた。「よくお聞き――このみなしご！」

平静を失っている。「ここには、おまえを守ってくれるものなんか、いないんだよ。わたしが出て行ったら、そんなものなんの役にも立たないよ！　二人ともね！」

三《み》つ編《あ》みにした金髪《きんぱつ》からピンがはずれ、たれ下がった。

車がゆさぶられる。ドアが、けとばされる。

「やめなさい！　やめなさいったら！」

フローリーおばちゃんが、ボンネットにまわった。懐中電灯をふり上げて、ヘッドライトをたたく。割《わ》れない。もう一度！　ガラスが割れ、明かりが消えた。おばちゃんは、もう一つに向かう。

「パーシー！」

ゲシュタポ・リルが叫《さけ》んだ。

大佐が、エンジンをかけ、ギアを入れた。

フローリーおばちゃんが、飛びのく。

ロールスロイスが動き出すと、ハリーはヘルメットをかまえて、窓に投げつけた。

バン！

ガラスは割れなかったが、粉々《こなごな》にひびが入った。まったく向こうが見えない。

大佐は、ブレーキをふんだ。三十メートルしか進まなかった。

「よくやったわ！」

おばちゃんは道路に飛び出すと、もう一つのヘッドライトをこわし始めた。

かんたんにこわれない。

プリーストリー大佐は、フロントガラスをこぶしで割った。車内にガラスのかけらが、小石のようにふり注《そそ》ぐ。穴《あな》をさらに大きくした。

バン！　バン！　バン！

フローリーおばちゃんは、ヘッドライトを打ち続ける。

車は、急発進した。おばちゃんが、モタモタしていたら、ひかれていただろう。

「いらっしゃい！　すぐバイクに乗って！」

雪道を走る。ブルーン、ブルーン！

二分後、バイクは黄色い車に追いついた。

ロールスロイスの中は、凍るように寒かった。冷たい風が、前から入ってくる。大佐の目に北風が当たる。目から涙《なみだ》が出る。ゲシュタポ・リルはうすいコートをかきよせている。

雪だまりを通るたびに、穴ぼこを通り過ぎるたびに、ガラスのかけらがアラレのように落ちてくる。助手席のフロントガラスがたれ下がった。ゲシュタポ・リルが、指先で支《ささ》える。むだな努力だった。突然、フロントガラスが全部落ちた。枠《わく》にガラスが少しついているだけだ。

風がどんどん入ってくる。歯をガチガチさせながら、プリーストリー大佐は、アクセルをふんだ。八十、九十、百！　夏だって、この田舎道《いなかみち》には速すぎる。雪道では、自殺行為《じさつこうい》だ。車ははね上がり、曲がり、蛇行《だこう》した。雪が、屋根まで舞《ま》い上《あ》がる。ヘッドライトを上向きにした、強力なパワーのバイクがぴたりとついてくる。

車がはね上げる雪で、前が見えない。雪が煙《けむり》のようだ。おばちゃんもハリーも、雪だるまみたいになった。ヘルメットの前やゴーグルを、しょっちゅうこすらなければならない。

プリーストリー大佐は、手の感覚がなくなった。眉毛《まゆげ》が凍りついている。車がコントロールできない。フローリー・フォックスとその甥《おい》をふり切るのは、不可能《ふかのう》のようだ。アクセルをゆるめた。

九十、八十、七十。

右折の道路標識《ひょうしき》に、雪がへばりついていた。寒くて、目がかすむ。大佐は、標識を見落とした。せまい農道だ。ロールスロイスは、直進する。

しまった！　車が飛びはねる。コントロールできない。道路は、雪かきしていなかった。雪が五十センチも積もっている。ラジエーターから白い煙が出てきて、顔にかかった。大佐はブレーキをふんだ。

どうしようもない。車輪が止まった。ロールスロイスは、横すべりして、道端《みちばた》にぶつかり、反対側にすべって、雪にうもれていた切り株《かぶ》にぶつかり、はね返り、塀《へい》を数メートルこわした。それから、道路を横切り、傾き、誇《ほこ》り高《たか》き黄色い鼻先を溝《みぞ》に突っこんだ。

むちゃくちゃゆすぶられたが、プリーストリー大佐とフィアンセは無傷《むきず》だった。しばらく、二人はぼおっと座《すわ》っていた。それから、気を取り直して、シートベルトをはずした。

「パーシー！」

ゲシュタポ・リルが、金切り声を上げた。「ブローチが！　ダイヤモンドが！」ダッシュボードに入れてあった有名なサソリのブローチ、指輪、真珠《しんじゅ》のネックレス、ルビー、それにベルベットの袋にいっぱいの宝石《ほうせき》が、ぶつかったショックで、車内に飛び散った。雪におおわれた、何万というフロントガラスのかけらに混《ま》じってしまった。

「忘《わす》れろ」

プリーストリー大佐がうなった。「ここから出よう！」

車は横倒《よこだお》しになり、片方のヘッドライトが、凍った溝を照らしている。ひじや膝《ひざ》や長靴《ながぐつ》の足が、怒りまくっているフィアンセにのしかかる。大佐は、ドアをおしたり引《ひ》っ張《ぱ》ったりした。紳士《しんし》らしからぬ言葉が口をついて出る。しかし、ドアは開かない。

前の窓から出よう。大佐は立ち上がって、頭と肩を突っこんだ。するどいガラスのかけらがパジャマの中に入りこみ、ズボンのひものところで止まった。大佐は、ダッシュボードに膝をつき、はい出した。ボンネットには雪が積もっている。そろそろと、土手に向かう。手がすべった。黄色いボンネットを横すべりし、ハリエニシダの茂《しげ》みに落ちた。

「ウワァ！　ウー！　オー！」

うすいパジャマを通して、トゲが突《つ》き刺《さ》さる。「オォォォォ！　アウゥゥゥ！」

十五メートルほど離れたところに、フローリーおばちゃんは、コマンドを止めた。明るいヘッドライトが、ロールスロイスを照らす。通る者がわかるように、ウインカーをつけている。懐中電灯を手にしたおばちゃんとハリーは、ロールスロイスを見おろすように立った。戦闘《せんとう》の用意はできている。

ハリエニシダの茂みから出られない大佐を見て、二人は笑った。

「助けてくれ！　手を貸《か》してくれ！　オウゥゥゥ！」

大佐が手をのばした。

「いやなこった！」

フローリーおばちゃんは、雪球を作った。——ヒューン！

「アア！　待ってくれ！　オオ！」

「お尻《しり》にあたった？　まあ、よかった！」

ハリーは大喜びだ。

「しっかりしなさいよ、パーシー！」

ゲシュタポ・リルが、割れた窓から、にらみつけた。「子どもじゃないでしょ」

痛《いた》さに悲鳴を上げながらも、どうにかこうにか、大佐はボンネットにはい上り、突き出したクレスト（ロールスロイスのマーク）に足をかけて登ってきた。

「アァァ！」

そのまま雪が積もった土手の上で、大量に刺さったハリエニシダのトゲを抜き始めた。

ゲシュタポ・リルは、ずっと用心深かった。だれにも見られないように、サソリのブローチと赤く輝《かがや》くネックレスをさぐり当てたのだ。レインコートのポケットにしまう。宝石が混じっているかもしれないので、ガラスの破片《はへん》をつかんで、もう一つのポケットに入れた。もう、フィアンセのことはどうでもいい。逃げなくちゃ！　溝の反対側にある生垣《いけがき》を抜け、畑を横切り、森に逃げこもう。

はいつくばって、ハリエニシダをうまくよけるように、窓をくぐり抜け、ボンネットに出た。銀色のロールスロイスのクレストがある。長靴でクレストをけり、土手にとんだ。

とどかない。ジャンプしたとき、ダイヤモンドとガラスの破片がポケットから飛び出した。赤いマニキュアをぬった指が草をかすり、足場を求めて、長靴が宙《ちゅう》をける。ダメだ。ゆっくりと、ゲシュタポ・リルはすべり落ちていく。下に、下に、下に。溝にはまった。一瞬《いっしゅん》、氷にのった。が、割れた。泥《どろ》だらけで、草が生えた、冷たい水に膝までつかった。

「アァ！　アァ！」

冷たさにあえぐ。

しかし、ゲシュタポ・リルは戦士だった。勇敢《ゆうかん》にも溝を突き進む。氷が割れる。柔《やわ》らかいものが、爪先《つまさき》に入る。ダチョウの羽のすそかざりがついた、しなやかな赤いガウンのすそが、溝の水を吸《す》って重くなり、引きずられる。白いレインコートも泥だらけだ。

上がる場所が見つからない。イバラにハリエニシダ、サンザシにノバラと、トゲのある植物だらけだ。二十メートルも進むと、ゲシュタポ・リルは足を止め、怒りに燃《も》えて、見上げた。長い髪《かみ》が、片方の肩に落ちている。白い歯をむき出して、うなった。

近くの土手にトネリコの切り株があった。切り株をつかんで、ゲシュタポ・リルは泥だらけの溝からはい上がり、農道にもどった。雪の中から突き出ている、腕《うで》ぐらいの太さの枝《えだ》を武器として抜いた。大佐、フローリーおばちゃん、ハリーがゲシュタポ・リルを見ている。衝突《しょうとつ》したロールスロイス、バイク、路上で向き合う四人の敵《てき》同士を、月明かりが照らし出す。

「さあ、パーシー、あんたは、革《かわ》ジャンを着たばあさんの相手をするのよ。わたしは、こっちの坊《ぼう》やのめんどうを見てあげるわ」

ゲシュタポ・リルは、枝の細くなっているほうを、長靴でおさえて折った。「さあ、お楽しみよ。この瞬間を待っていたの」

ハリーは、ゲシュタポ・リルを見つめた。

「こわがらせようとしているだけよ！」

フローリーおばちゃんが叫んだ。「ハギーを投げ飛ばしたじゃない。そんな女ぐらい――」

プリーストリー大佐が、暴《あば》れ牛のようにおばちゃんに突進した。おばちゃんは、ぴょーんと、素早《すばや》くわきに飛び、懐中電灯で大佐の頭をたたいた。

同時に、ゲシュタポ・リルがハリーに飛びかかった。びっくりして、ハギーが教えてくれたことを忘れてしまった。ハリーは、雪の上に、あお向けにひっくり返った。ゲシュタポ・リルは、太い枝をかまえた。怒りくるったその目を見て、ハリーはブルブルふるえた。しかし、このとき、ラグ・ホールでの朝の練習がよみがえってきた。ゲシュタポ・リルに向かってころがり、肩への一撃《いちげき》をかわす。腕をつかみ、足を上げ、相手の力を利用して、頭越しに投げた。ゲシュタポ・リルは、驚きの叫び声を上げながら、宙を飛んで、深い雪だまりに突っこんだ。ドサッと音をたてて、あお向けに落ちた。ショックで、肺《はい》から空気が出、レインコートのポケットに入っていたガラスと宝石が飛び出した。頭を雪に突っこみ、足が宙《ちゅう》をける。だが、体をころがし、立ち上がった。まだ、太い枝を持っている。

腰《こし》を落とし、腕をわきにぶら下げて、ハリーは待っている。

「アアアアア！」

枝をふり回し、大声をあげながら、ゲシュタポ・リルが突っこんでくる。

かがんで枝をよける。相手の腕をつかむ。体をひねり、立ち上がり、投げる！

大成功《だいせいこう》だ！　信じられない！

長いことハリーを不幸にしてきたゲシュタポ・リル。まだ、ハリーより、十五センチも背《せ》が高くて力も強い。それが空を飛んでいく。雪の積もった道の端《はし》にぶつかり、溝に落ちていった。

あえぐような叫び声が聞こえた。大佐がおばちゃんをふりきり、バイクに向かっている。

「止めて！」

おばちゃんは、ハアハアいっている。「逃げちゃうわ！　鍵《かぎ》がついているの！」

ハリーは、ダッと走った。太って、ゼイゼイ息をしている大佐より、ハリーのほうがずっと足は速いのだが、なにしろ、大佐のほうがずっと先なのだ。追いついたときには、大佐は美しいコマンドにまたがっていた。大佐はスターターをけって、コマンドのエンジンをかけた。

エンジンがうなり声をあげる。

逃がすもんか！　パッと大佐に飛びかかり、思いっきりおした。バイクは大佐を乗せたまま、雪の上に横倒しになった。

大佐は、バイクの下敷《したじ》きになった。ハリーは、大佐を無視して、エンジンのスイッチを切り、鍵を抜き、ジーンズのポケットに突っこんだ。

プリーストリー大佐は、足を引き抜き、氷のような雪をはらい、ハリーに突進してくる。ハリーは、身をかわした。大佐が、また、突進してくる。ハリーは、大佐の腕をつかんだ。腰を落とし、体をひねり、引っ張り、立ち上がる。うそみたいだ。太った大佐は、ハリーの頭上を飛び越していく。

ロールスロイスのヘッドライトをあびて、ゲシュタポ・リルは溝からはい上がった。むざんな姿だ。顔にかかる泥まみれの髪の毛。肩には草がへばりつき、白かったレインコートは見る影もない。足にまとわりつく赤いサテンのガウン。体中、雪まみれだ。

寒さにふるえながら、ゲシュタポ・リルは立ち上がった。仕返しをするまでは、逃げる気になれない。びしょ濡《ぬ》れのポケットに手を突っこんでみた。何も入っていない！　サソリのブローチ！　ネックレス！　みんな、なくなっている！　ゲシュタポ・リルは、くるったように雪の上を探《さが》す。溝は雑草《ざっそう》だらけだ。泥水の上には氷がはっている。もう一つのポケットにも手を入れてみた。入っていたのは、砂利《じゃり》のようなガラスのかけらがほんの少しだけだった。

ゲシュタポ・リルは、絶望《ぜつぼう》して叫んだ。全部なくなってしまった！　まるで、追いつめられたネズミのように、農道を見つめる。

プリーストリー大佐は、よたよたと立ち上がった。

「あのガキが！　バイクの鍵を取った！　つかまえろ！」

両側から、じりじりと近づいてくる。ハリーは、一方に向かって走り、それから反対側に走った。

二人は、ますます近づく。まだ、フローリーおばちゃんは来ない。

ハリーは、レスリングのかまえをした。腰を落とし、相手をよく見る。目を左右に動かす。

「やっつけて、パーシー！　こんな、子どものイタチぐらい、どうってことないでしょ！」

大佐が突進する。稲妻《いなずま》のように、ハリーはよけた。大佐の腕をつかみ、ねじった。大佐はごろごろころがる。パジャマのズボンのひもがはずれた。大佐の下半身があらわになった。大佐は立ち上がろうとしてつまずき、雪だまりに尻《しり》もちをついた。

でも、笑っているひまはない。ゲシュタポ・リルが襲《おそ》いかかってきた。ハリーは、地面に倒れた。ゲシュタポ・リルは、ハリーの髪をつかもうとするが、短かすぎてつかめない。ギザギザの婚約指輪《こんやく》が、ハリーの耳を傷つけた。泥だらけの髪の毛が、ハリーの顔にかかる。

教わったことを思い出すんだ！　ハリーは、ゲシュタポ・リルの腰を両足ではさんだ。片手を首に回す。手首をつかんで、しめつける。二人は、ゴロゴロと、道端までころがった。ハリーがゲシュタポ・リルにまたがった。雪を顔におしつけた。

次の瞬間、ハリーは、頭をなぐられて、ころがった。パジャマのひもをしめなおした大佐が、今度はハリーにまたがって、腕を地面におさえつけた。

「急げ、ラヴィニア！　鍵を取れ！　ジーンズのポケットだ」

ゲシュタポ・リルがはって来る。ハリーは暴れて、大佐をふり落とそうとするが、ダメだ。長い爪《つめ》の指が、ポケットをさぐり、大事な鍵を取った。

「取ったわ！」

勝《か》ち誇《ほこ》ったように、ゲシュタポ・リルは、鍵を高々と上げた。「さあ、このいやな爬虫類《はちゅうるい》をしめあげて、溝に突っこむのよ！」

「ジャケットとオーバーパンツもはぎ取ったほうがいい。こっちに、必要だ」

「あの、年寄《としよ》りのコウモリからもね！」

「それで、バイクに乗っておさらばだ！」

大佐はブタのような顔で、ハリーを見おろして笑った。

突然、竜巻《たつまき》が吹《ふ》きつけたように、コマンドの鍵は、ゲシュタポ・リルの手からひったくられ、溝の向こうのイバラの藪《やぶ》に飛んでいった。

ボコッ！

プリーストリー大佐の、ショウガ色の頭が、懐中電灯でなぐられた。三回目だ。ゲシュタポ・リルのレインコートが頭まで引っ張られ、道路わきの雪の中に、頭から突っこんだ。

フローリーおばちゃんだ！

ハリーは、フラフラしている大佐の体の下から、はい出した。となりで、ゲシュタポ・リルが、レインコートをおろそうと、もがいている。即座《そくざ》に、ハリーは、ゲシュタポ・リルに飛び乗った。腕を後ろにしめ上げ、顔を雪におしこんだ。

「動かないでちょうだいね！　立ち上がっちゃダメよ！　警告しましたからね！」

フローリーおばちゃんが、重い懐中電灯を持って、大佐を見おろしている。

ボカッ！　ドサッ！

「言ったじゃないの！　動かないで――さもないと」

手を頭の上に上げて、顔を下にして、大佐は、道の真ん中に寝《ね》そべった。

「おばちゃん、これからどうするの？」

ゲシュタポ・リルがもがいている。ハリーは、ゲシュタポ・リルの腕を、ちょっと上に引っ張った。

「夜通し、このままでいるわけにいかないわね――そうだ！」

おばちゃんは、大佐に命令した。「その、ズボンのひもを取りなさい」

「だが、そうすると――」

「気にしなくていいわ。さっさと取りなさい！」

感覚のなくなった指で、プリーストリー大佐は、結び目をほどき、ひもを抜き、しぶしぶわたした。

「手」

フローリーおばちゃんが、あっさりと言った。大佐は、もじもじしている。

ポコッ！

「手って言ったでしょ！」

あきらめて、大佐は手を後ろに差し出した。おばちゃんは、すばやく、大佐の手にひもをかけ、ぎゅっと引いた。懐中電灯で照らして、ひもの端《はし》をしっかりと結んだ。

「さあ、いいわ」

おばちゃんは、後ろに下がった。「立ち上がっていいわよ」

ハリーは、ゲシュタポ・リルのレインコートからベルトを引き抜いた。フローリーおばちゃんが手伝ってくれたので、手をしばるのは難《むずか》しくなかった。

一分後、四人は道の真ん中に立っていた。ものすごく寒い。息が凍る。

ハリーは、暴れたので、体がポカポカだった。大佐とゲシュタポ・リルは、ブルブルふるえている。

「あたしたちのせいで死んだら困《こま》るから、車にもどりましょう」

と、フローリーおばちゃん。

「トランクに毛布《もうふ》が入っている」

「わかったわ。おりこうにしていたら、すぐに持ってきてあげるわ。ヒーターが入るかもね。さあ、乗って」

がっくりと肩を落とし、つまずきながら、プリーストリー大佐と婚約者は、道からおりていった。

パジャマのズボンをおさえながら、太った大佐は、雪の積もったバンパーに上がり、ロールスロイスの窓から車内に入った。ゲシュタポ・リルが続く。さかさまに重なった。

「ウグゥ！　おい、どけろ！　あっち行け！　ビショビショじゃないか！」

プリーストリー大佐は、肩でゲシュタポ・リルをおした。

「だれのせいなのよ！　おさないで！」

ゲシュタポ・リルは、大佐をけとばした。二人はなんとかシートにおさまった。

「ひどいかっこうだ！」

プリーストリー大佐が言った。

「どうもありがとう」

ゲシュタポ・リルはふるえている。「でも、わたしは、少なくとも、黄色いパジャマが、膝まで下がっていないわよ！　ポーキー《ブタちゃん》！」

二人は、にらみ合った。

ハリーは、目のまわりの黒あざにさわってみた。すごく腫れている気がする。

「ワクワクしたわね！　楽しかったわ！」

フローリーおばちゃんは、うれしそうに笑い、ロールスロイスの上に、懐中電灯をのせた。「昔を思い出すわ。この興奮《こうふん》が味わえなくて、ブリジットが地団駄《じだんだ》ふんでくやしがるわよ」

ハリーは、笑った。

おばちゃんは、革ジャンのポケットのファスナーを開けた。

「チョコレート食べる？」

「うん、食べる」

「ちょっと、つぶれているかもしれないけど」

「いいよ」

車によりかかって、ハリーはチョコレートの包みを開けた。「どのぐらい待つと思う？」

フローリーおばちゃんは、肩をすくめた。

「時間はたっぷりあるわ。どっちにしても、車か除雪車《じょせつしゃ》が通りかかるでしょう。曲がり角で、どっちかが待っていてもいいわね」

「ロールスロイスから電話できるよ」

ハリーは、ずんぐりした金色のアンテナを指さした。

「いい考えね！」

おばちゃんは、笑った。「でも、もう少し待ちましょう。ここが気に入ったわ。とても――」

おばちゃんは、急に話をやめ、耳を澄《す》ました。ハリーにも聞こえる。

ずっと向こうから、かすかにではあるが、寝静まった田舎道を走る、パトカーのサイレンの音が聞こえた。

「あら、もう来ちゃったの」

フローリーおばちゃんは、ため息をついた。「早すぎるわ。いつもこうなんだから」

「でも、今度はつかまえる相手がちがうよ」

「そうね。でも、質問《しつもん》ぜめよ」

おばちゃんは、突然、巻き毛から雪をはらい落とすと、口紅《くちべに》を探した。「いつでもそうなの！」

ハリーは、セーターを引っ張り、スカーフを直し、あたりを見回した。どこかの農場の犬がほえている。

タングルやミセス・グッドや、ラグ・ホールのタワーの上の部屋を思いうかべた。雪の積もった生垣の向こうが、うっすらと明るくなってきた。夜明けだ。

今日は一月一日、新しい年の始まりだ！

あとがき

日当陽子《ひなたようこ》

みなしごハリーと盗賊団《とうぞくだん》。でも、この盗賊団はお金持ちから盗《ぬす》んで貧《まず》しい人たちに恵《めぐ》んであげる、現代版《げんだいばん》ロビン・フッド。日本でいったらねずみ小僧《こぞう》。

ただ、ちょっとちがっているのは、活躍《かつやく》するのが老人たちだというところ。かっこいいおじいちゃんやおばあちゃんがたくさん出てきます。元大学教授《きょうじゅ》に元レーサー、元女子プロレスラーに軽業師《かるわざし》などなど。これだけ役者がそろっていておもしろくないわけがありません。

はらはら、どきどき、読みだしたら止まりません！　この本を手に取ったとき、ちょっと厚《あつ》いな、と思ったのですが、まったくそんなことはありませんでした。あっという間に読んでしまい、あっという間に訳《やく》してしまいました。

このあとがきを書くために、もう一度読み直しましたが、やっぱりおもしろい！

登場人物がいろいろなまりのある言葉を話すので、そこのところはちょっと苦労《くろう》しました。ロシアなまりの英語を話すハギー。スコットランドにもいろいろの方言があって、ナッティとエンジェルはちがう方言を話します。

そして欠かせない悪役、太っちょプリーストリー大佐《たいさ》とゲシュタポ・リル。最高のキャスティングではありませんか。

イギリスやアメリカでテレビ放送されただけあって、人物描写《びょうしゃ》がとてもいきいきしていて、それぞれの登場人物、それぞれのシーンが目に浮《う》かんできます。

みなさんも空想の翼《つばさ》にのって、ハリーたちの冒険《ぼうけん》をいっしょにお楽しみいただけたものと思います！

♥ 作者 アラン・テンパリー Alan Temperley
1936年イギリス北東部の海岸都市サンダーランドに生まれる。子どもの頃は、クリケットと読書を楽しみ、教会の聖歌隊に加わり、ネズミをペットにしていた。商船の船員や英語教師の仕事についた後、作家になる。『ハリーとしわくちゃ団』は、イギリスでテレビドラマにもなっている。その他の邦訳作品に、『クジラのウォルドーとココナツ島の魔女』(ポプラ社)がある。

♥ 訳者 日当陽子(ひなた ようこ)
翻訳家。英会話教師。夫の赴任に伴い、中東数か国、韓国などに住む。訳書に『魔女とふしぎな指輪』『水曜日の魔女』などの魔女シリーズ、『耳の聞こえない子がわたります』(以上フレーベル館)、『ささやきのアザラ姫』『おとぎ話のイザベラ姫』などのリトル・プリンセスシリーズ(ポプラ社)、著書に『へえ! うそぉ!! 韓国の生活』(文芸社)などがある。

評論社の児童図書館・文学の部屋
ハリーとしわくちゃ団
2007年11月20日 初版発行

♥ 著 者 アラン・テンパリー
♥ 訳 者 日当陽子
♥ 装 幀 中嶋香織
♥ 装 画 小栗麗加
♥ 発行者 竹下晴信
♥ 発行所 株式会社評論社
〒162-0815 東京都新宿区筑土八幡町2-21
電話 営業03-3260-9409 編集03-3260-9403
URL http://www.hyoronsha.co.jp
♥ 印刷所 凸版印刷株式会社
♥ 製本所 凸版印刷株式会社

ISBN978-4-566-01368-1 NDC933 188mm×128mm 416p.
商標登録番号 第730697号 第852070号 登録許可済

Harry and Tangle
Harry and Tangle